PERDIDA CON EL ESCOCÉS

LA LIGA DE LOS PÍCAROS
LIBRO XVII

LAUREN SMITH

La presente es una obra de ficción. Los nombres, personajes, lugares y acontecimientos o bien son producto de la imaginación del autor o se emplean de manera figurada, y cualquier parecido con personas reales, vivas o muertas, establecimientos comerciales, hechos o escenarios, es mera coincidencia.

Copyright 2022 por Lauren Smith

Traducción hecha por L.M. Gutez

Copyright Traducción 2022

Todos los derechos reservados. De acuerdo con la Ley de Derechos de Autor de Estados Unidos de 1976, el escaneo, la transferencia y el intercambio electrónico de cualquiera de las partes de este libro sin el permiso del editor, representa un acto de piratería ilegal y un robo de la propiedad intelectual del autor. Si desea utilizar material de este libro (que no sea para fines de reseña), debe obtener un permiso previo por escrito poniéndose en contacto con el editor en lauren@laurensmithbooks.com. Gracias por su colaboración en la defensa de los derechos del autor.

El editor no es responsable de los sitios web (o de su contenido) que no sean de su propiedad.

ISBN: 978-1-958196-88-5 (edición libro electrónico)

ISBN: 978-1-958196-89-2 (edición papel)

R**uritania - Septiembre de 1821**

Anna Zelensky estaba perdida. Unas ramas oscuras se alzaban para ocultar la luna creciente. Las raíces que sobresalían del suelo negro la hacían tropezar mientras intentaba correr. No podía decir de qué huía, pero sabía que si no escapaba moriría.

—*Socorro* —su voz se redujo a un susurro áspero—. Alguien, por favor, ayúdeme.

Parecía que siempre estaba huyendo de algo en sus sueños. Algo se acercaba. Fuera lo que fuera, no era bueno.

Las sombras de los árboles se extendieron y oyó una respiración en el bosque oscuro.

Empezó a correr de nuevo, huyendo de lo que fuera que ahora la acechaba en la oscuridad.

Se detuvo bruscamente cuando sus ojos se posaron en el viejo roble. Lo conocía, había pasado junto a él muchas veces durante su infancia. Era un indicador de...

—El pozo encantado —respiró aliviada al saber dónde se encontraba ahora. Cambió de dirección hacia donde sabía que el roble marcaba el camino trillado. Miró a su alrededor, buscando el mojón circular de piedras, sabiendo que ya debería haberlo visto, pero seguía fuera de su alcance. Le ardían los pulmones y tenía los pies magullados por las irregularidades del camino, pero se esforzó por llegar al pozo. La mayoría de la gente lo evitaba: se decía que había sido creado por hadas vengativas, lleno de magia oscura. Pero ella nunca le había temido. Le habían dicho que llevaba magia en la sangre. El pozo la ayudaría; siempre lo había hecho, al menos en el país de los sueños.

En medio de un claro, el pozo de piedra gris se reveló ante sus ojos desesperados. Corrió hacia el borde y sus manos se aferraron a las frías rocas. Miró por encima del borde hacia el agua, que estaba quieta y brillante como un espejo. Su rostro se reflejaba en ella.

El bosque que la rodeaba temblaba con los aullidos de las bestias, las cuales ahora estaban lo bastante cerca como para oler su miedo. Sabía que solo le quedaban unos instantes antes de ser atacada.

—Ayuda, *por favor...* —susurró al agua. La superficie se onduló y su reflejo desapareció. Un hombre alto, moreno y de solemnes ojos azul grisáceo la miraba de regreso. Era hermoso, su rostro estaba lleno de ángulos duros, y de sus facciones emanaba fuerza mientras la miraba a través del agua. El bajo vientre se le estremeció en un extraño anhelo que nunca había sentido antes de ver a aquel hombre en el agua.

Lentamente, se acercó a ella a través del agua. Su mano rompió el sello mágico entre su mundo y el de ella. Las gotas de agua lechosa de la luna creciente que brillaba en lo alto se deslizaron por su mano, haciéndole comprender que él realmente estaba intentando alcanzarla, que ella podía *tocarlo.*

—Coge mi mano, muchacha —instó el hombre con voz grave e intensa, y acento escocés. Nunca había estado en Escocia, pero lo sabía por las historias que le contaba su madre. Era una tierra salvaje y lejana que coincidía con el hombre en el agua.

El aullido de las bestias en el bosque la hizo respirar con terror. Miró al bosque y luego al hombre del agua.

—No sé cómo irme. No sé cómo.

—Tienes que confiar en mí. No puedo protegerte si no estás dispuesta a coger mi mano.

Anna estiró la mano, cogió la suya y tiró con fuerza.

Se despertó con un pequeño grito y tardó un momento en recordar dónde estaba. Su camisón de seda estaba húmedo de sudor mientras se encontraba sentada en una lujosa cama de cuatro postes. Su corazón seguía latiendo con fuerza en su pecho, pero su cerebro se despertó y se percató de que *solo era un sueño. Solo era un sueño.* No estaba en el bosque; había estado soñando. Anna estaba en su gran cama con dosel en el Palacio de Verano, la residencia real de su familia. Estaba a salvo. Ninguna bestia la perseguía, ninguna rama había atrapado y rasgado su ropa. En realidad no había estado en el bosque; era solo un sueño, como todos los demás. Había soñado muchas noches con la cara del hombre en el pozo. Pero el sueño de esta noche parecía más... *real.* Como si hubiera sucedido de verdad.

Se quedó mirando las brasas que ardían en la chimenea al otro lado de la habitación mientras su mente parecía aceptar por fin que estaba a salvo.

—¡Milady! —su dama de compañía, Pilar, una española de pelo oscuro, apareció en la puerta que comunicaba sus habitaciones. Pilar la miró con preocupación. La vela que sostenía la iluminaba en la oscuridad.

Anna se frotó la cara con las palmas de las manos, masajeando suavemente sus mejillas.

—Estoy bien, Pilar, de verdad. Solo ha sido un sueño horrible. He tenido muchos últimamente.

Su criada se acercó a la cama y dejó la vela en la mesilla,

luego se acomodó a su lado y le rodeó los hombros con un brazo, estrujándolos suavemente. Pilar era su criada desde hacía diez años. Había entrado a trabajar en el palacio cuando Anna solo tenía doce años, y Pilar había sido entonces una muchacha de dieciséis. En muchos aspectos, Pilar era más una hermana que una criada, y le confiaba todos sus secretos. Junto con sus padres y su hermano gemelo, Alexei, Pilar era una de las personas en las que Anna más confiaba.

—Fue ese sueño, ese en el que estoy en el bosque y el hombre del pozo encantado intenta salvarme.

Pilar guardó silencio un momento.

—Su abuela llevaba el encantamiento en la sangre. Quizá usted también. Había sido dotada con videncia, y la mayoría de sus visiones se hicieron realidad. ¿Cree que lo que usted ha visto es algo que sucederá?

Anna lo consideró. ¿Ella era como su abuela? Siempre le habían dicho que sí. ¿Pero visiones del futuro? Un hombre no podría atravesar el agua así y salvarla.

—No creo que las bestias monstruosas del bosque y el pozo de los deseos sean reales, al menos no como en mi sueño —admitió—. Tal vez mi imaginación es hiperactiva.

—El agua es algo poderoso para soñar, milady. ¿Confía en el hombre que ve en el agua? —preguntó Pilar.

—Yo... sí.

¿Era posible confiar en alguien que nunca había conocido y que probablemente ni siquiera era real? Lo había visto tantas veces y durante tanto tiempo que no podía responder de otra manera. Confiar en él era como confiar en sí misma.

—Vuelva a dormir, milady. Faltan pocas horas para que amanezca y necesita descansar.

Su criada le besó la frente, y Anna volvió a tumbarse en la cama y se envolvió en las mantas. Tenía muchas obligaciones en la corte por cumplir en pocas horas; la vida de una princesa nunca era realmente suya.

Acababa de empezar a dormirse de nuevo cuando un olor amargo le llegó a la nariz. Se movió incómoda, pero no pudo evitar el olor. Abrió los ojos y miró en la oscuridad, intentando ver qué causaba el olor. La luz lejana de un amanecer rojo iluminaba el borde de su ventana. La luz parpadeaba y fluctuaba, bailando con las sombras más cercanas. Eso no estaba bien... no había árboles fuera de su ventana que hicieran que la luz se moviera por efecto de la brisa.

Respiró más hondo y el amargo aroma se tornó acre, un olor que reconoció con horror.

Humo...

La luz del alféizar no era la luz temprana del amanecer, sino el resplandor furioso del fuego. Apartó las mantas de su cuerpo y metió los pies en las botas que dejaba a los pies de la cama.

—¡Pilar! —gritó mientras corría en busca de un vestido que pudiera ponerse rápidamente. Su criada irrumpió en la habitación, todavía en camisón, y olfateó el aire.

—¡Hay fuego! —jadeó Pilar—. Oh, Dios...

—Ya lo sé. ¡Vístete rápido! ¡Tenemos que irnos! —Anna se puso un vestido verde oscuro con lazos en la parte delantera, pero le temblaban tanto las manos que se limitó a anudar las cintas a toda prisa.

Tenía que encontrar a sus padres y a su hermano, y luego ayudar a escapar a los criados y al personal de palacio. Una vez que Pilar estuvo vestida, salieron rápidamente de la recámara de Anna al pasillo. El humo recorría los techos arqueados del palacio sobre sus cabezas.

—Cúbrete la nariz y la boca. Procura no respirar el humo —advirtió Anna a su criada. Levantaron sus chales alrededor de sus caras mientras corrían agachadas para evitar el humo que se acumulaba sobre ellas.

Gritos y chillidos llenaron el brumoso pasillo. El chasquido de las pistolas y los disparos de los rifles a lo lejos resultaban espeluznantes y aterradores al resonar por los pasillos a través del humo. De repente, una figura surgió de entre las sombras y chocó contra ellas, tirando a Pilar al suelo. Al oír el grito de su criada, Anna se apresuró a levantarla.

Uno de los lacayos de palacio chocó contra ellas. Intentó pasar a toda prisa, pero Anna lo cogió del brazo. Estaba temblando y vio sangre en su pecho.

—¿Qué ha pasado? ¿Estás bien?

Los ojos del hombre se abrieron de terror al mirarla a la cara.

—No es mi sangre. Es de la cocinera. Han asesinado a la cocinera y a las sirvientas... —sacudió la cabeza como si quisiera librarse de una pesadilla—. Los hombres están aquí por usted, princesa. Vienen a por usted. Debe escapar. *¡Corra!* —luego se giró al oír el ruido de unas pesadas botas al doblar la esquina del pasillo—. Yo los detendré.

Sacó la espada corta que llevaban todos los lacayos cuando estaban en palacio. Era ceremonial y apenas lo bastante afilada para cortar pan. Si intentaba luchar contra alguien con ella, lo matarían.

—No, ven con nosotras —Anna no iba a dejar que el hombre se enfrentara a quienquiera que estuviera viniendo a por ella. Si conseguía encontrar una espada o una pistola, podría luchar tan bien como cualquier hombre, y ella también lo haría para salvar a su pueblo.

—Alguien debe detenerlos. Ni siquiera usted puede luchar contra ellos. ¡Son demasiados! —dijo el lacayo—. Váyase y viva, princesa.

Pilar la cogió del brazo y la empujó por el pasillo hasta doblar otra esquina. Un momento después, oyeron el estruendo del acero y los gritos de los hombres en guerra.

Los pensamientos sobre sus padres y los peligrosos hombres que habían venido a quemar su mundo se alejaron al oír el sollozo de miedo de Pilar mientras avanzaban rápidamente de sombra en sombra por el pasillo. Averiguaría qué estaba ocurriendo realmente cuando pudiera garantizar la seguridad de Pilar. Si sus padres y Alexei no estaban en el exterior para recibirla, encontraría la forma de volver al castillo para buscarlos.

—Debemos encontrar a Alexei —le susurró a Pilar cuando el humo y las llamas las obligaron a desviarse del pasillo que conducía a las habitaciones de su hermano. Su estómago se hundió cuando la oscuridad crepitó ante ellas con la fuerza destructiva del fuego. Su cuerpo se movía solo, su mente gritaba por la seguridad de él y el calor de las llamas chamuscaba el aire a su alrededor. Pilar la detuvo.

—Los jardines —dijo Pilar—. Podemos llegar a sus habitaciones desde los jardines del sur.

Animada por su nuevo plan, Anna se apresuró con su criada hacia la puerta que daba a la parte sur de los jardines reales.

Cuando salieron al aire fresco y claro de los jardines, el humo se disipó. Estaban solas, al menos por ahora, pero un muro de fuego las separaba de las habitaciones de Alexei.

Anna se quedó mirando las llamas.

—Tenemos que encontrar la forma de llegar hasta él —nunca dejaría atrás a su gemelo. Eran inseparables, dos mitades de un todo...

—No podemos, milady. Alexei tiene como guardaespaldas a su mejor amigo William, uno de los leales guardias de palacio. William velará por él. Mi deber es cuidar de usted. Debemos irnos. ¡Señora, por favor! —suplicó Pilar, con el rostro bañado en lágrimas.

Solo el miedo de su criada hizo que Anna accediera a encontrar una forma de escapar del peligro en los terrenos del palacio.

Rezó para que William pudiera sacarlo sano y salvo del palacio.

Estallaron más combates en algún lugar del palacio, y los cuernos de Ruritania sonaron mientras los leales guardias de palacio luchaban contra quienquiera que hubiera iniciado la batalla para defender la Corona. Las llamas recorrían la parte superior del tejado del Palacio de Verano, devorando toda la madera y ennegreciendo la piedra. Anna contemplaba el creciente infierno desde el jardín, con el cuerpo helado y la mente en blanco por el dolor y el miedo. Todo su mundo estaba *ardiendo*.

—¡Milady! —siseó Pilar, tirando con fuerza de la mano de Anna. Una vez más, corrieron entre los setos de los lujosos terrenos del palacio. De repente, una figura saltó hacia ellas y Pilar gritó. Anna adoptó una postura defensiva, dispuesta a protegerse a sí misma y a su criada como pudiera. Había sido entrenada en el uso de muchos tipos de armas, incluidas sus propias manos.

—¿Anna? —graznó roncamente en la oscuridad una voz familiar.

—¿Alexei? —corrió hacia la figura envuelta en una capa y se arrojó a sus brazos.

—Gracias a Dios, los dos estáis ilesas —su hermano tosió por la inhalación de humo. Pero la estrechó contra sí, abrazándola tan fuerte que casi no podía respirar.

Ella casi se estaba riendo locamente de pánico y alivio, pero su gemelo no. Tenía una expresión dura y los ojos llenos de dolor.

—Alexei... —empezó insegura.

—Tienes que ir al puerto. Sube a bordo del *Ruritanian Star*. Te está esperando.

—¿Yo? ¿Qué hay de ti? ¿Dónde están mamá y papá...?

—Se han *ido*, Anna —carraspeó.

—Ido... ¿Cómo que se han *ido*? —ella sintió el crecimiento de una histeria salvaje mientras intentaba procesar lo que él estaba diciendo.

—El tío Yuri los ha matado. Casi me mata a mí. Si no fuera por William, estaría muerto —el rostro de su hermano estaba cubierto de humo y salpicado de lágrimas—. Él ha puesto a la mitad del ejército en nuestra contra. Nunca supimos que los *demonios* estaban dentro de las murallas hasta que fue demasiado tarde —condujo a Pilar y a ella a la sombra del muro del jardín, al borde del palacio—. Ahora vete. Corre a los muelles. Coge esto —depositó en sus manos un pesado monedero.

—¿No vienes con nosotros?

Su gemelo sonrió tristemente.

—Debo quedarme y rescatar a los que aún nos son leales. Ahora que padre se ha ido, yo soy el rey, y debo quedarme con nuestro pueblo. Yuri no les perdonará la vida en esta lucha. La *Estrella* te llevará a Londres. Habla con el Rey George. Trae soldados para ayudarnos. Necesito que hagas esto por mí...

Ella sacudía la cabeza. No quería dejarlo.

—No. Alexei, no puedo...

—Sí puedes, hermana. Siempre has sido más valiente que yo; por eso debes ir. Tienes el corazón de una reina, y el rey George querrá ayudarte en cuanto te oiga hablar de estas atrocidades. Cuando sea seguro, iré a buscarte. Hasta entonces, William y yo lucharemos por recuperar nuestro hogar.

Anna echó los brazos al cuello de su hermano.

—Cumple tu promesa, Alexei. No puedo vivir en un mundo sin ti —le besó la mejilla y lo dejó marchar, a pesar del rompimiento de su corazón.

Pilar y ella corrieron hacia el bosque que bordeaba los terrenos del castillo. El cielo estaba ahora teñido de rojo por las llamas infernales, un marcado contraste con los oscuros bosques entre ella y el lejano puerto. Solo miró hacia atrás una vez, esperando ver a su hermano observándolas, pero el arco que conducía a los jardines y al palacio estaba vacío, salvo por la luz del fuego.

El sueño que últimamente había tenido con mucha frecuencia resultó profético esa noche mientras Pilar y ella huían por el oscuro bosque. Los aullidos de los hombres hambrientos de sangre real resonaban a su alrededor, y Anna y Pilar no se detuvieron.

Debemos llegar al agua, pensaba una y otra vez. El agua las salvaría. El agua las llevaría lejos. Rezaba para que su hermano sobreviviera. Lo había perdido todo. No podía perderlo a él también.

SEPTIEMBRE DE 1821

Escocia

Aiden Kincade se quitó las mantas a patadas mientras luchaba por despertarse. Viejos y dolorosos recuerdos de su tiránico padre conseguían que se estremeciera de miedo y rabia. Se incorporó y se cubrió la cara con las manos, dejando escapar un suspiro tembloroso antes de bajas las manos y mirar con ojos ausentes la habitación que lo rodeaba.

¿Cómo era posible que un hombre que llevaba mucho tiempo muerto siguiera infundiéndole tanto miedo? Aiden tenía veintisiete años, mucho más allá de la edad en que las pesadillas deberían asustarle. Pero siempre parecía tan real cuando su padre aparecía en sus sueños. Las cicatrices que su padre Montgomery Kincade le había provocado, tanto físicas como emocionales, estaban siempre presentes para él de una forma de la que sus hermanos parecían haber escapado. Brock, Brodie y Rosalind compartían la historia de abusos de su padre, pero todos sus hermanos habían seguido adelante con sus vidas, mientras que Aiden no conseguía deshacerse del dolor que persistía. Eso lo hacía sentirse aún más solo.

Su madre dijo una vez que había nacido con el espíritu salvaje de sus antepasados en la sangre, los antiguos clanes guerreros. Ese espíritu salvaje había llamado tanto la atención como el desprecio de su padre. Montgomery había ayudado en secreto al gobierno inglés a aplastar una rebelión escocesa años atrás. Él, más que la mayoría, despreciaba las viejas costumbres. Los clanes, los lairds, los kilts. Todo eso. Y así Aiden se convirtió en el blanco del veneno de su padre.

Aiden se levantó de la cama y fue a lavarse la cara en la palangana de porcelana. La débil luz de la mañana era gris, y podía oler la lluvia en la brisa que entraba por la ventana entreabierta de su dormitorio. Se lavó la cara, y el agua fría lo ayudó a disipar la persistente oscuridad de sus sueños.

Algo se agitó en un rincón de su habitación, detrás de un viejo sillón acolchado. Aiden chasqueó los dientes suavemente cuando una marta salió de debajo de las patas del sillón y se estiró, casi como un gato. Su pelaje era de un marrón brillante que se mezclaba con la madera de los árboles. Aiden había rescatado a la pequeña bestia al encontrar su pata delantera atrapada en el cepo de un cazador.

Le había llevado medio día ganarse la confianza de la marta antes de poder liberarla del cepo sin que lo mordiera. Una vez liberada, la había llevado a casa para curarle las heridas. Afortunadamente, la pata no se había infectado y la marta había podido volver a su hábitat natural al cabo de unas semanas, pero como muchas de las criaturas que Aiden encontraba y ayudaba, la marta parecía perfectamente satisfecha de permanecer en el castillo de Kincade.

Junto con la marta, había también una tejona, Fiona, quien disfrutaba durmiendo en la cama de su hermano Brock, lo que siempre divertía a Aiden porque el nombre de Brock significaba en realidad tejón. También tenían un par de nutrias de río en el lago que a veces subían a jugar a las fuentes del jardín. Incluso había un pequeño búho.

Le había puesto el nombre de Miel porque sus plumas moteadas de negro, marrón y dorado le recordaban a los panales de abejas. Miel tenía su nido en la biblioteca del castillo, y Aiden había construido una entrada de muselina en una de las ventanas cercanas para que la lechuza pudiera escabullirse a un saliente en el exterior del castillo e ir a cazar cuando ella lo necesitara.

Aiden era afortunado de que a ninguno de sus hermanos ni a sus esposas parecieran importarles las idas y venidas de las criaturas. Y aún más afortunado de que a las dos nuevas inquilinas del castillo Kincade les resultara dulce su cuidado sobre las pequeñas criaturas. Sus cuñadas, Joanna y Lydia, parecían disfrutar con el zorro que tomaba el sol junto a su ventana, las palomas que se posaban en el salón o los diversos animales heridos que llevaba a casa para curar. Él no sabía cómo había tenido tanta suerte. Sus hermanos se habían casado con muchachas inglesas que eran compasivas y amables, sobre todo considerando que durante la mayor parte de sus vidas sus hermanos no habían estado precisamente predispuestos a los ingleses, en general.

A Aiden le divertía en secreto que sus dos hermanos mayores se hubieran casado con familias inglesas, ya que ambos estaban muy orgullosos de su sangre escocesa.

Incluso su hermana menor, Rosalind, se había casado no con uno, sino con dos ingleses. Primero se había casado con un hombre mayor de buen corazón para escapar de su padre, y luego, como viuda rica, había encontrado a su verdadera pareja en su segundo marido, un poderoso barón inglés.

Los hermanos de Aiden se habían integrado completamente en las vidas de las familias de sus esposas, mientras que Aiden había conseguido escapar de esto. Su intención no era apartarse de los demás, simplemente era su forma de ser. Su madre y sus hermanos lo habían entendido, pero no su padre.

Se sentía más seguro y cómodo cuando estaba solo o con sus animales. La desconfianza hacia los demás era un problema que intentaba superar constantemente. Su padre era el que más daño le había hecho, y sus hermanos no siempre habían sido capaces de protegerlo, ni tampoco su difunta madre. A menudo había soñado con huir a Inglaterra o a Gales, o quizá incluso más lejos, pero se había quedado en Escocia porque era su hogar, y quería demasiado a sus hermanos y a su hermana como para marcharse.

Aiden se vistió con unos pantalones de piel de ante y una camisa, sin molestarse en ponerse un chaleco. Salió de su alcoba y caminó por el pasillo con la marta detrás de él tan leal como cualquier sabueso. Bajó la gran escalera y contempló los restaurados techos abovedados del castillo. Varios meses atrás, el castillo había ardido parcialmente en un incendio que casi acabó con la vida de Brock y Joanna.

A pesar de la cantidad de trabajo y dinero que habían requerido las reparaciones, la restauración del castillo había resultado una experiencia positiva para todos. Ahora se sentía como un nuevo hogar, más acogedor, lleno de recuerdos felices en lugar de dolorosos.

La marta serpenteó por los balaústres de madera reluciente de la escalera antes de desviarse por su propio camino hacia algún otro nido que había escondido en el castillo. Por el pasillo resonaban risas de algo que divertía a Brock y Joanna. Nadie echaría de menos a Aiden si desaparecía una tarde. Nunca nadie lo hacía.

Se dirigió a la cocina, donde la cocinera le dejaba una bolsa con carne, queso y pan fresco para los días en que ella suponía que él saldría a cabalgar, algo que solía hacer cada dos días. Cogió la bolsa de la encimera mientras la rolliza cocinera le daba la espalda y se escabulló por la puerta más cercana hacia los establos. Se le daba muy bien pasar desapercibido cuando lo deseaba, lo cual, dada su estatura, era una habilidad impresionante.

Los mozos de cuadra saludaron a Aiden y se apartaron cortésmente mientras visitaba a cada uno de los caballos en sus establos. Los caballos le dieron golpecitos en sus manos con sus hocicos, ansiosos de atención. Aiden se rio y, acariciando con las puntas de los dedos los hocicos de los caballos, les dio terrones de azúcar. Cuando llegó a su propio caballo, Thundir, llamado así en gaélico por la tormenta en la que había nacido, Aiden le puso un arnés, pero no una silla de montar. Rara vez las usaba. Colocó una manta ligera sobre el lomo del caballo y montó utilizando un pequeño escabel que había cerca. Salió con Thundir de los establos y se dirigió hacia las lejanas colinas. Unas nubes espesas y densas se alzaban sobre ellos en el cielo, creando sombras que se movían rápidamente sobre la hierba dorada y brillante. Las colinas estaban adornadas con flores de brezo rosas y púrpuras.

Se inclinó sobre el cuello de la bestia para susurrarle al oído:

—Persigue las nubes —tuvo la extraña sensación de que, por una vez, no huía de algo, sino hacia algo. Fuera lo que fuera, lo encontraría. Su corazón le pedía que lo encontrara. Intuyó que cuando lo encontrara, la paz que había anhelado toda su vida sería suya por fin.

❧ 2 ❧

U*n mes después*
El Mar del Norte, frente a la costa de North Berwick, Escocia

Anna y Pilar nunca vieron la llegada de la tormenta mientras su barco cruzaba el Mar del Norte. Tampoco el capitán del *Ruritanian Star* ni su tripulación. Un frío viento del norte se levantó feroz y desagradable cuando casi habían cruzado todo el mar, rumbo a Inglaterra.

Anna y Pilar, quienes tenían órdenes de permanecer abajo en su camarote, se acurrucaron juntas mientras el barco subía y bajaba sobre enormes olas espumosas. Pilar corrió a un balde en un rincón para vomitar, y Anna se arrodilló junto a su criada, apartándole el pelo de la cara y compartiendo palabras tranquilizadoras mientras frotaba la espalda de la otra mujer.

—Tranquila, respira y pronto saldremos de la tormenta —dijo Anna, pero las palabras le supieron a mentira. Tenía la terrible sensación de que la tormenta sería el final de su viaje.

Después de varias horas, convenció a Pilar para que se tumbara en la cama. Momentos después, un marinero golpeó con el puño la puerta del camarote.

—Señoras, está entrando agua. Abandonaremos el barco. ¡Debéis venir! —gritó el hombre.

—¿Abandonar el barco? —Anna tiró frenéticamente de Pilar. Habían dormido vestidas los últimos días, así que no había necesidad de preocuparse de eso.

Subieron a trompicones por la plancha y llegaron a cubierta. El capitán estaba desatando un bote salvavidas del costado del barco. Estaba siendo bajado por la borda cuando vio a Anna y a su criada, y les hizo señas frenéticas para que se acercaran. Anna guio primero a Pilar hacia el bote, a pesar de sus protestas.

—¡Milady... Oh! —Anna empujó a Pilar por la espalda, y el primer oficial del capitán la cogió y la acomodó en el bote. El capitán fue el siguiente en subir y Anna lo siguió por la borda. El capitán extendió las manos para cogerla, pero en ese momento una gran ola sacudió el barco y sus manos resbalaron. Durante un breve instante, Anna quedó suspendida en el espacio y sintió la caída de su estómago antes de sumergirse en las olas.

Aspiró antes de que el agua oscura y gris se cerrara sobre su cabeza. El agua helada le atravesó el cuerpo como un cuchillo. El peso de sus faldas y botas la arrastró hacia las profundidades. El cansancio empezó a apoderarse de sus miembros, pero algo en lo más profundo de su ser cobró vida, tan débil como una pequeña vela en una tormenta, pero seguía siendo una llama.

Recordó en sueños al hombre del pozo encantado. Corría hacia ella, con el caballo bajo él de un gris oscuro y moteado. Sombras y luces parpadeaban en su rostro mientras cabalgaba y se inclinaba sobre el caballo. De algún modo, ella sabía que cabalgaba tan rápido como el propio viento, aunque las imágenes se movían lentamente.

—*Confía en mí...* —sus palabras resonaron en su cabeza.

La pequeña llama creció en su interior y recuperó parte de

su fuerza latente. Movió las piernas, arañó y luchó por alcanzar la lejana superficie del mar que se alzaba sobre ella. Era hija de reyes y reinas. Descendía de una antigua estirpe de guerreros. No dejaría que el mar reclamara su vida.

Salió a la superficie con un grito y obligó a sus pulmones abrasados a respirar. Se quitó el agua de mar de los ojos, pero no vio ni rastro del bote salvavidas que había esperado encontrar. No había nada más que los restos del *Ruritanian Star*. El océano había hecho pedazos el barco.

Nadó hacia los restos de madera y tablones, con la esperanza de encontrar algo a lo que aferrarse para mantenerse sobre el agua. Un largo y grueso mástil pasó a su lado y ella lo sujetó, rodeándolo con los brazos justo cuando una ola se abalanzó sobre ella. Aguantando la respiración, se hundió y volvió a la superficie con el mástil. Cogió aire y buscó algún rastro lejano de tierra o del bote salvavidas en el que se encontraban los demás supervivientes.

No había ni rastro del bote, pero divisó una línea de tierra. Estaba muy lejos... demasiado lejos. Y estaba muy cansada...

Anna se ató los brazos a las cuerdas sueltas que estaban sujetas al mástil para mantenerse por encima del agua en caso de desmayarse. Luego nadó hacia la lejana línea de tierra hasta que su cuerpo sucumbió a la fatiga y cayó inconsciente.

—Confía en mí... —las reconfortantes palabras le llegaron en algún lugar entre el mundo real y uno de sus sueños. El dolor se volvió distante a medida que el frío la invadía hasta que se sintió demasiado entumecida para permanecer en la tierra de los vivos...

Regresó un dolor violento que le golpeó la cabeza y el pecho. Luego, presión en los labios, más dolor y presión. Quería que eso se detuviera, pero no lo hizo. Era rítmico, y la llama de su interior volvió a encenderse. Tosió y el agua de mar salió de su boca con tanta fuerza que tuvo arcadas. Cuando pudo respirar con calma, se dio cuenta de que estaba en brazos de alguien y ya no en el mar. Un hombre la sostenía con ternura y sus ojos grises y azules examinaban su rostro mientras ella lo miraba fijamente.

Separó los labios en shock. Era él, el hombre de sus sueños. Unos mechones húmedos de cabello castaño oscuro pendían sobre sus ojos, derramando gotas de agua. Estaba confundida y aturdida mientras se esforzaba por recordar de qué lo conocía; solo sabía que él debió haberla arrastrado al mundo a través del agua. Pero no sabía por qué ni cómo. Le dolía el cráneo como si alguien se lo hubiera golpeado con un atizador, y sus pensamientos, que antes parecían tan coherentes, ahora se agitaban como las olas del mar.

—*Tú*... Eres tú —entonces el dolor de cabeza se hizo tan intenso que volvió a sumirse en la oscuridad. Lo último que oyó fue su voz.

—¿Quién eres, muchacha?

La mujer seguía inconsciente mientras Aiden la acunaba contra su pecho. Se levantó y la sacó del agua hacia la playa de arena. Su cuerpo estaba frío y flácido, y su hermoso rostro pálido como el alabastro. Un segundo atrás, sus cálidos ojos marrones lo habían mantenido completamente inmóvil, totalmente paralizado, antes de que ella se hundiera en la inconsciencia y rompiera el hechizo que había lanzado. Aiden tenía que llevarla de vuelta a la aldea antes de que pereciera por la exposición al frío mar.

Silbó a Thundir y su caballo capón trotó hacia él a través de las olas poco profundas. Se alegró de haber ensillado a Thundir esta vez, porque necesitaría una montura firme para mantenerlo a él y a la mujer en su sitio. La acomodó con cuidado en la parte delantera de la silla y subió tras ella. Luego tiró de una de sus piernas hacia arriba para que montara a horcajadas delante de él.

Apoyó a la mujer contra su pecho, cogió la manta escocesa que siempre llevaba consigo y la envolvió con ella para sujetarla a él. La mujer emitió un sonido suave, casi un gemido, y se estremeció contra su pecho como si fuera consciente del calor que le estaba dando la manta.

—Eso es, muchacha, aguanta ahora —le murmuró, esperando que pudiera oírlo. El repentino y feroz proteccionismo que despertaba esta mujer lo sorprendió, pero no tuvo tiempo de pensar por qué; solo sabía que tenía que salvarla.

Entonces clavó los talones en los costados de Thundir y el caballo aceleró. Cabalgaron con fuerza por la playa hasta llegar a un sendero que ascendía por la ladera hacia la ciudad de North Berwick. Empujó a su caballo para que avanzara lo más rápido posible sin ponerlos en peligro por el sendero rocoso que ascendía por la ladera del acantilado. Cuando llegaron a la pequeña y bulliciosa ciudad portuaria, el vestido mojado de la mujer había empapado por completo la parte delantera de su propia ropa, y él temblaba de frío.

Cabalgó directamente a la posada donde se había alojado los últimos días mientras esperaba la llegada del barco de Brodie desde Francia. Se ganó miradas extrañas por el camino con una mujer inconsciente en brazos, pero poco le importaban los pensamientos de los demás, especialmente de los extraños. Si alguien pensaba que le había hecho daño a la mujer, ya les demostraría lo contrario más tarde cuando ella estuviera fuera de peligro. Como si de algún modo fuera consciente de los pensamientos de Aiden, el cuerpo de la mujer empezó a temblar, y sus labios, antes de un rosa pálido, se tornaron de un tenue color azul. Volvió a emitir un sonido suave, un gemido femenino como de dolor, y el sonido le desgarró el corazón.

—Quédate conmigo, muchacha —le suplicó—. *Quédate conmigo.*

Cuando llegó a la posada, un mozo de cuadra de unos siete u ocho años corrió hacia él y cogió las riendas lanzadas por Aiden. Tenía que llevar a la mujer al interior y alejarla del frío del aire escocés antes de que pereciera.

—Llévalo al establo y trae al mejor médico que tengáis y envíalo directamente a mi habitación. Te pagaré un chelín extra. Date prisa, la muchacha está muy enferma. —Le dio al muchacho el primer chelín. Los ojos del chiquillo se agrandaron como la luna de un cazador cuando levantó la moneda.

—¡Sí, señor! —soltó de sopetón el muchacho.

Aiden se bajó de la silla de montar y cogió con cuidado a la mujer, quien se deslizó sin fuerzas hasta sus brazos. Por un momento, miró fijamente el rostro de la mujer, su mundo se tambaleó sobre su eje mientras observaba sus rasgos. Conocía su rostro... Conocía a esta hermosa criatura debido a sus sueños y, en este momento, supo que si la perdía, él se perdería para siempre. Era un maldito milagro que hubiera estado cabalgando por la orilla todas las mañanas durante los últimos tres días desde que había llegado aquí para esperar a que Brodie y su novia, Lydia, regresaran de Francia. Si no hubiera cabalgado hoy... No se atrevió a pensar qué habría sido de ella.

Aiden cruzó el patio y se abrió paso a la taberna de la posada con los hombros.

Molly Tanner lo vio cargando a la mujer en brazos y enseguida le hizo preguntas.

—Anda, muchacho, ¿qué pasa ahora? —Molly, la posadera, era una criatura formidable. Una figura nervuda en sus cuarenta y tantos, con manos fuertes y ojos duros que se ablandaron un poco cuando se dio cuenta de que era Aiden.

—Ella ha aparecido en la orilla —dijo antes de subir las escaleras hacia su habitación. Oyó a Molly subir detrás de él cuando se dio cuenta con una maldición de que tendría que dejarla en el suelo para encontrar su llave.

—Déjame hacerlo, muchacho —Molly sacó la llave del bolsillo empapado de su abrigo y le abrió la puerta. Una vez abierta, la llevó a su habitación y la tumbó suavemente en la cama.

Molly se quedó a su lado junto a la cama.

—¿Arrastrada a la orilla? Entonces, ¿ha habido un naufragio? —preguntó Molly con curiosidad—. ¿Has visto alguna carga o...?

—Molly —gruñó en voz baja, sin apartar los ojos de la mujer de la cama—, eso no era mi preocupación. Pero hay que enviar hombres a buscar otros supervivientes. Cuando llegue el médico, que suba directamente —tocó con los dedos el dobladillo de la ropa húmeda y helada de la mujer, que sin duda mantenía su piel a una temperatura peligrosamente fría —. Y tráeme cualquier camisón extra que tengas, hasta que pueda conseguirle uno propio. Te lo pagaré. No sobrevivirá si no le quitamos esta ropa mojada.

—Es muy bonita —murmuró Molly.

Aiden suspiró.

—No es más que una criatura herida que necesita mi ayuda. Nada más.

Sabía que Molly había visto su afinidad por los animales cuando había rescatado a un caballo el día anterior. El caballo se había vuelto loco de dolor después de torcerse la pata delantera, y el jinete, en su ira y precipitación, había querido meterle una bala en la cabeza a la bestia. Aiden compró el caballo al hombre y vendó la pata herida. Molly se había maravillado de cómo había atendido al caballo y lo había calmado. Era una habilidad que tenía desde niño, pero había olvidado que cuando estaba entre gente que no lo conocía, su forma de tratar a los animales solía causar gran revuelo.

Pero esta mujer no era solo otra criatura herida. La había

visto antes, *muchas* veces en sus sueños, aquellos en los que el velo entre el sueño y el insomnio era más delgado. En los sueños, ella estaba perdida, siempre perdida en un bosque profundo y oscuro, y él siempre intentaba llegar hasta ella. De niño había soñado con una niña, y ahora soñaba con una mujer adulta. *Esta* mujer. Nunca había hablado con nadie de estos sueños, ni siquiera con sus hermanos.

No sabía cómo era posible algo así.

—¿Has dicho que necesitas un camisón?

—Sí —apenas fue consciente de la salida de Molly. Su atención estaba casi por completo en la mujer que había rescatado.

Con manos delicadas, le quitó las botas de cuero mojadas y le desenrolló las medias de sus piernas antes de darle la vuelta suavemente para desabrocharle los cordones traseros del vestido y quitárselo. Las ropas que llevaba estaban finamente confeccionadas, eran las de una dama de alta cuna y, sin embargo, no eran demasiado extravagantes.

Apartó la mirada lo mejor que pudo. Era imposible ignorar la belleza de su cuerpo mientras lo revelaba, pero su mente estaba concentrada en librarla de la tela húmeda. Luego retiró las sábanas de su cama, metió su cuerpo desnudo bajo éstas y añadió unos leños al fuego para calentar la habitación. Quitó la manta superior empapada y cogió otra que estaba colgada en el respaldo de una silla cercana. Estaba acostumbrado al frío de Escocia, había pasado toda su vida en un castillo con corrientes de aire y no solía necesitar tantas mantas para dormir por la noche, pero esta mujer necesitaba todo el calor que él pudiera darle. El tono azul comenzó a desvanecerse a medida que sus mejillas se calentaban, perdiendo ese temible manto blanco de su piel. Movió la boca como si intentara hablar y se removió inquieta en la cama.

—Descansa. Estás a salvo —le colocó el dorso de los dedos en la frente, buscando cualquier signo de fiebre. Permaneció a su lado, frunciendo ligeramente el ceño mientras estudiaba sus rasgos una y otra vez, intentando comprender cómo la mujer de sus sueños, cuyo nombre ni siquiera conocía, estaba ahora aquí con él.

Molly entró una vez durante la espera del médico, dejó un camisón sobre la cama y lo ayudó a colgar la ropa de la mujer junto al fuego para que se secara.

Un cuarto de hora después de su silenciosa vigilia junto a la cama, llegó el médico con el mozo de cuadra pisándole los talones. Cuando el médico dejó su maletín de cuero negro a los pies de la cama, Aiden puso un chelín en la palma abierta de la mano del muchacho y le alborotó el pelo antes de despedirlo.

El médico era un hombre joven, quizá solo unos años mayor que Aiden. Le ofreció la mano.

—Soy Arthur MacDonald.

Estrechó la mano del hombre.

—Aiden Kincade.

—Ahora, dime qué ha pasado. La examinaré mientras hablas —el médico alcanzó las sábanas, a punto de bajarlas, pero Aiden le cogió la mano.

—Le he quitado la ropa. Está tan desnuda como un recién nacido —soltó la mano del médico—. La encontré en la orilla con agua en el pecho. Saqué gran parte del agua, pero estaba empapada y sus labios se estaban poniendo azules —soltó la mano del doctor MacDonald.

—No te preocupes. Intentaré examinarla con cuidado —el médico solo levantó partes de la sábana mientras trabajaba, y mantenía la mirada apartada cada vez que tenía que desnudarla más abiertamente para su examen—. Tiene una fea contusión en la nuca. No veo otras heridas, salvo algunos hematomas de una cuerda u otro tipo de atadura en los brazos. Lo que más me preocupa son sus pulmones. Será fácil que coja una neumonía. Hay que mantenerla caliente y seca, y que duerma en posición elevada con el pecho hacia arriba. Aliméntala con caldo caliente durante el primer día o así, y si se encuentra mejor, puede ingerir alimentos más sólidos Evita que ingiera demasiada leche o queso. Le empeorarán la tos cuando ella empiece a limpiar los pulmones. Cuando se sienta mejor, debe levantarse y caminar. He visto que mis pacientes mejoran cuando hacen ejercicio en vez de quedarse en cama. El movimiento limpia los pulmones —el médico se acarició la barba corta y oscura, pensativo—. ¿No sabes quién es?

—No —dijo Aiden en voz baja—. Estaba cabalgando por la orilla cuando vi la llegada de los restos de un naufragio. Fue entonces cuando vi a la muchacha en los bajíos.

—Un naufragio, ¿eh? ¿Algún otro superviviente?

Sacudió la cabeza.

—Si los había, no los vi.

—Bueno, te dejaré para que te ocupes de ella cuando despierte. Estoy a poca distancia. Mi casa es la última al final de este camino. No dudes en llamarme.

—Gracias, doctor —Aiden estrechó la mano del hombre de nuevo. Una vez que el doctor MacDonald se hubo ido, Aiden se sentó en el borde de la cama y se quedó mirando a la hermosa mujer de sus sueños que había aparecido en la orilla. No pudo evitar preguntarse si sería una princesa selkie. Sonrió al pensarlo. No, era una princesa hada. Solo el pueblo de las hadas podía hacer una mujer tan hermosa—. ¿Quién eres, muchacha? —volvió a preguntar, pero la mujer seguía durmiendo, ajena a él y a su preocupación por ella.

El color seguía volviendo a su piel y su respiración era más profunda. Su rostro, que antes parecía tenso incluso dormido, se había relajado y sus bellos rasgos se habían suavizado. Trazó sus oscuras cejas con la punta de un dedo y luego le tocó los labios, deseando poder calentarlos con los suyos en un beso ardiente. En sus sueños, siempre intentaba tocarla, deseaba abrazarla, besarla, amarla hasta que el mundo acabara y volviera a empezar y nuevas estrellas brotaran en el cielo nocturno. Pero era una locura. Sin duda, la mujer de sus sueños, a la que nunca había conocido, no podía ser real, no podía ser esta mujer. Sus hermanos habrían insistido en que era una mera coincidencia, pero Aiden creía en cosas que sus hermanos no, cosas como el destino y la suerte. Esta mujer... era ambas cosas.

—Seas quien seas, te protegeré siempre —juró.

La mujer lanzó un suave suspiro, y sus labios se entreabrieron ligeramente mientras murmuraba palabras demasiado suaves para que él las oyera.

A ANNA LE LATÍA LA CABEZA. SE PREGUNTÓ VAGAMENTE SI habría bebido demasiado vino en la cena. Gimió y se removió, luego hizo un gesto de dolor al girar la cabeza sobre la almohada. Torcer su cuerpo liberó algo en sus pulmones y tosió con fuerza mientras estaba tumbada de lado. Sintió el sabor del agua salada en la boca y se lamió los labios resecos. Cuando volvió a moverse, el dolor en la parte posterior de la cabeza volvió a agitarse.

—¡Ay! —siseó, y la garganta dolorida le ardió por la sola exclamación de dolor. *¿Garganta dolorida?* ¿Por qué le dolía la garganta?

—Tranquila, muchacha, te harás daño —una voz profunda e intensa habló suavemente desde algún lugar cercano. Se estremeció y abrió los ojos. Por un segundo su visión se nubló, y entonces se dio cuenta de que estaba en una habitación extraña con un hombre extraño. Pero esta comprensión empeoró al no saber en qué clase de habitación *debería* estar. El hombre era moreno y sus ojos, de un azul grisáceo tormentoso, la miraban con evidente preocupación.

—¿Quién... quién eres tú? —exigió. Pensó que tenía un

vago recuerdo de él y de unas terribles y frías aguas negras y luego de él otra vez... en unas aguas azul grisáceo pálido como el cielo y de cómo la luz del sol había formado un anillo de luz alrededor de su cabeza mientras la miraba.

—No puedo entenderte, muchacha. ¿Hablas inglés?

—Sí... sí, claro —respondió ella en inglés. ¿Había estado hablando danés? Conocía la diferencia entre los dos idiomas e hizo el salto al inglés cuando él le preguntó.

—Así que hablas más de un idioma —reflexionó el hombre—. ¿Tienes nombre, muchacha?

—Anna. Me llamo Anna... —su voz se detuvo cuando su memoria no encontró nada después de *Anna*. ¿Por qué no podía recordar su propio nombre?

—¿Anna qué?

Un miedo repentino se apoderó de ella con tanta rapidez que todo el aire salió de sus pulmones.

—No lo sé —jadeó, luego enterró la cara entre las manos y lloró. Se sentía fuera de control: no sabía quién era ni dónde estaba. Era *aterrador*.

—Tranquila, muchacha. No llores —la mano del hombre le tocó el hombro, y su cálida palma se sintió bien sobre su piel desnuda. ¿Piel desnuda? Bajó las manos de la cara y vio que la parte superior de su cuerpo estaba desnuda, pero oculta por las sábanas.

—¿Por qué estoy desnuda? —preguntó en un susurro.

La ropa de cama que la cubría era cálida, pero más rasposa de lo que estaba acostumbrada, y sentía demasiado calor y el aire de esta pequeña habitación demasiado sofocante. Creyó recordar unos dedos suaves quitándole la ropa fría y húmeda. ¿Había sido él? ¿Este hombre la había tocado? Debería haber estado aterrorizada, pero, de algún modo, ver su rostro, la amabilidad mezclada con deseo, hizo que su sangre se agitara de una manera que no comprendía del todo.

—Tus ropas estaban empapadas de agua de mar y morías

de frío —el hombre le quitó la mano del hombro y dio un paso atrás para mostrarle un camisón. Era de algodón, pero parecía muy cómodo.

—¿Es para mí? —debería haber tenido miedo de aquel hombre. Era increíblemente alto, ancho de hombros, y el contorno de su musculoso físico se veía claramente en la forma en que el chaleco se cerraba sobre su cintura y los pantalones se ceñían a sus poderosos muslos. Pero no sintió miedo, sino confusión.

El rostro del hombre enrojeció.

—Sí. ¿Quieres ponértelo ahora?

—Sí —aceptó el camisón y él le dio la espalda mientras ella salía de la cama, tambaleándose un poco al sentir las piernas demasiado débiles para sostenerla. Solo tuvo un momento para ponérselo por encima de la cabeza y dejar que se deslizara por su cuerpo antes de que una oleada de vértigo la inundara.

Unos brazos fuertes la cogieron y la bajaron a la cama. Su aroma profundo y sutil le recordó viejos bosques con árboles tan antiguos que habían vivido más siglos que los hombres sobre la tierra. Apoyó la cabeza en la garganta del hombre, deseando absorber más. Era un aroma que le resultaba familiar, reconfortante en medio de toda la extrañeza que la rodeaba.

—Eres muy cálido —susurró. Si no hubiera estado tan mareada y dolorida, habría cuestionado sus motivos, pero justo ahora obtuvo de él el consuelo que necesitaba.

Una profunda carcajada retumbó en su pecho.

—La habitación sigue fría. Echaré más leños al fuego —la arropó bajo las sábanas y se apartó para ocuparse del crepitante fuego. Tuvo un momento para admirar su figura delgada y musculosa. Él era realmente *hermoso*. Llevaba pantalones marrones oscuros y un chaleco sencillo sin bordados finos, pero se desenvolvía con una confianza tranquila que hablaba de un espíritu noble. No estaba segura de cómo lo sabía, salvo para decir que se sentía extrañamente en sintonía con este desconocido.

Un delicioso fuego ardió en su vientre cuando él se acuclilló frente a las llamas. Cogió dos leños y los colocó con cuidado sobre el fuego; otros hombres los habrían arrojado sin cuidado. Eso era algo que había notado en él. Todo lo hacía con cuidado y control. De algún modo, eso la hacía sentir segura, aunque no sabía por qué.

Se acurrucó más bajo la cálida ropa de cama.

—¿Quién eres para mí?

—No lo sé —respondió él, y sus palabras no hicieron más que aumentar su confusión. Si la conocía, ¿él no lo sabría? Ella intentó una pregunta diferente.

—¿Tienes nombre?

—Sí, muchacha —respondió, aún de espaldas a ella, mientras empujaba los troncos con un atizador.

—¿Me dirás cuál es? —esperó expectante la respuesta del hombre.

El hombre se enderezó, volvió a colocar el atizador en el soporte metálico y la miró. El pelo oscuro que caía sobre sus ojos de un gris azulado tormentoso. Le recordaban al mar. Llenos de misterios que nunca se resolverían.

—Aiden Kincade —hizo una reverencia cortés que la hizo sonreír.

—¿Y cómo nos conocimos, Aiden Kincade? —recordó que él había mencionado que había sido encontrada congelándose con la ropa empapada de agua de mar.

—Te encontré flotando hacia la playa sobre las olas. Venías de un naufragio.

—¿Naufragio? —articuló la palabra, desconcertada.

—Sí, muchacha. Cualesquiera que fuesen las pobres almas que navegaban contigo, debieron haber perecido. No vi a nadie más entre los restos mientras llegabas.

Un naufragio sin recuerdos y... Se tocó la nuca y se estremeció de nuevo.

—Cuidado —se acercó a ella pero se detuvo a centímetros de tocarla, como si recordara que eran extraños y no debía tocarla. Algo en eso la llenó de ternura, el hecho de que se preocupara por ella lo suficiente como para romper las reglas de la sociedad que él seguía aquí, en su tierra—. El médico ha dicho que te habías golpeado la cabeza con algo. También tienes moratones. ¿No recuerdas nada de lo sucedido?

Cerró los ojos, intentando recordar. Creyó recordar el océano... y su lucha por respirar. Pero tal vez era su imaginación intentando llenar los espacios en blanco. Lo único que realmente recordaba era su rostro... tanto a través de un oscuro charco de agua como de nuevo en el pálido mar mientras la rescataba.

—Tú también parecías conocerme —dijo Aiden mientras se sentaba en el borde de la cama, cerca de ella.

En lugar de asustarse por su proximidad, se sintió reconfortada.

—¿Conocerte?

—Sí. Dijiste: 'Eres tú' —pronunció las palabras con un acento más inglés que el suyo propio.

Anna retorció los dedos en las mantas, arrugándolas en su regazo.

—Es extraño, pero siento como si te conociera —dijo ella al cabo de un momento—. No sabría decir cómo —el fuego crepitaba y su piel estaba demasiado caliente ahora.

Aiden estudió su rostro y la intensidad de sus ojos sobre ella no hizo más que calentarla aún más. La familiaridad, esa conexión con él que no podía explicar, volvió a asaltar su mente, como si debería conocer a este hombre de cualquier parte. Él tragó saliva y se acercó más a la cama, separando los labios mientras seguía mirándola. Su belleza masculina la dejó sin aliento. Era como si sus rasgos hubieran sido esculpidos por ángeles.

Alguien llamó a la puerta. Él fue a abrir. Una mujer estaba allí de pie con cara de preocupación mientras miraba alrededor de Aiden para ver a Anna. Era de mediana edad y tenía una expresión feroz en el rostro que se suavizó ligeramente al ver a Anna incorporándose.

—Siento molestaros, pero será mejor que salgas a ver cómo está el caballo de la pata mala. Ese tonto de McPherson dijo que lo quería de vuelta ahora. Puedo vigilar a tu muchacha.

Los ojos de Aiden se oscurecieron. Volvió a mirar a Anna.

—No te muevas de esta cama, muchacha. Debo irme, pero necesitas descansar. Volveré con comida —y sin más, el alto y extraño escocés desapareció. Eso era algo que ella había reconocido en los últimos minutos. Su acento era *escocés*, al igual que el de la mujer que había llamado a la puerta.

¿Ella estaba perdida en Escocia?

$$\maltese \quad 3 \quad \maltese$$

—¿**C**ómo está la muchacha? —preguntó Molly a Aiden cuando él entró en el pasillo.

Aiden todavía estaba intentando asimilar la situación de haber encontrado a una hermosa mujer medio ahogada a la que había visto en sueños casi toda su vida, y al principio no oyó la pregunta de Molly hasta que ella la repitió.

—Cansada, pero despierta —siguió a la posadera escaleras abajo—. Dice que se llama Anna, pero parece no recordar nada más que su nombre de pila. Habla inglés, pero también habla. . . danés, creo, si lo he reconocido bien.

—¿Qué? —Molly parpadeó cuando llegaron al final de las escaleras. La taberna estaba llena de clientes, en su mayoría hombres que trabajaban en los muelles, junto con algún que otro viajero que se alojaba en la posada. Su exclamación atrajo algunas miradas curiosas, y Aiden bajó la voz al responder.

—El doctor MacDonald ha encontrado una herida en su cabeza. Sospecho que perderá un poco la memoria hasta que la herida se cure sola —había visto algo parecido una vez con un viejo collie que había tenido de pequeño. Su padre había golpeado la cabeza del perro con un bastón en un momento de ira, y durante tres semanas el perro no había parecido conocer a Aiden en absoluto. Se perdió en el castillo más de una vez, mientras que antes siempre había sabido orientarse. Aiden tuvo que volver a ganarse la confianza del perro. Al final, la herida del cráneo se curó y el perro, con el tiempo, volvió a sus antiguos hábitos y maneras. Tal vez ocurriría lo mismo con su misteriosa mujer.

—Pobrecita —dijo Molly con sorprendente dulzura—. Yo me ocuparé de ella mientras tú te encargas de ese cabrón de McPherson.

Aiden cruzó la taberna y salió por la parte delantera de la posada en dirección a los establos. El mozo de cuadra que le había llevado antes al médico estaba gritando a un hombre corpulento con sombrero de copa al que Aiden reconoció.

—McPherson —gruñó al hombre un instante antes de que McPherson levantara una mano para esposar al muchacho. Aiden capturó el brazo del hombre y lo apartó fácilmente de la cara del niño.

—*Modales,* McPherson, o la gente empezará a pensar que golpeas a niños pequeños y no a hombres de tu tamaño.

—¡Quítame las manos de encima, Kincade! El chaval merece ser golpeado —McPherson se sacudió el polvo imaginario de las mangas de su abrigo y frunció el ceño.

—¿De verdad? —Aiden frunció el ceño fingidamente, y el chico lo percibió, mirando al suelo con timidez—. Lárgate —le ladró al chico, quien captó la indirecta y huyó de su vista. Aiden volvió a centrar su atención en el hombre—. Ahora, ¿qué es eso que he oído de que quieres recuperar tu caballo?

El bigote de McPherson se crispó y sus brillantes ojos oscuros se entrecerraron cuando pareció anticipar el disgusto de Aiden por sus siguientes palabras.

—Quiero a mi caballo de vuelta; se lo he vendido al carnicero de la calle. Paga muy bien por la carne de caballo.

La sangre de Aiden hirvió de rabia repentina, pero contuvo las llamas.

—¿*Al carnicero?* ¿Vas a venderlo para que lo maten? ¿Has perdido la cabeza?

McPherson enfureció.

—Es mi caballo. Puedo hacer lo que quiera con él.

—Tú me lo vendiste primero, si lo recuerdas —gruñó Aiden.

—Y he encontrado un mejor precio. Lo quiero de vuelta —McPherson sacó la bolsa de monedas que Aiden le había dado. Aiden no hizo ningún movimiento para aceptarla. Mantuvo las manos a los lados, cerradas en puños.

—Teníamos un trato, McPherson. No aceptaré ningún dinero por la bestia. El caballo es mío. No me importa cuánto te ha dado el carnicero. Puedes arreglarlo con él.

McPherson cogió a Aiden del brazo cuando éste quiso pasar a su lado para ir a los establos.

—¿Cómo te atreves...?

Aiden giró y su puño conectó con la nariz de McPherson. El hombre cayó al suelo sobre su espalda, gritando de dolor mientras se llevaba las manos a la nariz ensangrentada.

Una intensa furia se agitó bajo su piel, pero la contuvo como siempre había hecho. Aiden nunca había golpeado a un hombre que no se lo mereciera, pero este bastardo sin duda se lo merecía.

—Vuelve aquí y te romperé algo más que la nariz —dijo Aiden. Su tono gélido provocó miedo en los ojos del hombre. Aiden pasó junto a él y entró en los establos. El aroma del heno y los caballos calmó a la bestia furiosa que se movía dentro de Aiden. El abuso contra los demás, especialmente los débiles e indefensos, era una de las pocas cosas en este mundo que podía despertar su furia. McPherson tuvo suerte, más suerte de lo que creía, de salir de allí solamente con la nariz ensangrentada.

—¡Le has roto la nariz! —se jactó el mozo de cuadra con regocijo, y Aiden miró hacia el desván, donde el muchacho lo observaba desde la cornisa.

—Sí —asintió solemnemente Aiden.

—Deberías haberlo matado —el niño bajó la escalera cerca de él y saltó el último peldaño con la energía inquieta que solo poseen los niños.

—No, muchacho, no es digno de la sangre que derramaría si yo lo hiciera —Aiden pasó la mano por el pelo del muchacho y lo notó estremecerse ante su contacto, pero luego se relajó. Su corazón se hundió al reconocer las señales de un niño golpeado. Una vez había sido como este chico, estremeciéndose ante cualquier contacto, bueno o malo.

—¿Cómo están los caballos? —preguntó Aiden.

—Thundir está bien. Bob está mucho mejor.

—¿Bob? —preguntó Aiden mientras el chico le seguía el paso. Caminaron hacia el establo de Thundir.

—Bob es el de la pata mala. Creo que luce como un Bob, así que le he puesto Bob.

Aiden sonrió.

—Bob será, entonces. Pero hay un problema.

Los ojos del niño se abrieron de par en par.

—¿Cuál?

—Bob es una *muchacha*.

—Oh... —la sonrisa del niño se desvaneció—. ¿Bob es una muchacha?

—Sí, muchacho, me temo que sí. ¿No sabes la diferencia entre un caballo macho y una hembra? —Aiden estudió al niño de pelo rubio. Era delgado, probablemente desnutrido, pero sus ojos brillaban con una aguda inteligencia.

—Supongo que no. Solo llevo aquí una semana —admitió el chico.

—Entonces estaré encantado de enseñarte todo lo que sé sobre caballos. Tu primera lección es ésta: las yeguas como

Bob son más fuertes de lo que cabría esperar. Puede que no sean tan grandes como algunos sementales o castrados, pero pueden correr más y son más fuertes de lo que uno esperaría. Nunca subestimes a una hembra, sea de la especie que sea — no pudo evitar pensar en Anna mientras decía esto. Había sobrevivido a un naufragio y había estado a punto de ahogarse, pero ya se estaba recuperando. Si eso no era fuerza, él no sabía qué era.

—¿Como la bella dama que has traído a la posada? ¿La que dicen que has encontrado en el mar? —el chico se subió a un barril cercano para ver mejor a Thundir mientras el castrado comía su avena. Thundir asomó la cabeza fuera del establo, masticando con satisfacción.

—Sí, ella es muy fuerte, al igual que Bob —coincidió sabiamente Aiden—. Vamos a verla, ¿eh? —bajó al muchacho del barril y se dirigieron al establo contiguo, donde estaba la yegua.

La mente de Aiden volvió a la misteriosa mujer que yacía en su cama. Se preguntó si alguien más habría sobrevivido al naufragio. Al encontrarla, había estado a la deriva cerca de un mástil roto, con cuerdas ligeramente enrolladas a su alrededor, como si en algún momento hubiera estado atada a él. Era fuerte, de eso no le cabía duda. Sólo deseaba saber quién era para poder ayudarla mejor.

Estaba claro que era del continente. Había hablado en un idioma que él creyó reconocer como danés, pero también había hablado inglés tan bien como cualquier inglesa cuando él le había preguntado si podía. Cuando terminara de revisar los caballos, visitaría al médico para ver qué opinaba de la pérdida de memoria de la mujer.

Bob estaba en el establo opuesto al de Thundir, y el caballo miró a Aiden con recelo cuando se acercó. Levantó un poco la cabeza, echándose hacia atrás, con los ojos llenos de desconfianza.

—Tranquila, muchacha. Ese gordo tonto se ha ido. No te llevará a ninguna parte —Aiden cerró la mano en un suave puño y la extendió hacia la yegua. Bob se tomó su tiempo y, eventualmente, se acercó a él y comió el terrón de azúcar que había escondido en su palma curvada cuando él giró la mano hacia su nariz curiosa.

—¿Me dejas ver tu pata?

Ella resopló y se apartó de la puerta para que él pudiera entrar al establo.

—¿Te entiende? —preguntó el chico a sus espaldas.

—Sí. Puede que los animales no sepan todas nuestras palabras, pero oyen nuestro tono y ven nuestro lenguaje corporal. Saben mejor que nosotros cuando alguien miente.

—¿Cómo lo hacen?

—Tu cuerpo te delata. Puedes estar diciendo palabras dulces, pero si ella ve que tus ojos se dirigen a una fusta, sabrá que estás pensando en golpearla. Siempre debes ser honesto sobre tus intenciones con los animales. Es la única forma de ganarse su confianza.

Examinó la pata delantera de Bob y cambió las ataduras. Luego cepilló con cuidado el pelaje y le quitó los nudos de la crin. Aquel cuidado se ganó la confianza de Bob más que ninguna otra cosa y, para cuando terminó, ella le estaba acariciando el hombro con la nariz y mordisqueándole la manga de la camisa.

Aiden salió del establo y dio instrucciones al mozo de cuadra para que le diera de comer y le trajera agua fresca. Ya se había ocupado de una hembra herida, ahora tenía que ocuparse de la que yacía escaleras arriba en su cama.

ANNA NO PODÍA QUEDARSE EN LA CAMA, POR MUY CANSADA que estuviera. Cuando Aiden salió de la habitación, se acercó a la pequeña ventana. Se apoyó en el marco y contempló el pequeño pueblo bajo ella. Divisó a Aiden hablando con un hombre en el patio de la posada. Aunque no podía oír lo que decían, el lenguaje corporal de Aiden era tenso y enfadado. Anna presionó la nariz contra el cristal, intentando observar mejor el encuentro... o, mejor dicho, a Aiden. El hombre dijo algo, y entonces Aiden lanzó un puñetazo, derribando al hombre al suelo. Anna jadeó, pero a pesar de la muestra de violencia, no tenía miedo de Aiden.

Al principio, estaba en shock por su comportamiento. Aiden se erguía alto, fuerte e valiente sobre el otro hombre, pero no le hizo más daño cuando fácilmente podría haberlo hecho. Por mucho que Anna supiera que ella era un misterio para sí misma, su tranquilo, apuesto y fuerte salvador también lo era.

La idea provocó un pequeño revoloteo en su pecho. Esperaba que otros hombres, muy pocos, hubieran sido tan honorables con ella como lo había sido él. Podría haberse aprovechado de ella, pero no lo había hecho. Cuando él desapareció en los establos junto a la posada, ella miró hacia las pequeñas casas y más allá, hacia el mar azul grisáceo en el horizonte.

Mientras contemplaba el mar infinito, el corazón le palpitó con un profundo dolor sin explicación. Con un suspiro, abandonó la ventana y se acercó al espejo cheval que había sobre el lavabo. Podía decir que no era una criatura pálida, sino más bien pálida por su terrible experiencia y no por naturaleza. Podía ver la pizca de sol en su piel, que brillaría una vez que se sintiera mejor. Su pelo era un lío de ondas oscuras que se volvían castañas rojizas al secarse.

Tenía moratones en las muñecas y los antebrazos. Los recorrió con las puntas de los dedos y tuvo un destello de recuerdo; las cuerdas de un mástil roto atadas alrededor de sus brazos. *Ella* misma se había hecho esas marcas... Se estremeció ante los destellos de memoria que estaban allí, pero turbios como si estuvieran medio hundidos bajo las aguas que casi la habían matado.

Anna no podía negar su alivio al recordar al menos eso. Había algo aterrador en despertarse magullada y herida sin recordar cómo había llegado a estar así. Al menos no se lo había causado otra persona.

Alguien llamó a la puerta, interrumpiendo sus pensamientos. Una voz femenina atravesó la puerta.

Cruzó la habitación y se apoyó en uno de los postes de la cama para descansar.

Anna abrió la puerta y dejó entrar a la mujer. Era una criatura vivaz, de rasgos afilados y cabello grisáceo recogido en un nudo suelto sobre la cabeza. Anna tuvo la sensación de que no era una mujer con la que debería cruzarse, pero que podía ser amable y justa en sus tratos.

La mujer vio a Anna medio escondida detrás de la puerta abierta.

—Ah, ahí estás. Ven y siéntate antes de que te desmayes, muchacha —dejó la bandeja sobre la mesita e indicó a Anna que se acercara—. Ven a comer, estás muy delgada. Me duelen *mis* huesos de solo mirarte. Me llamo Molly y ésta es mi posada. Si necesitas algo, pregunta por mí, ¿entiendes?

—Gracias, Molly. Soy Anna —siguió a Molly hasta el borde de la cama y se sentó—. ¿Puedo hacerte una pregunta que puede parecer un poco tonta?

La posadera ladeó la cabeza con curiosidad.

—Pregunta, querida.

—¿Dónde . . . ¿dónde estoy? ¿Esto es Escocia?

Molly soltó una risita.

—Así es. Estás en North Berwick, en la costa este de Escocia.

—Ah... —Anna suspiró, aliviada al darse cuenta de que

podía visualizar la costa de Escocia en su cabeza y dónde estaba North Berwick.

Molly apoyó las manos en sus caderas y frunció el ceño.

—Te ves tan débil como un gatito —murmuró—. No deberías estar sola, no hasta que vuelva el señor Kincade —cogió un tazón de sopa y se lo dio a Anna, junto con una cuchara—. Come. Me sentaré contigo.

Anna aceptó la comida con agradecimiento. Sentía el estómago como un pozo sin fondo.

—Anna, ¿cómo has acabado así? ¿En qué barco navegabas?

Anna comió unas cucharadas antes de contestar.

—No me acuerdo...

Molly enarcó las cejas.

—¿No te acuerdas?

—No. No recuerdo nada más sobre quién soy o cómo he llegado a Escocia —la confesión la deprimió más de lo que deseaba. No conocerse a uno mismo era una sensación extraña e inquietante. También le parecía una tontería, como si debería simplemente ser capaz de recordar. Pero no podía, por mucho que lo intentara.

—¿Quizás sea mejor que traigamos al doctor MacDonald para que te revise de nuevo?

—¿Doctor MacDonald?

—Sí, muchacha. El señor Aiden hizo que te revisara justo después de traerte aquí.

Así que estaba aún más en deuda con Aiden de lo que pensaba.

—¿De verdad no puedes recordar nada? —preguntó Molly—. ¿Nada en absoluto?

—Solo que me até a un mástil roto mientras estaba en él mar para no ahogarme —le mostró a Molly los moretones en los brazos causados por las cuerdas—. Pero eso lo recordé hace solo unos minutos.

La posadera se dio un golpecito en la barbilla.

—Tal vez tu memoria vuelva en fragmentos.

Anna esperaba que así fuera.

—¿Conoces bien al señor Kincade?

—No, no mucho. Lleva aquí unos días. Está esperando que llegue un barco de Francia, y uno nunca puede adivinar con exactitud cuándo llegará un barco a puerto. Al dirigir una posada ves todo tipo de personas, ya sabes. Buenas y malas. El señor Kincade es uno de los buenos. Es amable, respetuoso y no causa problemas.

—Pero acaba de golpear a un hombre afuera. Lo vi hacerlo desde aquí arriba a través de la ventana.

Molly hizo una mueca.

—El bastardo al que golpeó se merecía algo mucho peor de lo que recibió. El señor Kincade le compró el caballo herido. El hombre volvió esta mañana diciendo que se lo había vendido a un carnicero. Ahora, el señor Kincade no permitirá que maten a un animal, sobre todo a uno al que pueda ayudar.

Anna se relajó y Molly le sonrió.

—No te preocupes, muchacha. Si pensara que no es un buen hombre, no dejaría que te retuviera aquí. Pero eso me recuerda que necesitas ropa adecuada para cuando te sientas mejor. Haré que te traigan uno de mis vestidos para que te lo pruebes. Tienes más curvas que yo, pero puedo abrir las costuras y hacer que te quede bien.

La amabilidad de Molly fue tal alivio que Anna sintió cómo se desvanecía gran parte de la tensión que aún tenía dentro.

—Gracias, Molly. Estoy en deuda contigo.

—No estás en deuda conmigo —insistió Molly—. Las mujeres tenemos que ayudarnos siempre que podamos. Ahora termina de cenar y volveré a ver cómo estás.

Anna terminó su sopa y se encontró exhausta de nuevo. Se arrastró de nuevo entre las sábanas de la cama de Aiden para dormir. Se sentía segura sabiendo que él y Molly estaban cerca. Había sido bendecida al llegar a la orilla aquí y no en otro lugar.

Una sonrisa vacilante tiró de sus labios al pensar en Aiden y en la forma en que su mirada la atravesaba. La hacía sentir como si fuera la única persona en la tierra. No podía explicar por qué eso importaba, pero la hacía sentirse segura y cuidada... y le hacía querer cuidar de él de la misma manera. Había sufrido mucho, podía verlo claramente en sus ojos, y deseaba poder curarlo como él la estaba curando a ella. Algo sobre ellos juntos se sentía bien... Y sabía que sonaba a locura, dado que no recordaba nada de su pasado. Solo podía confiar en sus instintos, y sus instintos le decían que se quedara con Aiden.

AIDEN GOLPEÓ CON LOS NUDILLOS LA PINTORESCA CASA QUE pertenecía al doctor MacDonald. Una anciana ama de llaves contestó y lo miró de arriba abajo desde detrás de sus gafas.

—No pareces enfermo —dijo la mujer sin rodeos. Era una criatura regordeta de pelo canoso y nariz corta, sobre la que se posaban precariamente sus gafas. Aiden se dio cuenta de que era una mujer brusca que respondía mejor a la cortesía y la honestidad.

Aiden le sonrió.

—No sabía que fuera un requisito. No soy un paciente, pero tengo uno del que necesito hablar con el doctor MacDonald.

El ama de llaves le hizo señas para que entrara.

—Él está en su consultorio, pero está vacío. Puedes volver.

Aiden pasó por un dormitorio y una cocina antes de encontrar la habitación, la cual tenía un letrero que decía "Consultorio" en letras pintadas de oro. La puerta estaba parcialmente abierta. MacDonald estaba en un escritorio detrás de una mesa de operaciones, de espaldas a la puerta.

Aiden se aclaró la garganta.

—¿Doctor MacDonald?

El doctor se dio la vuelta.

—Ah, señor Kincade. ¿Cómo está nuestra joven paciente?

—Está despierta, pero no parece recordar nada, salvo que su nombre de pila es Anna —los hermosos ojos color marrón miel de Anna destellearon en su mente ante la mención del nombre. Había parecido tan asustada al comprobar que no recordaba nada. Él había querido subirla a su regazo, abrazarla y besarla para disipar sus preocupaciones. También había querido hacer más que eso, pero no podía aprovecharse así de ella.

—¿No recuerda el naufragio? —el médico enarcó las cejas y dejó a un lado los papeles en los que había estado tomando notas.

—Ni el naufragio ni nada. Me temo que ha perdido la memoria —dijo Aiden—. Sé que a veces puede ocurrir. Usted mencionó que ella se había golpeado la cabeza. Tal vez eso lo ha causado.

El médico frunció los labios, pensativo, luego se levantó y cogió un gran libro que tenía sobre la mesa.

—¿Por casualidad sabe algo del país Ruritania, señor Kincade?

Aiden se encogió de hombros sin saber a dónde quería llegar el doctor MacDonald con su pregunta.

—¿No es un país del continente? —había oído hablar del nombre... sobre todo por boca de su hermana, Rosalind, cuya empresa de mensajería hacía negocios con puertos ruritanos. Normalmente se distraía cuando ella empezaba a hablar de negocios, y ahora deseaba haber escuchado más.

—Está en la costa. Prusia la rodea por todas partes menos por el mar —el doctor abrió el libro que sostenía hasta una página que había marcado, y se lo entregó a Aiden.

Aiden vio lo que el doctor quería decir mientras examinaba el mapa.

—¿Qué tiene que ver Ruritania con Anna?

—Posiblemente todo —los ojos del doctor brillaron de emoción—. Tenía pensado visitaros a usted y a la señorita Anna esta noche. Esta tarde he oído el nombre del barco misterioso en el que creemos que viajaba Anna. Uno de los pescadores locales encontró un trozo del navío que estaba pintado con las palabras *Ruritanian Star* en danés e inglés. Hice algunas averiguaciones y parece que se trata de un barco mercante real de Ruritania.

Aiden frunció el ceño mientras imaginaba a Anna siendo arrojada desde el barco al agua helada. Qué fuerte era por haber sobrevivido hasta llegar a la orilla cuando parecía que otros, al menos hasta el momento, no lo habían hecho.

—¿Hablan un idioma diferente al inglés? —preguntó Aiden.

—Sí, hablan principalmente danés, pero también francés y alemán. El país es pequeño, pero bastante rico. Es posible que Anna viniera de ese barco.

—Me habló por primera vez en una lengua que no reconocí, pero pensé que podría ser danesa. Si es de Ruritania, eso lo explicaría. Pero habla inglés.

—Eso no es tan sorprendente. Inglaterra es uno de los socios comerciales de Ruritania. Muchos de sus compatriotas probablemente aprenderían inglés. Yo mismo sé un poco de danés —cuando Aiden le lanzó una mirada de sorpresa, el médico soltó una risita—. Estudié medicina en la Universidad de Edimburgo, pero me apasionan los idiomas.

Aquello fue un alivio para Aiden. Aunque Anna parecía entenderlo perfectamente, se preguntó si oír danés podría despertarle algunos recuerdos.

—¿Quiere ir a verla ahora? —preguntó Aiden.

—Sí, iré. Me gustaría mucho examinar su cabeza de nuevo, y también intentar hablar su idioma, si estoy en lo cierto —el médico recuperó su bolsa—. Lo seguiré.

Aiden se alegró de haber conectado una pieza más del rompecabezas, pero si ella venía de otra tierra, eso dificultaría aún más averiguar quién era en realidad.

ALEXEI ZELENSKY, PRÍNCIPE HEREDERO DE RURITANIA Y EL segundo con ese nombre, estaba acuclillado entre la maleza de la vasta y antigua zona boscosa conocida como el Bosque Oscuro, que se extendía al norte de las ruinas del Palacio de Verano real. A su espalda se encontraba William, quien había sido elegido nuevo capitán de los ahora renegados guardias reales que habían permanecido junto a Alexei. William era su amigo de mayor confianza. Habían huido del Palacio de Verano mientras ardía. Los restos destruidos de su antiguo hogar eran todo lo que quedaba de una de las mejores joyas de las casas reales de Europa. Los últimos momentos que había pasado allí, en los terrenos que alguna vez habían sido hermosos, se habían visto empañados por el sudor, la sangre y las lágrimas al verse obligado a huir con sus hombres.

Habían pasado dos largas semanas desde que el palacio había caído y él había enviado a Anna hacia el puerto para zarpar hacia Inglaterra. Dos semanas en las que sus hombres habían estado viviendo en el bosque y comiendo todo lo que podían capturar con trampas o con arcos largos.

Alexei sabía que la máxima prioridad de su tío sería encontrarlo a él y a sus hombres rebeldes en el bosque. No podían quedar herederos al trono, y ningún desafío podría hacerse si Alexei estaba muerto. Pensar en su tío llenó a Alexei de nueva rabia. Estrujó con fuerza la espada que sostenía lista en su mano.

—La caravana no tardará en llegar —susurró William tras él. William había nacido en Inglaterra, pero sus padres se habían trasladado aquí para comerciar con él siendo un muchacho. Alexei y él habían sido amigos desde que habían tenido edad suficiente para corretear por el castillo sin supervisión. Alexei no habría confiado a ningún otro hombre el destino de su país.

Alexei asintió.

—Atacaremos a mi señal —William transmitió la orden a los otros guardias leales que esperaban en el bosque mediante señas con la mano.

Entre los guardias y sirvientes que habían escapado de la masacre en palacio, Alexei había conseguido traer consigo a otros ciento cincuenta. Los seguidores de su tío habían matado a todos los hombres, mujeres y niños que encontraron, junto con los padres de Alexei. Los trescientos años de paz de Ruritania habían sido trastornados por un hombre que creía que el padre de Alexei era débil y que Ruritania necesitaba conquistar a sus vecinos para sobrevivir. Alexei nunca había confiado en su tío, pero jamás habría previsto que aquel hombre acabaría con tantas vidas inocentes para convertirse en rey.

Al menos Anna estaba a salvo en Inglaterra. Si estuviera aquí, él estaría aterrorizado por su seguridad en todo momento, a pesar de que ella se había entrenado junto a él todos estos años en las artes de la espada y las pistolas, incluso las flechas. Pero bastaba un disparo afortunado del enemigo para matar a alguien, y él no podía arriesgar a su gemela. Una vez que derrotara a su tío y restaurara la paz en la tierra, la mandaría a buscar para que volviera a casa.

Delante de ellos, una caravana de soldados con uniformes de color rojo intenso marchaba por el camino a través del bosque. Alexei sabía que las carretas estarían repletas de oro y alimentos, y su objetivo era hacerse con ambos. En poco tiempo, su tío había aumentado los impuestos y confiscado el ganado y las cosechas en todo el país. El pueblo de Alexei se estaba muriendo de hambre. No podía dejarlos sufrir mucho más tiempo.

Varios guardias llevando el Lobo Rojo en sus uniformes pasaron a caballo. Tras ellos venían dos carretas, y detrás una escolta. Alexei levantó ligeramente la mano y señaló hacia delante. Hecha la señal, saltaron de sus escondites y cargaron contra la caravana. Los gritos de sus hombres, *"¡León Blanco para siempre!"*, le levantaron el ánimo. Se oyeron disparos de pistolas y rifles antes de recurrir a las espadas. Alexei y sus hombres lucharon contra los soldados de su tío en un choque de violencia y acero.

La primera carreta se abrió paso entre el caos. Alexei montó un caballo libre y persiguió la carreta, subiéndose a ella y deteniendo al conductor con una espada en la garganta.

—No irás más lejos —advirtió Alexei, e hizo un gesto al hombre para que abandonara su asiento. El hombre bajó al suelo, con los brazos en alto—. Dile a mi tío que voy a por él. Sus días como aspirante al trono están llegando a su fin. El León Blanco rugirá una vez más —el hombre asintió frenéticamente, con los ojos desorbitados de terror mientras corría hacia el bosque. Se perdería o encontraría el camino de regreso. A Alexei le daba igual.

Los hombres de Alexei estallaron en vítores tras él cuando el último guardia fue sometido y las carretas fueron sacadas del camino principal.

Cuando se reunieron de nuevo en su campamento oculto en lo profundo del bosque, William acudió a saludarlo.

—¿Cuáles son sus órdenes, mi rey?

Alexei se estremeció al oír el título. *Rey...* No se sentía como un rey. Se sentía como un joven que había sido forzado a asumir un papel que no había planeado desempeñar hasta dentro de veinte años o más. Ahora cargaba con el peso de una corona y con las esperanzas y los sueños de un pueblo amenazado por su tío. Habría dado cualquier cosa por volver y salvar a sus padres, detener a su tío y regresar a la vida que había tenido antes... una vida de inocencia. Deseó que Anna estuviera allí. Ella siempre sabía qué hacer en situaciones difíciles.

Respiró hondo, calmándose mientras planeaba su próximo movimiento.

—Reserva comida suficiente para los hombres durante los próximos meses, y tantas monedas como necesitemos para conseguir mejor equipo. Luego distribuye el resto entre la gente, empezando por los más necesitados.

—Me encargaré de que se haga —juró William y se marchó. Alexei se reunió con el resto de sus hombres junto al fuego mientras cantaban canciones y compartían historias de los viejos tiempos. Él no decía nada, pero levantaba su jarra de ale y bebía cada vez que brindaban.

Mantenía un rostro valiente ante sus hombres, pero en el fondo era un hombre roto, un hombre que había sido testigo del asesinato de sus padres y había tenido que enviar a su gemela al exilio. Sabía muy bien que podría no volver a ver a Anna.

Dio las buenas noches a sus hombres. Infinitos temores lo invadieron mientras empujaba la solapa de su pequeña tienda hacia atrás y se estiraba sobre las mantas en el suelo del bosque.

Permaneció despierto hasta que los fuegos se volvieron blancos de ceniza y el humo se desvaneció en el cielo antelucano. Sus últimos pensamientos antes de que el sueño se apoderara de él fueron para su hermana y para saber si había llegado sana y salva a Inglaterra.

❧ 4 ☙

Anna estaba sentada junto al fuego, mirando fijamente las llamas. Pequeños destellos de miedo y dolor cruzaban su mente como espectros sombríos. El pequeño fuego de la chimenea no la asustaba, pero recordaba un gran miedo al fuego. Su cuerpo lo recordaba más que su mente. Era extraño que el cuerpo conservara recuerdos que la mente no podía recordar.

Inquieta por los fallos de su memoria, se levantó para echarse agua fría en la cara. Cuando miró el lavabo de porcelana, la superficie se onduló cuando vio. . . No, lo que vio era imposible. Era como si mirara a través del interior de un pozo de los deseos y viera la copa de los árboles de un bosque oscuro que se extendía por encima de las piedras lisas y desgastadas por el agua. Ella conocía aquel lugar, ¿verdad? Anna parpadeó y la extraña visión desapareció repentinamente.

—*Confía en mí, muchacha...* —susurró la voz de Aiden en su mente. Anna sumergió los dedos en el agua y el nudo de tensión que sentía en su interior se desvaneció.

—Deja de ser tan tonta —se reprendió a sí misma.

Se lavó la cara e hizo una mueca al ver su pelo rojizo enmarañado. Buscó en la maleta de viaje de Aiden un cepillo y, con un poco de esfuerzo, por fin consiguió deshacer los nudos de su pelo. El cepillo era áspero, las cerdas le recordaban al pelo de un jabalí. Pasó el pulgar por ellas y sonrió un poco al pensar en el dueño del cepillo. Devolvió el artículo a su estuche e intentó ignorar el impulso de examinar la ropa que había dentro de la valija.

Se recogió el pelo largo y ondulado a la altura de la nuca y lo ató con una tira de cuero que había encontrado en la maleta de Aiden. Una vez hecho esto, se acomodó junto a la ventana para observar a la gente del pueblo bajo ella. Mientras tanto, esperaba en secreto poder ver a Aiden. Como forastera en esta tierra, él era la única persona a la que realmente sentía que conocía. Cuando él estaba cerca, se sentía cálida y segura. Se echó el pelo por encima del hombro y jugó con un mechón mientras observaba a la gente. Cerca del anochecer, un golpe en la puerta la sobresaltó.

—Anna, soy Aiden. He traído al doctor MacDonald para verte.

—Adelante —Anna se levantó de la silla para recibirlos. Pero más que eso, buscó el consuelo de la cara de Aiden. Era la única persona en la que confiaba en esta tierra extraña.

—Tienes mejor aspecto —observó. Sus ojos se suavizaron un poco y sus labios esbozaron una sonrisa. Esa simple expresión hizo que su vientre se estremeciera de emoción.

—Me siento mejor —confesó con voz ligeramente áspera. El agua de mar que había tragado la había dejado un poco ronca al principio, pero se sentía mucho mejor—. Molly me ha traído algo de comida.

—Es bueno oír eso —el doctor siguió a Aiden a la habitación y cerró la puerta tras él—. Señorita Anna, soy el doctor MacDonald. Soy el médico que el señor Kincade llamó para examinarla. ¿Puedo ver cómo se encuentra ahora?

Asintió y se sentó pacientemente mientras el médico la examinaba. Era más joven de lo que ella había esperado. Mayor que ella; al menos eso creía por su propio aspecto en el espejo cheval, pero no era un viejo brusco con mal genio. Tenía vagos recuerdos de un médico así tratándola cuando se había roto el brazo.

—Me rompí el brazo —soltó con repentina emoción y compartió una sonrisa con Aiden. Estaba recordando cosas y, aunque parecieran pequeñas y sin importancia, al menos eran recuerdos.

—No, muchacha. Solo ha sido un pequeño hematoma —la tranquilizó Aiden mientras se colocaba junto al médico.

—No, no, lo que quiero decir es que *recuerdo* que me rompí el brazo hace mucho tiempo. Estaba pensando en lo agradable que es el doctor MacDonald y en que no se parece en nada al médico que me trató una vez cuando me rompí el brazo. Entonces debía de ser una niña. Recuerdo que me sentía muy pequeña.

—Está recuperando la memoria —dijo el doctor MacDonald—. Esto es bueno. Las cosas que haga o vea en las próximas semanas pueden traerle aún más recuerdos, si tenemos suerte. Es posible que el trauma del naufragio hiciera que su mente se escondiera de esos recuerdos. La mente a veces hace eso cuando un acontecimiento causa suficiente trauma.

Entonces, el médico levantó la barbilla de Anna para estudiar sus ojos mientras movía un dedo de un lado a otro y le indicaba que lo siguiera con la mirada. Luego habló vacilantemente en danés. Fue un alivio oír un idioma que le resultaba tan familiar como el inglés, quizá incluso un poco más. Eso también explicaba por qué su propio inglés al hablar tenía un ligero acento; era acento danés. Aun así, respondió a sus preguntas, a pesar de estar bastante confundida sobre por qué él estaba hablando danés y no inglés.

—Excelente. Bueno, ya lo tenemos claro, señorita Anna —el doctor MacDonald le guiñó un ojo de forma burlona, como lo haría un hermano mayor—. Usted es de Ruritania, *o* tiene amplios conocimientos de danés.

—¿Soy de Ruritania? —Aiden había mencionado que ella le había hablado en otro idioma, pero él no había sabido lo que ella había dicho. Ahora tenía una respuesta. Pero, ¿qué significaba?

—No te preocupes, querida —la tranquilizó el doctor MacDonald—. Los recuerdos llegarán con el tiempo. Cuanto más ansiosa estés, más energía necesitará tu mente para sacarlos de donde están enterrados.

Anna intentó calmarse, pero no fue fácil.

—Veamos tu cuero cabelludo y tus brazos —le tocó suavemente la cabeza y le miró los brazos. Los moretones habían adquirido un color púrpura oscuro en las últimas horas—. Cuando te sientas bien, te sugiero que camines un poco, con el señor Kincade, por supuesto. No sola, no sea que te marees. No quiero que te caigas.

Caminar sonaba bien. Anna estaba cansada, pero estaba mucho más cansada de estar encerrada en esta pequeña habitación. No llevaba ni un día entero aquí y ya tenía ganas de levantarse y moverse.

—¿Cómo te sientes en general? ¿Algún otro dolor? —continuó el doctor MacDonald.

—No, la verdad es que no. Solo siento como si me hubieran golpeado en el mar, y mi cuerpo necesita tiempo para recuperarse.

—Desde luego que sí. ¿Has estado tosiendo?

—No, en absoluto.

—Eso es bueno —el doctor MacDonald lanzó una mirada a Aiden, y ella vio el alivio de Aiden por lo que la mirada silenciosa del doctor le había dicho—. Bueno, señorita Anna, continúe descansando. Coma lo que quiera por ahora, pero evite el queso y la leche si empieza a toser —el médico cerró su maletín después de dejar un pequeño frasco sobre el lavabo —. Ingiera dos gotas de esto si tiene dolor —y añadió a Aiden —: Sé estricto con la dosis. Es morfina y debe administrarse con cuidado.

—Lo entiendo —prometió Aiden. Cuando el médico se marchó, Aiden volvió a mirar a Anna.

Ahora estaba sola con él. Su mente le decía que eso era peligrosamente escandaloso. Pero su corazón confiaba en este desconocido tranquilo y solemne más allá de toda racionalidad. Para ella, él representaba calidez, fuerza y seguridad, pero también despertaba otros sentimientos, unos que tenía problemas para reconocer. Unos que hacían que se le ruborizara la piel y se le entrecortara la respiración cuando él se le acercaba demasiado.

—¿Tienes hambre?

Extrañamente, sí tenía hambre.

—Sí, estoy bastante hambrienta.

—Voy a buscar algo de cenar —le dedicó una sonrisa reconfortante y volvió a dejarla sola.

Anna iba a esperar en la cama hasta que él volviera, pero decidió que quería sentirse *normal* y no como una inválida. Acomodó los dos sillones junto al fuego, uno frente al otro, y colocó entre ellos una mesita auxiliar para que pudieran usarla para sus platos. Estaba moviendo las manos sobre las mantas de la cama después de volver a colocar las sábanas en su sitio cuando él regresó. Aiden llevaba una bandeja con carne y pan recién horneado, junto con un plato de patatas cocidas. Era comida abundante y sencilla, pero olía maravillosamente bien.

La mirada de Aiden recorrió sus pequeños arreglos para crear un comedor para ellos.

—Pensé que estaría bien... —ella vaciló en su silencio. Si tan solo supiera lo que él estaba pensando. Lo examinó durante el breve silencio, observando su estatura y su pecho ancho. Su pelo oscuro le caía sobre los ojos y, Señor, aquellos ojos... Brillaban en la penumbra del crepúsculo. La hizo aún más consciente de su cercanía, de su tamaño comparado con el de ella y de la riqueza de palabras no pronunciadas en su mirada.

—Es una idea encantadora, muchacha. Siento que no se me haya ocurrido a mí —dejó la comida y les sirvió a cada uno una copa de vino, y luego se sentaron en sus sillas de manera muy correcta a pesar de estar en una habitación tan pequeña.

—Señor Kincade... —empezó, insegura.

—Aiden, muchacha, llámame *Aiden*.

—Oh, pero siento que no debería —ansiaba llamarlo Aiden, pero parecía que le habían enseñado la forma correcta de dirigirse a una persona que no conocía.

—Deberías. Solo puedo llamarte Anna, después de todo. Es lo justo.

Ella se rio suavemente.

—No puedo discutir esa lógica, supongo —se quedó en silencio un largo momento antes de encontrar el valor para hablar de nuevo—. ¿Aiden?

—¿Sí? —él partió un trozo de pan y le dio un mordisco. Su mirada no se apartaba de la de ella, y era extraño sentir la intensidad de su atención, pero también excitante.

—Lo siento. No sé mucho de mí como para ofrecer una conversación decente. Así que esperaba que me hablaras de ti.

Tragó saliva y la miró un largo momento, con expresión aún ilegible.

—Pregúntame lo que quieras —su voz era increíblemente suave y, sin embargo, tenía una pizca de aspereza, como si no hablara a menudo, lo que hacía que esta conversación, por casual que fuera, pareciera aún más importante—. Soy un extraño para ti, y te has puesto a mi cuidado —continuó—. Tienes derecho a conocerme.

Conocerlo... Aquellas palabras la llenaron de un profundo dolor que no tenía explicación.

—Por lo que te estoy agradecida —se apresuró a añadir—. Te lo pagaré cuando descubra quién soy.

—No te preocupes por eso. No busco ningún tipo de recompensa.

Ella se sonrojó al oírle decir que no le exigiría nada escandaloso.

—Soy el tercer hijo del último del clan Kincade que aún permanece en Escocia después de Culloden.

—¿Culloden? —la palabra le sonaba familiar.

—Fue la última gran batalla que libramos los escoceses contra los ingleses, hace casi ochenta años. Perdimos. Amargamente —Aiden habló con un pozo de tristeza en sus ojos, y desgarró algo suave dentro de Anna. Su voz era muy profunda y triste, resonando en su pecho—. Todo en mi país fue destruido. Los clanes se dividieron, los lairds fueron asesinados, las casas quemadas hasta los cimientos y las propiedades fueron arrebatadas a mi pueblo y entregadas a los ingleses.

—Eso es horrible —suspiró Anna, con el horror grabándose en su alma.

Los ojos de Aiden se desviaron hacia ella, llenos de fuego y miseria.

—Lo llamaban desplazamiento forzado, porque mi gente fue expulsada de sus tierras.

Algo se agitó en el fondo de su mente, fuego, guerra y traición, pero antes de que pudiera comprenderlo, desapareció. Vacilante, continuó su interrogatorio.

—Y tu familia, ¿sobrevivió a Culloden?

Respondió con una sonrisa triste.

—Oh sí, nuestros antepasados fueron astutos y se ganaron la confianza de un lord inglés, y éste les permitió recuperar su castillo. Nuestra madre fue la última verdadera Kincade. Su pueblo había estado en Escocia desde los comienzos de nuestro país. Mi padre no era más que un primo lejano, pero era el único heredero varón que quedaba. Para mantener la tierra en la familia de mi madre, ella aceptó casarse con él, pero no era un buen hombre.

Anna tragó saliva ante la tristeza que invadía la habitación, esperando a que él continuara.

—Tuvieron cuatro hijos: mis hermanos mayores, Brock y Brodie, y mi hermana pequeña, Rosalind, que ya no es tan pequeña. Tú pareces de su edad, quizá unos años más joven —señaló ligeramente a Anna y ésta sintió que un absurdo rubor le subía por las mejillas. No sabía por qué, pero la atención de este hombre la calentaba.

Se aclaró la garganta y volvió a concentrarse en sus palabras.

—Y tus padres, están...

—Muertos. Ambos están muertos —la voz de Aiden era de rígida y tranquila.

—Oh, lo siento mucho —respondió ella con una voz tan suave como la de él. Un repentino destello de sangre y humo, dolor y pena, le apuñaló el corazón con tanta violencia que contuvo la respiración y se frotó el pecho para borrar la sensación. Y con la misma rapidez con la que eso la había golpeado, se desvaneció.

—Es el pasado. Se ha acabado.

—Eso decimos, ¿no? —reflexionó ella—. Pero el pasado y el futuro repercuten interminablemente hacia adelante y hacia atrás en el tiempo —se lo había oído decir a alguien una vez, pero no recordaba a quién.

Aiden bebió un sorbo de vino.

—Eso es más cierto de lo que me gustaría admitir. Mi padre era un hombre brutal, y mi madre, que en paz descanse, fue incapaz de proteger a sus hijos. Era una mujer de corazón cálido, amable y gentil, no hecha para casarse con una criatura cruel y astuta como mi padre. Un corazón roto la llevó a una muerte prematura. El odio de mi padre aún perdura, aunque esté muerto y enterrado.

—Lo siento —mientras decía eso, Anna tuvo un recuerdo repentino, tan claro como el sol abriéndose paso entre un banco de nubes. Se había aferrado al mástil roto de aquel barco en el vasto y tormentoso mar, y había maldecido a alguien. Gritó un nombre una y otra vez y deseó el más cruel de los destinos sobre la cabeza del hombre. Un nombre despiadado, un nombre que significaba la traición más profunda.

Aiden se inclinó hacia delante.

—¿Qué pasa? Te has puesto pálida.

—Es un nombre, el nombre de alguien que despertó mi más profundo odio. . . Cuando hablaste de tu padre y su brutalidad, un nombre vino a mí, uno que me hizo sentir una rabia indescriptible.

—¿Qué nombre?

—Yuri —deseó poder recordar por qué ese nombre llegó a significar algo tan violento en su mente. Era aterrador toparse una y otra vez con un vacío en blanco en su mente donde todo lo que importaba debería estar claro, pero no lo estaba.

—Yuri... —repitió Aiden el nombre como si esperara que significara algo para él.

Comieron en silencio durante unos minutos antes de que ella se armara de valor para hacer otra pregunta.

—¿Cómo son tus hermanos y tu hermana? —terminó su vino y disfrutó del reconfortante calor que llenaba su cuerpo.

Aiden sonrió ampliamente.

—Mis hermanos son problemáticos, ya sabes. Pero uno no puede evitar amarlos. Brock es responsable, pero tiene un temperamento fuerte; eso sí, uno que nunca descargaría sobre personas o animales inocentes. Pero puede enfadarse, como el tejón que le da nombre. Brodie, bueno, puede encantar a una serpiente, y antes de casarse con Lydia se acostó con demasiadas muchachas. Y Rosalind, mi hermana, es un encanto. Una muchacha muy lista, inteligente y hermosa. Mis tres hermanos están casados con personas de sangre inglesa.

—¿Oh?

—Brock se casó con una chica llamada Joanna Lennox. Y el hermano mayor de Joanna, Ashton, se casó con nuestra hermana, Rosalind.

—¿En serio? —Anna soltó una risita ante la complicada red de su árbol genealógico.

—Brodie también se casó con una muchacha inglesa, pero por suerte no era una Lennox. Habría sido demasiado extraño para mi gusto.

—¿Y tú... ¿no está casado? —Anna no había visto ninguna evidencia de una esposa, pero eso era bastante fácil de ocultar, y las costumbres aquí para tales cosas eran desconocidas para ella.

—No, yo no. Una vez me dijeron que mi camino hacia el amor tendría un precio grande y terrible.

—¿Alguien te dijo eso de niño? —Anna se horrorizó ante la idea de que alguien pusiera un peso tan grande del alma sobre los hombros de un niño pequeño.

—Sí. Cuando era un chiquillo, una banda de romaníes, Viajeros, llegó a nuestras tierras mientras mi padre estaba en Edimburgo por negocios. Mis hermanos y yo les dejamos quedarse tres semanas mientras mi padre estaba fuera. Yo solía escabullirme del castillo por la noche, atraído por sus hogueras encendidas en la oscuridad. Las mujeres con faldas brillantes y brazaletes dorados en las manos y los tobillos bailaban alrededor de las hogueras. Los hombres tocaban melodías con flautas de pan, y yo me unía a los niños en su baile. Las brasas se quedaban atrapadas en la brisa y se elevaban en el aire, girando como luciérnagas a nuestro alrededor. Era mágico. La última noche que los Viajeros se quedaron con nosotros, una anciana, la abuela líder de su clan, me llamó para que me sentara ante ella junto al fuego. Me cogió la palma de la mano y leyó mi destino en el resplandor del fuego.

Anna se inclinó hacia delante, hechizada por sus palabras.

—Me dijo que podría tener el amor más grande que jamás conocería, pero que tendría un precio terrible. Me dijo que yo nunca había pertenecido del todo a mi mundo. Que yo era del agua y que mi amor sería del aire. Que tendría que renunciar a mi alma para estar con ella. Desde esa noche, he soñado con una persona. Yo sabía que los sueños no eran *solo* sueños. Al principio veía a una chica en esos sueños, pero a medida que me convertía en hombre, ella se convertía en mujer. . . Nunca esperé conocerla.

—¿Lo has hecho? Conocerla, quiero decir —el corazón de Anna se llenó de un intenso dolor de soledad. Tontamente, había empezado a esperar que Aiden llegara a desearla algún día como ella empezaba a desearlo a él, pero parecía que esta otra mujer era el destino de este hombre.

—¿De verdad quieres saberlo? —preguntó, con sus ojos reflejando el brillo de la luz del fuego.

—Sí, dímelo —fingiría alegrarse por él y ocultaría su decepción.

—Conocí a esta mujer esta mañana cuando la rescaté del océano.

Durante un largo momento, Anna no respiró. Estaba hablando de *ella*.

—Aiden... —su voz vaciló porque no estaba muy segura de lo que quería decir.

—Eras tú, Anna. Te he visto en mis sueños durante más de veinte años, y ahora estás aquí. No sé cómo es posible.

—¿Yo?

—Y lo que es más, parecías saber quién era yo también. Cuando te encontré entre las olas, abriste los ojos y dijiste: 'Tú... eres tú'.

Anna recordaba que se lo había dicho cuando se había despertado, pero no sabía por qué lo había dicho.

—Por eso te protegeré, Anna. Estaré a tu lado hasta que me digas que me vaya —algo en la forma en que lo dijo la hizo sentir como si la hubiera reclamado. La idea creó en su interior un mar de sentimientos complicados que no podía ni empezar a descifrar—. Estamos unidos, tú y yo. Parece que siempre lo hemos estado. Sé que eso puede asustarte, ya que acabamos de conocernos, pero es la verdad.

Sintió escalofríos en los brazos al oír sus palabras, y aunque ahora no tenía recuerdos de él ni de cómo debería conocerlo, le *creyó*. Tal vez por eso se sentía tan segura y atraída por él. Su cuerpo *recordaba* al hombre, aunque su mente no pudiera. La visión que había creído ver en el lavabo volvió a ella y se estremeció. Había oído su voz, pero ¿quizás había sido una imaginación hiperactiva? A pesar de que eso era lo más probable, sus huesos le decían que lo que él había dicho era cierto.

Con todas estas revelaciones repentinas, sus miembros se sintieron pesados. Ahogó un bostezo con un puño.

—Ya has comido y ahora debes dormir. Descansa, Anna, muchacha. Seguiré aquí por la mañana.

Se levantó de la silla y se dirigió hacia la cama, arrastrando los pies. Apartó las mantas y se metió en la cama.

—¿Dónde dormirás?

Él soltó una risita y se acercó a ella. Le subió las sábanas hasta la clavícula, arropándola como si fuera una niña.

—Estaré aquí, en una silla a tu lado.

—Oh, eso debe ser incómodo.

Alargó la mano, le rozó la mejilla con los nudillos y le dedicó una sonrisa pícara que despertó en su cuerpo un deseo que Anna nunca antes había sentido.

—Tal vez, pero soy un caballero, y es mejor que el suelo.

AIDEN LE HABÍA DICHO LA VERDAD. ELLA ERA LA MUJER DE sus sueños, de la que le había advertido la mujer romaní. Él no la había buscado, pero ella había encontrado su camino hacia él, como el destino lo había determinado. Sin embargo, no le daría la espalda, sin importar el precio. Ahora que la había visto, sostenido en sus brazos, sentía la paz que había buscado toda su vida cuando estaba cerca de ella. Y Anna ni siquiera sabía quién era ella.

Así era el destino, ¿no? Entregarle una mujer hermosa que claramente era valiente y fuerte y, sin embargo, cuando lo miraba, tenía los ojos más confiados que jamás había visto y la inocencia más dulce en su rostro mientras dormía. No podía negar que la deseaba, no podía negar que quería protegerla, darle todo lo que tenía de cualquier forma que ella lo necesitara. Sí, era una mujer por la que daría la vida... tal y como el destino había querido.

Durante la mayor parte de su vida, la profecía romaní había colgado sobre él como un velo invisible. Nunca se lo había dicho a sus hermanos, nunca se lo había dicho a nadie. Era un peso que solo él debía soportar. A medida que pasaban los años y vivía en el mundo como un hombre adulto, su miedo a encontrar a la mujer que sostendría su corazón se desvaneció. Había coqueteado con doncellas aquí y allá, encontrando pasión en la oscuridad y dando pasión a esas mujeres a cambio, pero nada había tocado su corazón y su alma.

Nada como lo que había sentido la primera vez al tocar a Anna. Ni siquiera el agua fría que corría alrededor de sus cuerpos había atenuado el repentino y acalorado deseo o la antigua sensación de "conocer" a esta mujer como suya en aquel momento en que vio su rostro con claridad por primera vez. La amenaza de morir seguía pesando sobre él, pero ahora estaba dispuesto a soportar la carga porque había visto y sostenido la razón de su existencia. Esta mujer lo era todo para él. ¿Y qué hombre no moriría por eso?

Anna yacía dormida en su cama, tan confiada e inocente como un bebé. Le dolía el pecho solo de mirarla y, a pesar de ese dolor, sonrió mientras se acomodaba en una silla para dormir junto a ella. Aquella paz, aquella sensación de bondad, era tan fuerte que por primera vez en años supo que dormiría sin soñar con su padre.

—Ahora me tienes a mí, muchacha —le prometió, y cerró los ojos.

Varias horas después, se despertó con el sonido de un llanto. La vela de la mesa que tenía a su lado ardía poco. La cera se acumulaba en la base del candelabro. Solo el débil resplandor de la llama, con la ayuda de la luz de la luna, mostraba a Anna en la cama. Estaba acurrucada, con el cuerpo atormentado por los sollozos y el rostro contorsionado por el dolor.

—Anna, Anna, mi pequeño cariño, despierta —le sacudió el hombro mientras ella seguía llorando suavemente en sueños.

Pasó un momento antes de que pudiera sacudirse la pesadilla.

—¡Aiden! —se lanzó a sus brazos, y él casi se cayó del lado de la cama.

—Estoy aquí, muchacha. Te tengo —se colocó en el centro de la cama y la subió a su regazo para poder sostenerla mejor —. ¿Con qué soñabas? —le preguntó cuando su respiración agitada se calmó.

—Fuego... fuego por todas partes. Alguien a quien amo ha muerto. No puedo recordar. No puedo... —ella enterró la cara en su garganta—. Oh, fue demasiado horrible.

Aiden la estrechó con más fuerza, deseando poder coger su dolor y cargarlo él mismo.

—Bueno, ahora estás a salvo. Lo que sea que haya pasado antes, ahora estás a salvo —le besó la coronilla del pelo. Parecía algo muy natural. Pero cuando ella levantó la cabeza para verlo, sus labios rozaron inocentemente su mejilla, y él sintió que su cuerpo se endurecía de deseo.

—¿Estamos destinados el uno para el otro?

Él le miró el rostro bajo la luz de la luna. Recordó los ojos de la mujer romaní mientras hablaba. *"Morirás por ella..."* Y él supo que era verdad. Ella era suya, esta misteriosa desconocida, y haría cualquier cosa por ella, incluso dar su vida.

—¿Sabes lo que son las selkies?

Ella negó con la cabeza.

—Son personas del agua que viven en la piel de una foca, pero pueden mudar esa piel para convertirse en humanos durante un tiempo. Cuando apareciste ante mí, al principio pensé que erais una princesa selkie —sonrió suavemente, esperando que el cambio de tema la distrajera.

—¿Una princesa selkie? —sonrió somnolienta—. Eso suena bastante bien —bostezó de nuevo y apoyó la cabeza en su hombro—. ¿Me abrazarás unos minutos más? Creo que no tendré más pesadillas si lo haces.

—Sí. Te abrazaré toda la noche si lo deseas.

—Gracias —ella le dio un beso en la garganta y, al cabo de un momento, él sintió que su cuerpo se relajaba por completo. Siguió durmiendo, aferrándose a él como un niño con su juguete favorito. A él no le importó.

De algún modo, se las arregló para dormitar en esa posición hasta después del amanecer, cuando un sorprendido chillido femenino lo despertó de golpe.

—*¡Aiden Kincade!* ¿Qué crees que estás haciendo?

Sus ojos se abrieron de golpe. Se tensó al ver a dos personas en la puerta abierta de su habitación.

Aiden salió disparado de la cama. Puso su cuerpo entre Anna y la amenaza que había entrado en su habitación, pero se relajó cuando el sueño lo abandonó y se dio cuenta de quién era.

—Tranquilo, hermano. El posadero nos ha dicho que estabas en esta habitación, así que pensamos en verte antes de ir a la nuestra. No sabíamos que estabas entreteniendo a una muchacha —la risa de Brodie hizo que Aiden bajara los puños. Lydia, la inglesa con la que Brodie se había casado hacía poco, estaba de pie a su lado con los ojos muy abiertos, escandalizada. Había sido ella quien le había gritado.

—¿Qué haces, Aiden? —preguntó Lydia, claramente atónita—. ¿Y quién es la que está contigo?

—¿Aiden? —la voz ansiosa de Anna capturó su atención. Tenía las mantas subidas hasta la barbilla, no por miedo, sino por vergüenza y preocupación.

—Eso solo mi hermano Brodie y su esposa, Lydia. Dame un minuto para hablar con ellos, muchacha —apoyó una mano en el cabecero de la cama, se inclinó hacia adelante y besó la frente de Anna, y luego sacó a su hermano y a su cuñada al pasillo, donde cerró la puerta. Lydia seguía atónita, pero Brodie contenía la risa.

—Me alegra ver que te diviertes para variar, hermanito —Brodie sonrió perversamente hasta que su pequeña esposa le clavó un fuerte codazo en el estómago—. ¡Uf! —se dobló mientras el aire salía de sus pulmones. Entonces, Lydia volvió a atacar a Aiden.

—De verdad, Aiden, traer a una mujer de la noche a *tu* habitación... Nunca pensé que saldrías a Brodie y te acostarías con *cualquiera* —lanzó una mirada mordaz a su pícaro marido.

—Ten cuidado, esposa, estás hablando de tu marido —advirtió Brodie, pero sus ojos solo prometían un castigo sensual—. Además, estás suponiendo demasiado, ¿verdad? Pueden haber pasado muchas cosas desde que nos fuimos. ¡Puede que mi hermano haya encontrado novia! —el tono de Brodie estaba lleno de burla, como si la idea de que Aiden se casara con alguien fuera una broma.

—Mi bonita Lydia —saludó Aiden magnánimamente y tiró de la enojadiza mujer en sus brazos hasta que su desaprobación se suavizó y ella le devolvió el abrazo—. La luna de miel os ha sentado bien. Parecéis felices —y lo decía en serio. Lydia había llevado muchas cargas tras la muerte de su madre. Haberse casado con un tipo como Brodie, al que le encantaba molestarla y mimarla, había sido bueno para su espíritu y su corazón.

Lydia se sonrojó.

—Ha sido maravilloso, ¿verdad? —le preguntó a Brodie. Su marido se inclinó y le besó la mejilla, suavizando sus duras facciones.

—Lo ha sido —entonces, Brodie se aclaró la garganta—. Ahora, dinos quién es la prostituta que está en tu cama.

—No es una prostituta, hermano —dijo Aiden con tono tranquilo. Estaban en un pasillo abierto y no quería que nadie los oyera.

—¿No es una prostituta? —repitió Brodie, y recibió otro codazo de Lydia—. *Eh,* mujer, para —gruñó.

—¿O qué? —Lydia echó la barbilla hacia atrás en señal de desafío.

—O te llevaré a la cama y, cuando termine, estarás medio muerta de placer y no tendrás energía para pincharme con tus bonitos codos, *eso* sucederá —le advirtió.

Los ojos de Lydia se oscurecieron y le lanzó una mirada seductora.

—Bueno, en ese caso... —tiró del codo hacia atrás para golpearlo de nuevo.

—¿Aún no os habéis cansado de copular? —preguntó Aiden con un suspiro agraviado.

—No —respondieron al unísono.

—Bueno, tened la amabilidad de conteneros delante de Anna —ordenó—. No permitiré que piense que somos salvajes.

—¿Y *quién* es Anna? —preguntó Lydia, su mirada se desvió hacia la puerta cerrada.

—Sí, ¿quién es? —preguntó Brodie, comprensiblemente curioso. Aiden se acostaba con menos mujeres que sus hermanos. Había estado con mujeres, por supuesto, y sabía cómo darles placer, pero no era como Brodie. Cuando unía su cuerpo al de una mujer, era también una unión del corazón y el alma.

Que esas relaciones pasadas no se hubieran convertido en algo más era culpa suya. Su corazón siempre se contuvo, diciéndole que había algo más. Y ahora aquí estaba Anna, y había una intensidad de conexión que sentía con ella que nunca había sentido con nadie más.

No iba a acostarse precipitadamente con ella. Quería saborear cada momento que pasara a su lado.

No se atrevía a decírselo a Brodie; su hermano se burlaría de él por enamorarse a primera vista. Pero sabía que el destino estaba en juego, que estaba destinado a amar a Anna, y que la había amado desde que era un niño, aunque solo fuera en sueños. Eso era algo que su hermano entendería mucho menos que el amor a primera vista.

—La he encontrado —dijo, todavía considerando cómo abordar el tema.

Brodie y Lydia compartieron una mirada de preocupación.

—Aiden, querido —comenzó Lydia en su tono más maternal—, ¿qué quieres decir con que la has *encontrado*? Las mujeres no son como gatitos medio ahogados que encuentras en una tormenta y a los que hay que mimar y abrazar.

—Bueno, espera un momento, esposa —intervino Brodie—. *Te* gusta un buen abrazo.

—*No* me refería a eso.

—La he encontrado en la orilla. Fue arrastrada por el mar desde un barco naufragado y estaba *medio ahogada* —aclaró Aiden.

—¿Un naufragio? —esto captó el interés de su hermano—. Ya veo. Estábamos cabalgando la cola de la tormenta. ¿Qué barco? ¿Cuántos otros han sobrevivido?

—Es la única superviviente, que yo sepa. Al parecer, ha sido el *Ruritanian Star.* No recuerda nada más que su nombre de pila, que es Anna.

Lydia se cubrió la boca con las manos.

—Oh, eso es horrible...

—Ha sido débil como un gatito —añadió—. Y no saber quién es la ha dejado asustada y vulnerable. Solo tiene su nombre de pila y la ropa que llevaba cuando llegó a la orilla. Anoche tuvo una pesadilla y me dormí consolándola. No pasó nada más.

—Oh... —el ya hermoso rostro de Lydia se transformó con compasión—. Debemos ayudarla.

Brodie puso los ojos en blanco.

—¿Ahora también quieres ayudar a la gatita?

—Por supuesto, y tú también —dijo ella con firmeza—. Tú y Aiden alquilaréis otra habitación; yo me quedaré con ella.

—¿Qué? Espera un momento, esposa —Brodie puso un brazo alrededor de la cintura de Lydia, manteniéndola donde estaba—. Quiero dormir *contigo*, no con mi hermano.

—No es apropiado que Aiden se quede solo con ella —insistió Lydia—. Aunque no sepamos quién es, debemos tratarla como es debido.

—¿Desde cuándo los hombres Kincade se preocupan por lo que es debido? —preguntó Brodie—. Yo te secuestré y te cargué hacia la noche, ¿recuerdas? Yo no era correcto entonces.

Ante esto, Lydia puso los ojos en blanco.

—Esto es diferente. Esta pobre mujer no tiene a nadie que la cuide. Los hombres de Kincade sois mucho más honorables de lo que pretendéis ser, y yo simplemente quiero ayudar a Aiden a cuidar de esta mujer.

Brodie parecía horrorizado ante la idea de ser considerado *honorable*, y su rostro se arrugó con desagrado ante la idea. Había trabajado duro para ganarse su reputación, solo para convertirse repentinamente en un hombre honorable.

Aiden se mordió el labio para no reírse de la cara de su hermano.

—Los dos os estáis olvidando de quién es la opinión que realmente importa. *Anna* decidirá a quién quiere en su habitación —dijo Aiden—. Puedes ofrecerte a quedarte con ella, pero si me quiere a mí, me tendrá a mí. Ha sufrido demasiado para que yo la deje asustada —entendía tan bien como Lydia el asunto del decoro, pero también sabía que Anna era su mujer, su destino, y solo se iría de su lado si ella se lo pedía.

Lydia accedió.

—Muy bien, pero hoy quiero comprarle ropa adecuada. Hay una modista decente no muy lejos de aquí. Cuando esté lista, la llevaré y le compraré algunos vestidos.

—Hablaré con el posadero sobre una segunda habitación —Brodie besó la sien de Lydia y, con una sonrisa desconcertada, dejó que Aiden y Lydia resolvieran el asunto de quién dormiría con quién.

—Bueno, ¿no deberías presentárnosla? —preguntó Lydia.

—Supongo que debo hacerlo. Dame un momento —se deslizó de nuevo a la habitación y cerró la puerta, dándole un minuto más a solas con Anna.

EL CORAZÓN DE ANNA SEGUÍA ACELERADO CUANDO AIDEN volvió a entrar en la habitación. Se había despertado con una pesadilla y luego había dormido plácidamente el resto de la noche porque Aiden estaba con ella. Su cuerpo había sido cálido, duro y fuerte, y ella se había sentido segura y un poco excitada por tenerlo tan cerca, pero el brusco despertar de esta mañana la había dejado desconcertada y deseando poder volver a la soporífera madrugada cuando aún seguía en brazos de Aiden.

¿Era realmente la familia de Aiden la que estaba en la puerta? Estaba completamente mortificada. Tal vez no recordara su pasado, pero sabía que ser sorprendida en la cama con un hombre, especialmente con uno con el que no estaba casada, era increíblemente inapropiado. ¿Y si su familia pensaba que era una mujer de mala reputación? Podrían exigirle que la abandonara, y entonces se encontraría en una situación aún peor de la actual.

Aiden se deslizó de nuevo en la habitación y cerró la puerta detrás de él, dándoles privacidad.

—Lydia está afuera esperando para reunirse contigo. ¿Está bien?

Tragando una oleada de pánico, intentó mantener la calma.

—Sí, pero, oh cielos, tengo que ponerme algo de ropa, no podría encontrarme con ella en camisón.

—Te ayudaré —Aiden encontró un vestido de lana marrón que Molly también había traído ayer y que había tendido sobre una de las sillas. Se lo entregó a Anna antes de darle la espalda para que se quitara el camisón prestado de Molly. Entonces, se puso el vestido de lana marrón y se lo subió antes de meter los brazos por las mangas. A continuación, Aiden le ató los cordones de la espalda y ella metió los pies en las botas un poco grandes que Molly también le había dejado.

Tiró de la manga de Aiden cuando él se acercó y se paró frente a ella.

—¿Tengo buen aspecto?

—Te ves bien, muchacha. Además, Lydia está ansiosa por llevarte de compras.

—¿De compras?

—Sí, para todas las cosas que las muchachas como tú necesitáis. Vestidos, capotas, guantes... las cosas de encaje que lleváis debajo de vuestros vestidos y que frustran a un hombre —le guiñó un ojo.

Se rio ante su escandalosa sugerencia. De otro hombre, podría haber causado una onda de preocupación, pero con Aiden, su burla era emocionante y extrañamente deliciosa.

—¿Te frustra?

—Sí, y un hombre frustrado tiene menos tiempo para dar a una mujer el placer que se merece —arqueó una ceja—. Ahora, ya basta de tentarme, muchacha. Debo comportarme lo mejor posible. A Lydia no le gustaría oírme hablar de ropa interior de encaje —se acercó a la puerta—. ¿La hago pasar?

—Muy bien —Anna permaneció de pie en su posición más serena, preparada para recibir a la cuñada de Aiden.

Abrió la puerta y una encantadora mujer rubia de más o menos su edad entró en la habitación. Llevaba un vestido de paseo azul pálido y el pelo recogido a la moda con cintas a juego. Había un chal blanco sobre los hombros. Ella parecía elegante sin esfuerzo alguno.

—Esta es Lydia. Lydia, ella es Anna.

Lydia le sonrió.

—Es un placer conocerte. Siento mucho haberte asustado hace un momento. Olvidé que Aiden no es como su hermano —ante eso, Anna miró preocupada a Aiden.

—Lo dice como un cumplido, muchacha —dijo Aiden—. Mi hermano es un encantador perverso, recuerda. Ella sabe que yo no soy así.

—No sé nada de eso —se dijo Anna. Ella pensaba que Aiden era muy encantador, y el calor en sus ojos cuando la miraba era ciertamente muy perverso, pero eso le gustaba—. Encantada de conocerte —dijo a Lydia cuando la otra mujer se acercó a ella. Había algo en la voz de Lydia que le evocó recuerdos. Bueno, quizá no tanto su voz como su acento. Era inglesa, no escocesa, y algo de eso seguía perturbando su mente, pero no recordaba muy bien por qué.

—Encantada de conocerte también. Mi marido volverá pronto. Está consiguiendo una segunda habitación —Lydia sonrió de manera reconfortante—. Aiden nos ha contado un poco sobre el naufragio y que no tienes nada que ponerte. Me encantaría llevarte a la modista local, ¿si te gustaría?

—Eso me gustaría —admitió Anna—. Este vestido de lana me pica muchísimo.

—Maravilloso. Iremos ahora, si te apetece —Lydia entrelazó su brazo con el de Anna, sin esperar respuesta—. Aiden, si vamos de compras ahora, deberías contratar un carruaje que nos lleve mañana al castillo Kinkade. ¿Supongo que la llevaremos de regreso con nosotros?

—Sí —aceptó Aiden al instante—. Su memoria está volviendo por partes, pero no puede quedarse aquí sola.

—Eso está bien para ti, ¿no? —le preguntó Lydia a Anna.

Anna miró a Aiden, necesitando extrañamente su reafirmación de que él quería que ella fuera con él. Le sonrió, la suave expresión llena de promesas sensuales y, sin embargo, sus ojos contenían una compasión tan tierna que supo que estaría segura con él.

—Supongo... No sé cuál era el destino de mi barco ni qué debo hacer, así que no tengo ni idea de hacia dónde debo ir —ella tampoco quería separarse de Aiden, pero no iba a decirle eso a Lydia. Lo que existía entre ellos dos era algo que no entendían, así que ¿cómo podría alguien más?

—Está decidido, entonces —dijo Aiden—. Me reuniré con el doctor MacDonald y le diré dónde estarás en caso de que tenga noticias de tu barco.

Anna se iluminó con la esperanza de esa idea.

—Quizá se encuentren más supervivientes y alguien me conozca.

—Es una idea excelente —le dijo Lydia a Aiden—. Ven, Anna. Tengo un monedero lleno de dinero que necesito gastar en ropa bonita —le guiñó un ojo a Anna, quien sonrió.

Anna dejó que Lydia guiara el camino, y en las escaleras se encontraron con el apuesto hermano moreno de Aiden.

—Brodie, ella es Anna. Vamos a la modista.

Brodie sonrió.

—Es un placer, señorita Anna. Espero que mi hermano la haya estado tratando bien.

—Muy bien —le aseguró Anna—. Ha sido todo un héroe.

—Sí, eso suena como mi hermano —Brodie soltó una risita al pasar junto a las damas, y Lydia soltó un chillido y dio un respingo.

—¿Qué pasa? —preguntó Anna, pero mientras lo decía oyó a Brodie riéndose detrás de ellas.

—Pellizcándome el trasero; honestamente, qué descaro —murmuró Lydia, aunque estaba sonriendo—. Vámonos antes de que esos dos decidan acompañarnos en nuestra cacería. Lo último que necesitamos son hombres en nuestro camino cuando tenemos mucho por hacer.

—¿Y bien? —preguntó Brodie mientras él y Aiden cruzaban el patio de la posada hacia los establos—. ¿Qué pasó *realmente* contigo y Anna?

—Todo lo que te dije era verdad. Apareció en la orilla como una selkie medio ahogada a la que le habían robado la piel. Perdió sus recuerdos cuando se lastimó la cabeza.

—¿No encontraste más supervivientes?

Aiden negó con la cabeza.

—¿Ningún otro cuerpo? —presionó Brodie.

De nuevo, Aiden negó con la cabeza.

—Eso no me suena bien. ¿A menos que estuvieran lejos de la costa? Supongo que los tiburones podrían... ¿deshacerse de todos los cuerpos menos de uno? ¿Ves lo loco que suena?

—Sé cómo suena, pero eso no es lo que pasó. Fue la única que vi llegar a la orilla. Sabes tan bien como yo que los restos de un naufragio pueden viajar lejos. Es posible que otros sobrevivientes estén más arriba o más abajo de la costa, o aún en el mar. Ella realmente no recuerda lo que pasó cuando el barco naufragó.

Brodie golpeó los guantes de cuero contra su muslo.

—Dios, Aiden, esto suena como una de esas novelas que a Joanna le gusta leer sobre castillos con corrientes de aire, lores malvados y otras tonterías por el estilo.

Aiden se guardó sus pensamientos, sabiendo que su hermano no lo entendería si intentaba decirle que había estado soñando con Anna desde que era un niño. Entraron en los establos, donde Aiden empezó a comprobar cómo estaban Thundir y Bob. Su mente ya estaba ocupada pensando en llevar a Anna a casa. Tenía mucho por mostrarle, mucho por experimentar con ella ahora que la había encontrado.

—Sé lo que parece, pero esa es la verdad —Aiden acarició la nariz de Bob.

Brodie se apoyó contra el establo.

—No puedo creer que te esté preguntando esto, pero ¿cuáles son tus intenciones hacia esta mujer?

—¿Mis intenciones? —Aiden no estaba seguro. Solo sabía que quería estar con ella de cualquier manera que el destino se lo permitiera.

—¿Llevarás a la pequeña muchacha a casa y te casarás con ella? —el tono brusco de Brodie sonaba mucho más autoritario, más propio de Brock. Normalmente, Brodie era el hermano que lo animaba a acostarse con todas las mujeres que se cruzaban en su camino.

Aiden no pudo evitar burlarse de su hermano por su repentino sentido de decoro, bastante inusual en él.

—No puedo hablar por la dama, pero mi plan era arrojarla al pajar más cercano y hacer lo que quisiera con ella.

Brodie frunció el ceño, y se pareció tanto a su hermano mayor, Brock, que Aiden se echó a reír.

—¿Qué es tan divertido? —Brodie se cruzó de brazos, lo que solo profundizó el parecido entre él y Brock.

—Te has convertido en una mamá gallina, igual que Brock. 'Anda, muchachito, será mejor que te cases con esa mujer si sabes lo que te conviene' —imitó con voz mandona y maternal.

—Retira lo dicho —Brodie lo cogió por delante de la camisa, y Aiden respondió de la misma manera. Momentos después, estaban peleando como niños, forcejeando para rodear con un brazo el cuello del otro. Se empujaban contra los laterales de los establos mientras forcejeaban.

—¡Oye! ¡Deja en paz a mi amigo! —el pequeño grito llegó desde el altillo. Brodie chilló y cayó de espaldas sobre un montón de heno cuando el pequeño mozo de cuadra saltó sobre su espalda y empezó a darle puñetazos.

—Tranquilo, muchacho, solo es mi hermano —dijo Aiden con una risita mientras le quitaba al muchacho de encima.

Brodie arqueó una ceja mientras se incorporaba.

—¿Ahora tienes un ejército de chiquillos luchando en tus batallas?

—¡No soy un chiquillo! —le gruñó a Brodie.

—¿Un ejército? Solo ha sido un muchacho —argumentó Aiden.

—Ha luchado con la fuerza de doce muchachos —refunfuñó Brodie.

Aiden ignoró el comentario y puso al niño en pie.

—¿Cómo te llamas?

El chico sonrió a Aiden con orgullo.

—Cameron MacLeod.

Brodie se puso de pie de un salto y se golpeó los pantalones para quitarles el heno y el polvo.

—Cristo, es un maldito MacLeod.

—Bueno, Cameron, ¿cómo están Thundir y Bob? —preguntó Aiden.

—¿Quién diablos es Bob? —preguntó Brodie.

—Nuestra yegua —anunció Cameron.

—*¿Nuestra yegua?* —Brodie articuló las palabras a Aiden por encima de la cabeza del chico.

—Sí, se la compré a un zoquete malhumorado que, después de dejar coja a la pobre bestia y vendérmela, intentó vendérsela al carnicero. Le recordé que su venta conmigo era válida y que podía irse a la mierda. Así que Cameron y yo estamos cuidando de ella.

—¿No me digas que has adoptado al niño también? Ya tenemos suficientes malditos huérfanos correteando por el castillo.

Aiden apoyó las manos en sus caderas y estudió al niño, pensativamente.

—No eres huérfano, ¿verdad, muchacho?

—No, pero ojalá lo fuera. Mi padre no es un buen hombre —refunfuñó el muchacho y miró al suelo.

—¿Y tu madre?

—Murió cuando yo nací. Papá dijo que fui yo quien la mató.

Brodie miró a Aiden con claro arrepentimiento por haber sacado el tema.

—¿Tu padre te pega? —preguntó Aiden en tono bajo. La renuencia del chico a responder fue respuesta suficiente—. Cameron, nos iremos mañana...

—¿Tan pronto? —los ojos del niño se llenaron de lágrimas, y las apartó.

—Sí, pero si quieres venir con nosotros, puedes hacerlo. Me vendría bien un par de manos libres para atender a Bob mientras yo cuido de la señorita Anna.

Cameron se secó los ojos y levantó la barbilla.

—Eso me gustaría, pero mi padre no me dejará.

—Nosotros nos encargaremos de él —dijo monótonamente Brodie.

—¿Dónde está tu padre? —preguntó Aiden.

—En la herrería —la cara de Cameron estaba pálida—. Sed cuidadosos. Es malo y fuerte.

Aiden estrujó el hombro del muchacho.

—Nosotros también lo somos. Quédate aquí y vigila los caballos.

Brodie se puso al lado de Aiden mientras salían de los establos.

—No vamos a charlar con su padre, ¿verdad?

—No.

—Bien. De todos modos, no estaba de humor para ser educado —respondió Brodie, y se remangó la camisa.

—Nos aseguraremos de que el padre entienda las cosas, luego Cameron se unirá a nosotros en el castillo Kincade y el muchacho podrá aprender a cuidar de los caballos en nuestros establos.

Tenía la sensación de que necesitaría toda la ayuda posible. Algo en sus huesos le decía que el peligro del que le había advertido la anciana romaní se acercaba. Tenía que hacer todo lo posible para proteger a Anna. Al fin y al cabo, era su destino y haría todo lo que estuviera en su poder para protegerla.

❧ 6 ❧

A pesar de su embarazoso primer encuentro con Lydia, Anna se encariñó rápidamente con la bella inglesa. Lydia era dulce e ingeniosa, y una vez que se sintió cómoda con Anna, se volvió muy divertida. Mientras estaban en la tienda de ropa, le contó a Anna historias de los hermanos Kincade hasta que las dos se rieron tanto que tuvieron que secarse las lágrimas.

Escuchar las historias de Aiden y sus hermanos y las aventuras y *problemas*, a menudo divertidos, en los que se metían, llenó el corazón de Anna de una tranquila y ardiente alegría. Eran historias que esperaba que Aiden le contara algún día, cuando se conocieran mejor.

—¿Destruyeron una taberna durante una pelea? —preguntó Anna cuando Lydia comenzó otra historia. Estaba de pie en una pequeña tarima rodeada de espejos, intentando ignorar su reflejo y lo desaliñada que estaba mientras la modista le tomaba las medidas.

—Fue una cuestión de honor, al parecer y, curiosamente, los mismos 'patanes ingleses' a los que apalearon eran los mismísimos amigos del futuro cuñado de Brock.

—¿Ese sería Ashton Lennox? —le preguntó a Lydia. Había aprendido tantos nombres en las últimas horas que apenas podía mantenerlo todo claro.

—Oh sí, Ashton y toda su llamada Liga de los Pícaros.

Anna frunció el ceño.

—¿Pícaros? ¿Eso significa que son muy malvados?

Lydia sonrió.

—Sí y no. Sin duda son peligrosos, pero son mucho menos malvados de lo que he oído que solían ser; después de todo, la mayoría de ellos están encadenados ahora, excepto Charles. Pero es solo cuestión de tiempo; la Duquesa de Essex, una de las amigas de Ashton, está decidida a encontrarle una novia a Charles.

—¿Encadenados? —Anna no estaba familiarizada con el término, pero dado que el inglés no era su lengua materna, al parecer, no le sorprendió demasiado.

—Oh, es un término que usan los hombres para referirse al matrimonio; aunque no tengo ni idea de por qué lo dicen, ya que los miembros de la Liga contrajeron buenos matrimonios con mujeres excelentes y parecen bastante felices en su condición de hombres casados. Uno no sería feliz si su matrimonio se sintiera como un par de cadenas y una bola de plomo y, sin embargo, se burlan el uno del otro sin piedad de ello —sus ojos brillaron con una mezcla de amor y diversión—. El amor es algo curioso, ¿verdad?

—Ciertamente lo es —coincidió Anna mientras pensaba en Aiden y en cómo se sentía en una gran sintonía con él—. ¿Aiden es miembro de esta. . . Liga de los Pícaros? —todavía no entendía muy bien quiénes eran estos hombres.

—No, no del todo. La Liga son todos ingleses, y son amigos de Ashton de sus años de estudio en Cambridge. Se metieron en un lío por aquel entonces, se unieron y desde entonces son inseparables —Lydia se inclinó para susurrar sus siguientes palabras—. Oí que hubo un delicioso escándalo con la forma en que el duque del grupo cortejó a su esposa, Emily, algo sobre un secuestro, y Ashton y los demás estuvieron involucrados en todo el asunto —soltó una risita—. Emily no me cuenta la historia completa cada vez que le pregunto. Solo sonríe y me lanza un pequeño guiño.

—¿Emily es duquesa ahora? —preguntó Anna.

—Sí. Están el duque, Godric, y su esposa, Emily. Luego está Lucien, el Marqués de Rochester, quien se casó con la hermana pequeña del Vizconde Sheridan, lo que, por supuesto, provocó un duelo en Navidad....

Anna simplemente se quedó mirando a Lydia, sin palabras.

—Pero, por supuesto, Cedric, Vizconde Sheridan, estaba distraído con su propio matrimonio con Anne Chessley, y luego su hermana menor se casó con el hermano menor de Godric; Dios, imagina cómo deben ser sus cenas familiares —Lydia soltó una risita—. ¿Crees que alguna vez has estado enamorada?

—No lo creo —incluso sin sus recuerdos, Anna estaba segura de que su corazón se habría sentido como si ya perteneciera a alguien si alguna vez hubiera estado enamorada. El anhelo y la envidia que sentía al ver a Lydia y Brodie juntos parecían ser prueba de ello.

Lydia se sentó en un sillón cercano, con su dulce mirada llena de preocupación.

—¿De verdad no recuerdas nada?

—Solo pequeñas cosas —admitió Anna—. Mi memoria está volviendo en pequeños recuerdos aquí y allá, como un rompecabezas, solo que no he sido capaz de unir ninguna pieza —cerró los ojos mientras la costurera tiraba del vestido ya confeccionado que le iban a ajustar para que pudiera llevarlo fuera de la tienda. Otro recuerdo, uno tan pequeño como los otros, volvió—. Tuve muchas pruebas de vestidos. . . Me acuerdo de eso. Recuerdo el último vestido que me hicieron... uno de terciopelo crema y rojo —se tocó la cintura—.

Un cinto dorado tachonado de perlas y adornos dorados y más perlas en los bordes del terciopelo rojo —podía ver el vestido rojo y crema con una larga cola, quizás dos metros y medio detrás de ella. ¿Dónde se habría puesto un vestido así?

—¿Terciopelo rojo y crema con perlas? —Lydia se golpeó la barbilla—. Suena precioso y bastante caro. Debiste haber tenido muy buena posición económica si tuviste tantas pruebas para vestidos como ese.

—Puede que sí —aceptó Anna.

También recordaba haber llevado joyas, extravagantes, que le pesaban sobre la piel, pero no le habían importado demasiado. No se las mencionó a Lydia. Le parecía un poco mal hablar de vestidos finos y joyas cuando estaba en una pequeña aldea escocesa donde era evidente que la mayoría de la gente luchaba duramente por ganarse la vida. Lo último que quería era darse aires de superioridad o parecer esnob de alguna manera. Podría poner distancia entre ella y Aiden, y eso era lo último que quería.

—Estoy segura de que una vez que pases tiempo con nosotros en el castillo Kincade, recuperarás más recuerdos. Hay algo curativo en las tierras Kincade. Viví la mayor parte de mi vida en Londres, pero mi *hogar* es el castillo —la sonrisa de Lydia se suavizó al hablar—. Enseguida sentirás que perteneces a él, te lo prometo.

—Me gustaría verlo —Anna anhelaba pertenecer a un lugar como Lydia parecía hacerlo en el castillo.

Lydia miró algunos adornos para el pelo. Había un lazo precioso que iría enrollado en el pelo. Era de cinta roja y tenía brillantes estrellas enjoyadas. Las joyas eran probablemente una imitación, pero parecían muy bonitas. Lydia estudió la pieza y volvió a mirar a Anna. Asintió para sí y lo añadió a la pila de guantes y otros accesorios que ya había elegido.

—Si sigues pasando tiempo con Aiden, tendrás que ser amante de los animales.

—¿Oh? ¿Tiene mascotas? —eso intrigó a Anna. Había oído hablar de la compasión de Aiden por los animales de Molly, pero eso había sido sólo una breve historia sobre el caballo herido en los establos.

—Oh, sí —Lydia soltó una risita—. Tiene afinidad con prácticamente todos los animales. Como resultado, el castillo está *lleno* de criaturas. Búhos en la biblioteca, nutrias en el lago, erizos en los pasillos, cernícalos en la cocina, una marta que anida en el dormitorio de Aiden e incluso un tejón llamado Fiona que insiste en dormir en el dormitorio de Brock. Aiden encuentra criaturas heridas y las lleva a casa para atenderlas. Algunas de ellas deciden quedarse una vez curadas. Creo que es porque les gusta estar cerca de Aiden. Es muy tranquilo y gentil, y cuando canta con esa voz suya... es casi hipnótico.

Anna se calentó al pensar en tantas criaturas viviendo con Aiden en su castillo y cómo su voz musical podía hechizar a las criaturas heridas.

—Suena mágico —no pudo evitar preguntarse si podría hacer que Aiden cantara para ella.

—Lo es, en cierto modo —asintió Lydia—. Aunque puede resultar molesto para los huéspedes que no estén preparados para ver erizos deambulando por los pasillos. Si te topas con uno y solo llevas zapatillas de casa, verás que te arde un poco. Y si estás leyendo en la biblioteca, será mejor que recuerdes mirarte el pelo en un espejo antes de cenar. Una vez me senté durante toda una comida mientras mi marido y sus hermanos se reían como niños pequeños, y solo más tarde descubrí que tenía varias plumas en la cabeza. Si Joanna, la mujer de Brock, no hubiera estado en Londres visitando a su familia, me lo habría dicho, pero tal como estaban las cosas, quedé a merced de Brodie y sus hermanos. No se molestaron en hablarme de las plumas, por supuesto. Al parecer tenían una apuesta para ver cuánto tardaría en darme cuenta.

Anna no pudo evitar reírse.

—¿Y cuánto tiempo pasó?

—Cuando Brodie y yo estábamos en nuestra habitación más tarde esa noche, arrancó una de mi pelo y la sopló suavemente de su palma delante de mí hacia mi cara para burlarse de mí.

—Lo amas, ¿verdad? —preguntó Anna, aunque estaba segura de la respuesta.

Lydia pareció momentáneamente perdida en pensamientos sobre sí misma y Brodie.

—*Locamente.* No al principio, claro. Pero el amor llegó cuando vi quién era en realidad detrás de su apariencia de libertino.

Anna había visto indicios de encanto en Aiden. Era muy, muy diferente a Brodie. Había una tristeza en sus ojos que no se encontraba en los de su hermano.

—Lydia, ¿puedo preguntarte algo sobre Aiden? No quiero entrometerme, pero...

—Cuando se trata de Aiden, mereces saber lo que desees —Lydia se acercó a Anna, quien estaba de pie en el estrado, y le cogió las manos—. ¿Cuál es tu pregunta?

—Aiden me ha hablado de su padre, y eso explica gran parte de su tristeza, pero luego veo a Brodie y parece no estar agobiado por el pasado, al menos en comparación con Aiden. ¿Por qué hay tanta diferencia entre los dos hermanos? —Anna se relajó mientras la modista terminaba de trabajar con sus alfileres y tomar medidas para comenzar a anotar algunas cosas. Lydia la ayudó a bajar de la tarima y fue detrás del biombo para retirar el vestido ya confeccionado. Luego Lydia a Anna a ponerse otro que ya le habían ajustado para que pudiera usarlo fuera de la tienda.

—Aiden es uno de los hombres más amables que he conocido. No es duro como una piedra como Brock, ni es capaz de distraerse con diversiones como Brodie. Rosalind, su hermana, me dijo una vez que ella los ve así: Brock como la mente, Brodie como el cuerpo y Aiden como el corazón. Él es diferente a sus hermanos. Ellos eran más los hijos que su padre esperaba tener. Pero Aiden... Aiden era un hombre propio de una manera que su padre no podía entender. El mal siempre busca destruir algo que es completamente bueno y puro, ¿no es así? Creo que por eso su padre parecía querer herir a Aiden mucho más que a los otros. Quería quebrar a Aiden en cuerpo y espíritu. Que un padre te abandone es difícil, pero que se empeñe en destruir todo lo que eres... Es una devastación que poca gente conoce.

El corazón de Anna se detuvo ante la idea de alguien hiriendo a Aiden. Parecía tener un suministro infinito de compasión. ¿Cómo podría alguien querer hacer daño a alguien que solo ayudaba a la gente?

Lydia se aclaró la garganta y continuó.

—El odio, especialmente el de un padre, puede dejar una cicatriz profunda y duradera —ayudó a Anna a abrocharse los lazos del vestido—. Pero me he dado cuenta de que sonríe cuando habla de ti. Creo que ahuyentas sus penas.

—¿Sonríe cuando habla de mí? —Anna se sentía tonta de que algo así la mareara con la alegría de una niña.

—Sí, al principio me preocupaba que te viera como una criatura más para cuidar, pero ahora no creo que sea así. Sus ojos se iluminan cuando habla de ti. Es un lado de él que nunca había visto antes, ni tampoco Brodie.

Aiden solo podía haber tenido una breve conversación con Lydia y Brodie sobre ella antes en el pasillo afuera de su habitación; no había tiempo para una conversación en profundidad. Pero Anna aún se aferraba a la esperanza de que las observaciones de Lydia fueran ciertas. Aiden había dicho que había soñado con ella durante años, que era la mujer destinada a ser suya. Otros podrían considerarlo una tonta fantasía o un intento evidente de seducción. Pero después de todo lo que

Anna había pasado, sintiéndose muy unida a Aiden en tan poco tiempo, no podía negar que lo que él decía podía ser cierto.

Anoche, había estado atrapada en una pesadilla. Un fuego sin fin ardiendo a su alrededor mientras corría por el bosque hacia un pozo de los deseos. Había soñado que se asomaba al pozo y veía la cara de Aiden. Habría sido fácil descartarlo como un sueño derivado de haberlo conocido, pero ella *sabía* que había soñado con eso muchas veces antes, al menos una parte. Estaban conectados, pero ninguno de los dos sabía cómo ni por qué. Ella solo sabía que quería quedarse con él.

—Ya está —la modista guardó unos cuantos vestidos que no necesitaban más arreglos, y Lydia añadió guantes, medias y varias camisolas al montón, junto con zapatillas de bota, botas y un chal.

—Por ahora es suficiente —Lydia asintió con la cabeza y pagó a la modista.

Anna se sintió conmovida y agradecida por la ayuda de la mujer, tanto emocional como económica.

—Gracias, Lydia, encontraré la manera de pagarte —era un consuelo tener otra mujer con quien hablar.

—Tonterías. Es un regalo. Ahora, volvamos a la posada para que te bañes y te cambies. Quiero arreglarte el pelo para la cena —Lydia le estrujó los hombros como lo haría una hermana.

—Gracias, es un desastre.

—No te preocupes, yo me encargo —le aseguró Lydia—. Además, no puedo esperar a ver cómo reacciona Aiden cuando vea lo hermosa que estás.

Anna tampoco podía esperar. Si conseguía hacerlo sonreír, sería una maravillosa victoria contra el dolor que él llevaba en el corazón.

❄

YURI STRAVONOV, HERMANASTRO DEL ANTIGUO REY DE Ruritania, se inclinó sobre la gran mesa cubierta de mapas de los alrededores del Palacio de Verano. Fruncía el ceño mientras estudiaba la serie de mapas que había recuperado de la biblioteca del palacio antes de quemarla hasta los cimientos. No se había molestado en rescatar nada más de la biblioteca. Aquellos libros y registros pertenecían al pasado de Ruritania, y Yuri solo creía en el futuro que planeaba crear. Pronto tendría bibliotecas llenas de nuevos libros sobre los grandes cambios que él había hecho en el país, y sobre su riqueza y poder a medida que extendía su control sobre el resto de Europa.

—Hemos rastreado el campamento de los rebeldes hasta el Bosque Oscuro, pero parece que no podemos encontrar dónde duermen —el capitán de la guardia de Yuri, Radovan Fain, señaló varios lugares en el mapa que habían sido marcados con unas pequeñas piedras negras—. Ha habido señales de campamentos, pero nada reciente.

Fain era un hombre alto, de hombros como ladrillos, mandíbula cuadrada y fríos ojos azules. Tanto él como Yuri rondaban los cuarenta, pero Fain tenía la fuerza y la agilidad de un hombre diez años más joven. Había demostrado ser un atributo valioso cuando dirigió el ataque al palacio y mató al rey Alfred.

—Deben estar moviéndose todas las noches —murmuró Yuri. Su sobrino era un adversario más astuto de lo que había esperado. Fain había estado a cargo de la escolta de del rey y la reina, y había sido él quien los había matado en sus camas mientras dormían.

Alexei había sido la siguiente amenaza. Por desgracia, uno de los jóvenes guardias había despertado al príncipe al inicio del ataque. Ambos hombres habían buscado una retirada con el resto de guardias aún leales al hermanastro de Yuri, y ahora la pequeña alimaña estaba jugando al escondite en el bosque y robando comida y dinero destinados al tesoro y la despensa de Yuri.

—¿Y la princesa? —preguntó Yuri. Yuri sabía que su capitán estaba muy interesado en Anna, y antes del golpe de estado le había prometido a Fain que la princesa sería perdonada y entregada al capitán como esposa en pago por su lealtad.

—Encontramos testigos en el puerto que dicen que ella y su criada abordaron un barco mercante real con destino a Inglaterra —le informó Fain—. Si ella llega a Londres, podría apelar al rey George, y él podría enviar tropas —advirtió—. Deberíamos enviar a alguien tras ella y traerla de vuelta.

Yuri no creía que una mujer, ni siquiera una princesa, pudiera convencer al rey inglés de ir a la guerra. George era un hombre que disfrutaba de sus placeres y entretenimientos. No era un guerrero. Ruritania tampoco era necesariamente aliada de Inglaterra, aunque una reina nacida en Inglaterra se hubiera sentado en el trono.

—Es solo una mujer, Fain. Mi enviado ya está en Londres convenciendo al rey y a sus consejeros de que esta transición de poder es lo mejor para Ruritania y sus socios comerciales. Él difundirá la historia de que he llegado al poder tras la muerte de mi querido hermanastro a manos de los rebeldes. Nadie escucha a las mujeres en asuntos de política.

Nadie excepto su medio hermano mayor, Alfred. Su hermano mayor se había casado con una inglesa llamada Isadora. Isadora, una vez convertida en reina, se había atrevido a asistir a las reuniones del consejo y expresar sus opiniones sobre asuntos de estado, y su hermano había escuchado realmente sus consejos. Era solo una de las muchas maneras en que su hermano había demostrado no estar capacitado para dirigir. Las mujeres no tenían sitio en la política. Pertenecían al reino de dar placer a los hombres y proporcionar herederos, nada más.

—Su Alteza, permítame enviar un pequeño grupo de hombres para recuperarla —insistió Fain.

Por supuesto, el verdadero motivo de su capitán era recuperar su presa en fuga. Yuri no se dejó engañar por su petición.

—Muy bien, envía algunos hombres.

Yuri hizo un gesto con la mano para descartar el tema. No le importaba su sobrina. No tenía poder, no tenía ejércitos a sus espaldas y, como no era un varón, no tenía derecho al trono, a menos, claro, que diera a luz un hijo, pero eso era algo que él podía controlar si se casaba con Fain. Era solo una mujer que él usaría para controlar la lealtad de su capitán y...

—Espera... —Yuri sonrió mientras un nuevo plan se formaba en su mente—. Fain, cuando ellos la encuentren, haz que me la traigan primero. La usaré para que Alexei se rinda.

Fain se detuvo en la puerta del estudio privado de Yuri.

—Ella me ha sido prometida —dijo el capitán con firmeza.

—Y eso no cambiará. Pero si decimos que será ejecutada a menos que Alexei se rinda, él lo hará. Conozco a mi querido sobrino —Alexei adoraba a su hermana y haría cualquier cosa por salvarle la vida—. Cuando tengamos al príncipe, lo ejecutaremos, y podrás tener a la chica como te prometí.

Satisfecho con esto, Fain abandonó la habitación para reunir un grupo de hombres y enviarlos a Inglaterra. Yuri volvió a concentrarse en los mapas y contempló el vasto contorno del bosque.

—¿Dónde te escondes, principito? —murmuró, con la mirada fría mientras tramaba la muerte de su sobrino.

Era casi la hora de cenar cuando Lydia terminó los últimos detalles del peinado de Anna.

—Ya está, ahora tienes mejor aspecto. No es que antes tuvieras mal aspecto...

—Parecía como si me hubieran zarandeado en un barco —dijo Anna, riendo, y puso una mano sobre la de Lydia donde descansaba sobre su hombro—. Gracias, de verdad.

Lydia sonrió.

—Estás impresionante. Aiden no te reconocerá —tiró de algunos rizos sueltos más en su lugar en la nuca de Anna—. Bajemos a la taberna a ver si encontramos a los hombres —Lydia recogió sus chales y le dio el suyo a Anna. Salieron de la habitación y se dirigieron escaleras abajo hacia las estrepitosas risas y cantos.

Lydia, quien iba adelante, se detuvo bruscamente al pie de la escalera.

—¡Dios mío! ¿Qué diablos?

Anna se detuvo unos escalones más arriba de Lydia y se inclinó un poco para mirar por encima de su hombro y ver mejor el caos que reinaba en la taberna.

Brodie y Aiden sostenían cada uno una jarra de ale, cantando, balanceándose y animando a los hombres a su alrededor a unirse. Anna supuso que se trataba de una canción gaélica y, por el tipo de risas que provocaban, tenía que ser una obscena.

Lydia sacudió la cabeza y miró al cielo, como buscando ayuda divina.

—Lo juro, nunca puedes dejar a un escocés solo ni un minuto sin que se meta en problemas. Parece que se han estado peleado.

—¿Quiénes?

—Dada la falta de gente inconsciente en la habitación, probablemente se han peleado entre ellos. Los hermanos, según tengo entendido, son así, siempre intentando hacerse una llave de cabeza o tirarse al suelo. Me alegro de haber tenido que lidiar solo con una hermana de pequeña, a la que era muy difícil mantener alejada de los problemas. No podría imaginarme teniendo hermanos —dijo Lydia de forma realista.

Anna jadeó al ver los moratones de Aiden y Brodie. Brodie tenía la nariz ensangrentada y Aiden tenía el labio inferior hinchado, y había un poco de sangre seca en su barbilla. Con un gruñido, Lydia se levantó las faldas y avanzó a zancadas hacia su marido.

—¡Ah, muchacha! —Brodie dejó su jarra de ale y cogió a su mujer por la cintura, haciéndola girar, y luego gritó a un hombre junto al fuego que tenía un violín apoyado en el regazo—: ¡Tócanos una melodía! —el hombre lo cogió e inició una animada giga.

—¡Bájame! —exigió Lydia, pero su marido se limitó a sonreírle—. Todavía no hemos cenado, Brodie.

—Te gusta bailar, esposa. Baila conmigo. Podemos cenar en privado en nuestra habitación más tarde —la bajó y la expresión severa de Lydia desapareció.

—Oh, de acuerdo —empezó a bailar con Brodie—. Si eso evita que lances más puñetazos.

—Todos los golpes han sido lanzados, muchacha. Ahora es el momento de bailar —bromeó Brodie.

El corazón de Anna estaba lleno de alegría por su amiga, pero también sentía un dolor en el fondo. Quería la misma felicidad sin preocupaciones que tenían Lydia y Brodie, pero con Aiden.

Como si lo hubieran llamado, Aiden se alejó de los hombres con los que estaba hablando y se detuvo en seco frente a ella. Sus ojos se abrieron de par en par.

—¡Anna! Te ves... te ves...

—¿Cómo me veo? —preguntó, con el corazón latiéndole con fuerza.

—Estás magnífica —viniendo de él, el cumplido significaba mucho más. Asintió con la cabeza en dirección a los que estaban detrás de él, y le tendió la mano—. ¿Te apetece bailar?

—Me encantaría, pero no me sé los pasos —admitió.

La cara de Aiden estalló en una amplia y encantada sonrisa que calentó a Anna hasta los dedos de los pies.

—Baila tus propios pasos, muchacha. Te prometo que puedo seguirte el ritmo.

Sus palabras, o tal vez la forma en que las dijo, parecieron calar hondo en sus huesos, pues de algún modo sabía que si bailaba con Aiden, él la seguiría paso a paso, como si hubieran bailado mil veces antes en un sueño dentro de un sueño. Tal vez lo habían hecho... solo que ella no podía recordar sus sueños.

La encantadora sonrisa de Aiden la hizo sonrojarse y sonreír tímidamente mientras aceptaba su mano. Conocía un tipo de giga. Su memoria muscular había retenido el patrón familiar. Bailó, con sus zapatillas de casa moviéndose con facilidad. Aiden le rodeó la cintura con un brazo mientras sus pies seguían el complicado patrón. A pesar de su tamaño y su fuerza, él se movía con ligereza y elegancia. Se adaptó con facilidad a cada paso que ella daba, como si supiera adónde pretendía ir, cómo pretendía moverse.

Anna sonrió y se relajó al darse cuenta de que él no se había equivocado al decir que le seguiría el ritmo. Pronto se olvidó de todas sus preocupaciones y se dedicó simplemente a *bailar*, despreocupada y salvaje, con el apuesto escocés sosteniéndola como si fuera un preciado tesoro. Cuanto más bailaban, más se desvanecían las sombras tras los ojos de Aiden. Los rasgos cincelados de su apuesto rostro estaban tocados por una luz interior de alegría que suavizaba su carácter guerrero.

Bailaron hasta que a ella le dolieron los pies, e incluso entonces, Aiden simplemente la alzó en brazos, dando vueltas mientras ella reía. Cuando el violinista por fin tuvo que descansar, Anna vio que Brodie y Lydia se alejaban sigilosamente escaleras arriba, sin duda para continuar la fiesta en la intimidad de su propia habitación.

Aiden la dejó junto a una de las mesas vacías y recogió dos jarras de ale fresca de Molly y un plato de comida para compartir. Anna cogió una de las jarras, le gustó el sabor de la ale y empezó a beberla con avidez. No se había dado cuenta de lo sedienta que estaba hasta después del baile. Aiden se sentó a su lado, con una sonrisa de oreja a oreja.

—No olvides comer algo, muchacha. Debes estar hambrienta.

Tenía razón, estaba bastante hambrienta, y solo después de que ella hubiera probado varios bocados, él empezó a comer. Incluso en algo tan pequeño, pensó primero en ella, y eso le punzó el corazón con un dolor agridulce al preguntarse si alguien se había detenido alguna vez y se había preocupado por Aiden de la forma en que él se preocupaba por los demás.

Aiden se limpió el labio con la punta de los dedos y un poco de sangre apareció sobre su piel. De repente, Anna recordó que él y Brodie habían tenido una pelea.

—Deja que te eche un vistazo —le dijo, y le hizo un gesto para que se acercara.

Cogió una servilleta de tela y la mojó en un vaso de agua, luego cogió suavemente su barbilla y le giró la cara hacia ella. Él se quedó quieto, con los ojos clavados en los suyos, mientras ella le limpiaba la sangre seca.

—¿Qué ha pasado?

Cuando terminó de limpiarle la herida, él levantó la mano y capturó su muñeca antes de que ella pudiera bajarla. Tenía los nudillos morados por los moratones.

—Empecé una pelea con el herrero.

—¿El herrero? ¿Por qué? ¿Tienes por costumbre empezar peleas con los comerciantes?

Las sombras volvieron a sus ojos.

—Solo con los que golpean a niños o animales.

—Oh. Bueno, bien —ella no sabía qué más decir a eso. Si se hubiera encontrado con un hombre capaz de golpear a un niño, ella también le habría pegado.

—¿No te importa que yo sea un bruto? —preguntó Aiden.

Ella levantó la barbilla casi desafiante.

—Defender a alguien indefenso no es ser un bruto. Creo que es más bien heroico.

Aiden seguía sujetándole la muñeca, y movió los dedos hacia arriba hasta cogerle la mano. Luego, lentamente, presionó los labios contra sus nudillos

Un intenso calor la recorrió mientras respiraba agitadamente.

—¿Es una locura querer besarte, muchacha? —su voz grave y ronca le produjo un extraño y maravilloso efecto en el bajo vientre.

—¿Besarme? —repitió mientras su mirada se posaba en los labios de él.

—Sí. ¿Te han besado antes? —Aiden presionó nuevamente la boca contra sus dedos, lo que solo hizo más difícil pensar.

—Yo. . . Una vez, creo... Pero era joven.

—Todavía eres joven —bromeó.

Ella se rio.

—Quiero decir, ¿creo que tenía catorce o quince años? Fue con un joven mozo de cuadra. Recuerdo el olor a heno y... —lo miró a los ojos—. ¿Has besado a alguien?

—A algunas, pero no a muchas —sus ojos se clavaron en los de ella—. ¿Me dejarás besarte ahora, Anna?

—Sí, pero ¿y si se me da fatal? —un repentino temor a su propia incapacidad hizo que el creciente deseo en su interior se atenuara.

Aiden le cogió la mejilla con la otra mano.

—Si ese es el caso, entonces será un placer enseñarte. Nunca he conocido a una mujer que no bese mejor que un hombre. Creo que las mujeres nacieron para besar, y son los hombres los que necesitan lecciones —bueno, en ese caso, ella se preocupó un poco menos. Sus lecciones serían *más* que bienvenidas. Le guiñó un ojo, y sus preocupaciones desaparecieron. Él tenía la manera más maravillosa de hacerle eso.

—De acuerdo... —se inclinó hacia él, tal vez con demasiada prisa, porque lo siguiente que supo fue que sus frentes habían chocado—. ¡Ay! —se apartó y se cubrió la frente con una mano. Aiden se frotó un punto similar en la cabeza.

—Deja que me acerque a ti, muchacha. Es la primera lección. Inclínate un poco, y luego déjame recorrer el resto del camino.

—Oh, ya veo —volvieron a sus posiciones. Esta vez ella se inclinó unos centímetros y cerró los ojos.

Hubo un momento en el que solo sintió una voraz expectación, los sonidos de la habitación se desvanecieron y sus oídos se concentraron en la suave exhalación de la respiración de Aiden. Sus dedos revolotearon contra la mandíbula de Anna, el toque caliente y con una sensación de hormigueo, y luego sus labios presionaron contra los suyos, caricias aterciopeladas que le arrancaron un suspiro de placer. Aiden movió los labios de un lado a otro sobre los de ella, y pronto aprendió a moverse con él. Era como bailar, solo que ella estaba aprendiendo nuevos pasos, y Aiden era un maestro magistral. Anna no estaba segura de cuánto tiempo se habían besado; pareció eterno y, sin embargo, terminó demasiado pronto.

Cuando sus labios se separaron, él tenía una mano en su nuca mientras sus frentes descansaban una contra la otra.

—¿Bien?

—Muy bien —respondió ella entre respiraciones profundas—. ¿Y yo?

—Como en un sueño, muchacha —le dedicó una sonrisa adorable y el corazón de Anna se agitó en respuesta—. Es tarde. Deberíamos acostarnos. Yo volveré a la silla y tú a la cama —se levantó, le cogió la mano y la llevó escaleras arriba.

Anna se detuvo cuando llegaron a la puerta de su habitación.

—¿Y si vuelvo a tener pesadillas? —preguntó, preocupada repentinamente por la posibilidad de que volvieran las pesadillas.

Los ojos de Aiden brillaron en la penumbra del pasillo.

—Entonces estaré allí mismo para ahuyentarlas.

❧ 7 ❧

Aiden cumplió su promesa y ningún sueño atormentó a su bella muchacha aquella noche. Durmió ligeramente, despertándose cada vez que ella se movía en la cama, por si lo necesitaba. Ella tenía mejor aspecto esta mañana. Sus ojos marrones leonados brillaban y las sombras ya no oscurecían su rostro. Su tentadora boca se curvó en una sonrisa encantadora cuando lo vio. Ella y Lydia se reunieron con él y Brodie afuera de la posada, listos para el viaje que les esperaba. Anna llevaba un vestido de carruaje verde oscuro con las mangas adornadas con bellotas y hojas de roble. Parecía una hadita del bosque o una ninfa de los árboles.

Se acercó a él, con movimientos elegantes y cuidadosos como los de una reina. Sintió el impulso irrefrenable de liberarla, como quitarle la capucha a un halcón y soltarlo al viento.

—¿Nuestro carruaje está listo?

—Sí. Y tengo mis caballos listos para viajar. Y el muchacho, por supuesto.

—¿Cameron? —ella miró a su alrededor, buscando al niño del que él le había hablado antes de dormirse la noche anterior. Había sido tan dulce sentarse a su lado mientras ella yacía en la cama y hablarle del niño que había acogido bajo su protección. Ella lo había observado con somnolienta diversión, y él sabía que su voz la había dormido, que era lo que él había pretendido. Lydia a menudo se burlaba de él por lo reconfortante que era su voz.

—Cam, muchacho, hora de partir —gritó Aiden en dirección a los establos. El chico salió a su encuentro con un saco de arpillera lleno a reventar sobre su pequeño hombro. Cameron había dormido en los establos la noche anterior, aunque su padre no había estado en condiciones de hacerle daño después de la paliza por parte de Aiden y Brodie. Cam se detuvo al ver a Anna, con la cara enrojecida mientras intentaba hacer una reverencia cortés. La bolsa se le cayó del hombro y tuvo que volver a levantarla.

Anna se tomó con calma el saludo del chico y le hizo una reverencia.

—Señorito Cameron, ¿supongo? —le preguntó ella.

Él asintió con orgullo.

—Señorita Anna —saludó.

Brodie se acercó a Aiden y soltó una risita.

—Puede que haya nacido como MacLeod, pero creo que ahora es un Kincade.

En eso, Aiden estuvo de acuerdo. Brodie tenía razón. Los Kincade tenían debilidad por los huérfanos y los niños necesitados.

—Mete tu bolsa en el maletero de arriba, Cameron, y nos iremos.

El muchacho subió a la parte trasera del carruaje en espera y puso su saco dentro del baúl que Aiden había dejado abierto para él. Aiden comprobó por última vez a Thundir y Bob. Anna lo siguió hasta la parte trasera del carruaje. Miró entre el alto caballo gris moteado y la yegua alazana más pequeña.

—¿Ésta es la herida? —Anna acarició suavemente la nariz

y el cuello de Bob. Su falta de vacilación le informó que se sentía cómoda con los caballos.

—Sí, está mucho mejor. Viajaremos despacio. El viaje a las tierras Kincade no dura más de un día, y almorzaremos para que Bob tenga tiempo de descansar la pata. Ella y Thundir irán detrás del carruaje.

—¿Bob? —Anna soltó una risita—. ¿Así se llama?

—Cameron pensó que era macho. Se le ha quedado el nombre —Aiden sonrió.

—Bueno, Bob, eres una belleza —Anna abrazó a la yegua, luego dio un paso atrás y miró a Aiden comprobar las riendas conectadas a la parte trasera del coche.

Lydia y Brodie ya estaban dentro. Aiden y Anna se sentaron frente a ellos, con Cameron en medio. El niño se pasó las horas hablando hasta que se cansó y se quedó dormido contra el hombro de Anna.

—Es un encanto —Anna le apartó el pelo rubio de los ojos mientras dormía.

—Se lo presentaremos a Isla cuando ella y Rafe vengan de visita —dijo Lydia—. Serían buenos compañeros de juegos.

—¿Quiénes son ellos? —preguntó Anna.

—¿Recuerdas que te conté que nuestro hermano mayor se casó con Joanna Lennox? ¿Y que el hermano de Joanna, Ashton, se casó con nuestra hermana, Rosalind? Bueno, el otro hermano de Joanna, Rafe, acogió a una huérfana. Una pequeña muchacha de la edad de Cameron. Su nombre es Isla.

—Ah. Más Lennox, ya veo.

—Rafe es el salvaje —añadió Brodie con una risita—. Es nuestro Lennox favorito.

—Eso es porque es problemático como tú —Lydia hundió un dedo en el pecho de Brodie—. Cuando vosotros me secuestrasteis, él sabía que os habíais equivocado de hermana y no dijo nada. Pensó que era una broma divertida.

—Por eso me cae mejor —reiteró Brodie. Lydia puso los ojos en blanco.

Anna se rio, y Aiden disfrutó del suave y delicioso sonido. Le alegraba verla tan feliz. Para cuando se detuvieron a comer en una posada, Cameron estaba despierto y lleno de una energía desbordante. Aiden y Anna se rieron mientras correteaba por el prado cercano a la posada y jugaba con un perro que pertenecía al posadero.

Cenaron en la posada y descansaron los caballos antes de continuar hacia el castillo Kincade. Aiden invitó al joven Cameron a subir con el cochero para mantener entretenido al muchacho, y luego desató a Thundir de la parte trasera del carruaje y lo montó para dedicar algo de tiempo a estirar las patas del castrado. A los pocos minutos de cabalgar, decidió que se adelantaría y llegaría al castillo antes que los demás.

Mientras cabalgaba alrededor del bosque más cercano, llegó al pie de la colina que ascendía hacia el castillo de piedra gris Kincade. La vista solía causarle miedo, pero ahora... muchas cosas habían cambiado. Desde que su padre había muerto y Brock se había casado con Joanna, el castillo había pasado de ser una lúgubre torre de piedra a un majestuoso edificio. Aiden sonrió un poco al pensar en mostrarle a Anna todos los rincones y grietas y presentarle a sus pequeñas bestias. Pateó los costados de su caballo y Thundir galopó más rápido colina arriba hacia el hogar de Aiden.

Un mozo llevó su caballo a los establos del castillo, y Aiden se dirigió al interior para informar a su hermano de la llegada de sus invitados.

—¡Brock!

—¿Qué? —bramó Brock desde el fondo del pasillo. Aiden se asomó por el pasillo, esperando a que su hermano saliera de su estudio.

—De verdad, Aiden, ¿tienes que gritar como un oso herido? —su cuñada apareció en lo alto de la escalera con una pila de libros en las manos, sin duda con destino a la biblioteca.

—Tenemos visitas —anunció Aiden.

—¿Visitas? ¡Oh, cielos! —Joanna bajó corriendo hacia él—. ¿Cuántos son? ¿Quién es? —entonces, fue ella la que bramó mientras llamaba al mayordomo.

—Brodie y Lydia llegarán pronto.

—Oh, ¿eso es todo? —Joanna se rio con alivio. Ella y Brock habían sabido que Aiden había ido a esperar la llegada del barco de Brodie y Lydia, pero no tenían forma de saber lo de Anna y Cameron.

—Pero tenemos dos invitados. Un chiquillo llamado Cameron que ayudará por aquí, y una dama.

Joanna colocó su pila de libros en el extremo de la barandilla y lo miró fijamente.

—¿Una dama? ¿Qué clase de dama?

—Bueno... La he encontrado. Es la superviviente de un naufragio.

—¿Has encontrado a una *náufraga*? —preguntó Joanna, como si intentara descifrar el significado de lo que había dicho.

—Sí. Se llama Anna y no recuerda mucho. Estaba herida...

Joanna presionó su pulgar e índice contra sus párpados cerrados.

—Aiden, debes dejar de tomarme el pelo.

—No lo hago —insistió él. Le gustaba tomarle el pelo, pero no lo haría por algo así.

Ella jadeó cuando se le ocurrió otra posibilidad.

—No era la nave de Brodie, ¿verdad?

—No, su nave estaba bien.

—Oh, gracias a Dios.

—¿Joanna? ¿Dónde estás? —la voz de Brock se oyó muy cerca.

—Estamos junto a las escaleras —llamó a su marido justo cuando apareció en la entrada.

Brock, el mayor de la familia, compartía con Aiden el pelo oscuro y los ojos tormentosos. Era un poco más alto y un poco más ancho, pero Aiden había ganado sus combates de lucha libre contra Brock.

Brock lo abrazó con fuerza.

—Confío en que hayas traído a Brodie y Lydia contigo.

—Llegarán en unos minutos —explicó Aiden—. Me he adelantado para avisaros de que vienen otros invitados.

—Tu hermano dice que ha encontrado a una náufraga y que la trae a casa —le dijo Joanna a Brock.

La sonrisa de Brock se desvaneció.

—¿Y ahora qué has hecho?

—He encontrado a una muchacha que fue arrastrada hasta la orilla en la costa de North Berwick.

Su hermano le creyó más fácilmente que Joanna.

—¿Ella está bien?

—Parece que sí, pero se ha golpeado la cabeza. Tiene la memoria hecha un lío.

Brock asintió.

—¿Y la has traído aquí para cuidarla?

—Sí. Estaba sola y no tenía forma de cuidarse. He pensado que quizá podríamos permitir que se quedara aquí mientras se cura.

—Aiden, es una mujer, no un animal salvaje. Debe tener una familia o gente que necesita encontrarla.

—Si es así, la reuniré con ellos en cuanto recupere la memoria. Pero es probable que su familia viva en el continente, lejos de aquí.

Joanna lanzó a Brock una mirada claramente preocupada. Aiden no pasó por alto el hecho de que Brodie y Lydia habían reaccionado de forma similar a su historia. ¿Por qué todos ellos pensaban que él la veía como una criatura herida, como uno de sus muchos animales? Ella era infinitamente más que eso. Aiden era demasiado consciente de que Anna era una mujer. Y lo que era más importante, era *su* mujer. Pero eso era algo que no podía explicar a nadie más que a Anna.

—Por supuesto, es bienvenida aquí todo el tiempo que desee quedarse —dijo Brock.

—Sí —repitió Joanna, pero era evidente que su forma inglesa de pensar le dificultaba comprender que Aiden se había hecho responsable de Anna. Cuidaría de ella hasta que ella ya no deseara que lo hiciera. Era la manera de ser de un escocés.

Un momento después, el mayordomo anunció que un carruaje subía por la entrada.

Aiden sonrió.

—Están aquí.

Brock pasó un brazo por los hombros de Joanna mientras seguían a Aiden a corta distancia.

—Brock, estoy preocupada por él —confesó Joanna—. Sé que ha tenido sus breves romances, pero eso es todo; siempre terminan porque parece encontrarse en una soledad y melancolía eternas. Pero algo me dice que esta chica podría ser diferente. Deseo que Aiden sea feliz, pero ¿y si pierde a ésta también?

—Sé que estás preocupada, Joanna, pero tal vez esto sea bueno para él. Tal vez la muchacha sea bonita. Le hará bien practicar el cortejo, y tal vez deje atrás su melancolía.

El carruaje se detuvo y un niño saltó del asiento del conductor a los brazos de Aiden. Aiden lo cogió y lo dejó en el suelo. Luego el muchacho corrió hacia Brock y Joanna, quienes estaban en lo alto de los escalones de la entrada del castillo.

—¿Eres el poderoso laird de este castillo? —le preguntó el niño con los ojos muy abiertos.

—Sí, muchacho. Me llamo Brock Kincade.

—Yo soy Cameron MacLeod —el chico le tendió la mano y Brock se la estrechó con una risita y miró a Aiden. Se habían enredado con muchos MacLeod en el pasado, pero a diferencia de Brodie, Brock claramente pensaba que recibir a un MacLeod era divertido y no motivo de queja.

—Bienvenido, Cameron. Esta es mi esposa, Joanna. La señora de este castillo.

—Eres muy bonita —dijo Cameron. Joanna se sonrojó y soltó una suave risa.

—Justo lo que necesitamos en esta casa, otro encantador.

El chico se apresuró a volver al carruaje para ayudar al conductor a bajar los baúles y las maletas de viaje. Brodie ayudó a Lydia a salir del carruaje, y Aiden ocupó su lugar en la puerta abierta después de que se apartaran.

Una mano femenina se extendió desde la puerta del carruaje y Aiden la cogió con suavidad. La misteriosa mujer que Aiden había rescatado del mar salió del vehículo. Cuando lo hizo y se volvió para mirar a Aiden, Brock vio algo que le hizo un nudo en la garganta. La mujer miraba a Aiden como si estuviera bajo un hechizo. Y él la miraba con la misma expresión hechizada.

Un viejo temor, uno que Brock creía enterrado desde hacía mucho tiempo, clavó sus heladas garras en su pecho.

Brock había sido un hombre joven, apenas en la adolescencia, cuando una tribu romaní había visitado su hogar años atrás. Había sido hospitalario con ellos durante la ausencia de su padre, y la matriarca del grupo le había advertido a su partida que su miedo más profundo se haría realidad. Vería a su hermano menor perdido, y todo empezaría con una hermosa forastera de otra tierra que capturaría el corazón de su hermano.

¿Ésta era la mujer cuya mera presencia presagiaba la perdición de su hermano?

—Brock, ¿qué pasa? —susurró Joanna. Su mujer se apoyó contra su brazo, con los ojos muy abiertos por la preocupación.

—Nada... no es nada.

Joanna volvió a centrarse en Aiden y la desconocida.

—Es preciosa. Mira cómo se mueve —dijo Joanna—. Parece que se gustan, ¿verdad? Tal vez fui tonta al preocuparme por él. Quizá haya encontrado por fin a la mujer de su corazón que lo ayudará a encontrar la felicidad, como tú y Brodie encontrasteis la vuestra.

Brock no dijo nada. Eso era precisamente lo que temía.

"Intentarás salvarlo, pero no lo conseguirás. Es la única forma de liberarlo."

Sacudió la cabeza para librarse del recuerdo de la anciana mientras le había susurrado su advertencia. Brock pintó una sonrisa en su rostro y guio a su esposa para que conociera a la invitada de Aiden.

ANNA SE AFERRÓ CON FUERZA AL BRAZO DE AIDEN, COMO SI fuera el mástil al que se había aferrado antes de que él la encontrara. No importaba lo hermoso que fuera el paisaje, Anna era demasiado consciente de que era una extraña en una tierra extraña.

El enorme castillo frente a ella era un imponente edificio de piedra gris en lo alto de una colina verde esmeralda, con vistas a un pintoresco lago. Se había maravillado ante la belleza del paisaje desde la ventana del carruaje, pero estar aquí, con el hogar de Aiden a su alrededor, la ponía nerviosa y emocionada a la vez. El aire era limpio y la brisa estaba impregnada de la fragancia de las flores de los jardines cercanos. Brezo púrpura florecía en los campos lejanos. Todo aquí era intenso en color y asombroso para la vista.

—No te preocupes —dijo Aiden—. Mi hermano puede gruñir un poco, pero tiene un corazón blando.

Ella miró al imponente lord del castillo y a su esposa inglesa. El parecido entre Aiden y Brock era evidente, al igual que con Brodie. Los hermanos eran muy parecidos y a la vez muy diferentes. Brodie tenía un poco de picardía en la cara, mientras que Brock era mucho más solemne, y el rostro de Aiden albergaba una profunda compasión.

—Anna, este es mi hermano Brock y su mujer, Joanna.

Brock asintió cortésmente.

—Bienvenida, Anna —había una pizca de sombra en sus ojos, pero aun así le dio la bienvenida con una cálida sonrisa.

—Adelante, Anna —Joanna apartó suavemente a Aiden de ella y se la llevó, con Lydia siguiéndolas ansiosamente—. Las tres deberíamos tomar el té —sugirió Joanna.

Anna miró hacia atrás y vio a Brock hablando en voz baja con Aiden, con expresión seria.

—Espero que mi presencia no sea una carga para vosotros —le dijo a Joanna.

—¿Una carga? No, claro que no —la sincera respuesta de Joanna alivió parte de la tensión que se había ido acumulando en Anna. Tal vez los hermanos tenían otros asuntos que tratar que no tenían nada que ver con ella.

Joanna la condujo a un soleado salón y le hizo señas para que se sentara en una de las acogedoras sillas.

—¡Cuidado! —gritó Lydia. Anna se quedó inmóvil, con el trasero ligeramente por encima de la silla más cercana—. Siempre hay que mirar detrás de los cojines —le explicó. Anna movió los cojines del respaldo de la silla. Un erizo estaba acurrucado, profundamente dormido, medio oculto por la almohada. Podría haberlo aplastado si se hubiera sentado.

—¿Lo ves? —Lydia seguía riendo—. Las *pequeñas bestias* de Aiden están por todas partes —dijo, fingiendo acento escocés.

—Ella tiene razón. Siempre lo olvido y siempre estoy encontrando a todo tipo de criaturas —dijo Joanna—. Esta mañana estaba ayudando a una criada a recoger sábanas limpias para uno de los dormitorios y encontramos un nido de conejos entre las sábanas. Los conejos bebés corrían por toda la habitación. Tardamos siglos en atraparlos a todos junto con su madre y llevarlos a los jardines.

Anna no pudo evitar soltar una risita ante la imagen pintada por Joanna.

—No olvides la vez que encontraste a ese gato montés escocés cazando ratones en las cocinas —dijo Lydia, y luego se volvió para explicarle a Anna—. Aiden lo encontró con una pata llena de cardos y lo curó. Luego decidió que le gustaba vivir aquí en el castillo, pero siseaba a todo el mundo. Era una criatura tan gruñona y malhumorada. La cocinera no paraba de perseguirlo con un cucharón de sopa para que se fuera.

Joanna asintió, todavía riendo.

—Era un buen gato ratonero, hasta la señora Tate tuvo que admitirlo.

Anna volvió su atención a la pequeña criatura puntiaguda en la silla. Sin dudarlo, cogió al erizo en sus manos, se sentó y lo colocó en su regazo en lugar de en el suelo. No quería que lo pisotearan si quería seguir durmiendo.

—No me extraña que le gustes a Aiden —dijo Joanna con una sonrisa de aprobación—. Parece que te sientes tan cómoda con los animales como él.

Anna acarició con la punta de un dedo la nariz del erizo. Éste sorbió sus mocos y se frotó el hociquito con una pata, pero siguió durmiendo.

—Me gustan —coincidió.

—Anna, he oído que naufragaste. ¿Es verdad? —Joanna se

inclinó y tiró de una cuerda de campana cerca de la pared para llamar a un servicio de té.

—Sí. Aiden me ha rescatado. Mi memoria está todavía un poco...

—Aiden ha mencionado que no recuerdas mucho.

—Ella está recordando cosas en pedazos ahora —intervino Lydia—. El médico cree que todo volverá a ella en algún momento.

—Bueno, eso es bueno —dijo Joanna—. Debe de ser aterrador no recordar quién eres.

—Lo es —admitió Anna—. Pero Aiden me ha hecho sentir segura, y le debo mucho por eso.

Joanna y Lydia compartieron una mirada. Anna no pudo evitar sentirse un poco superada en número. Estas dos mujeres estaban en sintonía y compartían una historia a través de sus maridos. Ella no era más que una extraña. No debería sorprenderle que sintieran curiosidad por sus sentimientos hacia su cuñado.

—Parece que te gusta, ¿verdad? —dijo Joanna.

—Confieso que me gusta mucho.

Se abrió la puerta del salón. Una criada acercó una bandeja de té y la dejó junto a la silla de Joanna. Joanna sirvió tres tazas y entregó una a Anna y otra a Lydia.

—Parece que me he perdido una buena historia. ¿Me lo contarías todo? —preguntó Joanna.

Durante la siguiente media hora, Anna le contó a Joanna todo lo que recordaba. El viaje en carruaje le había traído nuevos recuerdos, que se sumaron a los que podía compartir.

—Recuerdo viajar con mis padres en carruaje por todo el campo, visitando a la gente. Ojalá pudiera recordar más cosas de mis padres. Mi padre tenía el pelo oscuro y mi madre se parecía a mí en el color. Y había un niño pequeño... Él... —de repente, su mente se llenó de alegría ante el nuevo conocimiento—. Era mi *hermano gemelo* —se esforzó, pero no recordó nada más.

Lydia le dio unas palmaditas en la rodilla.

—No te preocupes, Anna. Volverá.

—Eso espero —pensó en las caras sonrientes de sus padres y en la sonrisa traviesa de su hermano. Los recuerdos contenían una gran felicidad, aunque ella no podía recordar mucho más que breves imágenes.

Tengo una familia...

En algún lugar, tenía gente que la amaba. Anna encontraría la forma de volver con ellos. Tenía que hacerlo, porque en el fondo de su mente crecía una sensación inexplicable de terrible temor.

※ 8 ※

—¿**C**aminamos? —le preguntó Brock a Aiden.

Aiden sabía por el tono de su hermano que quería hacer algo más que simplemente caminar con él.

Brodie se les unió cuando abandonaron el castillo y salieron a la luz del sol. Los tres hermanos se dirigieron hacia el lago. A pesar de que Aiden sabía que probablemente recibiría un sermón o una advertencia, se tomó su tiempo para disfrutar de la compañía de sus hermanos. Habían hecho de estas tierras un hogar ahora que su padre había muerto, y muchas cosas habían cambiado para mejor. Ninguno de ellos habló hasta que llegaron a la orilla del agua.

—Di lo que piensas, hermano —Aiden casi podía sentir el peso de los pensamientos de su hermano sobre sus hombros.

Brock miró hacia el agua del lago.

—Esta mujer... ¿Qué es para ti? ¿Otra criatura herida que necesitas curar? ¿O es algo más?

Aiden se subió las mangas de la camisa y se acuclilló junto a la orilla del agua para coger una piedra lisa. Tras contemplar en silencio la superficie del agua, lanzó la piedra con habilidad. Rebotó varias veces sobre el agua, tan ligera como el aire, antes de caer bajo la superficie y desaparecer.

Ni Brock ni Brodie lo presionaron para que respondiera. Llevaban demasiado tiempo juntos como para presionarse mutuamente a dar respuestas antes de estar preparados. Sabía que una vez que hablara, les estaría diciendo que Anna era suya, y esperaba que se opusieran, argumentando que era demasiado pronto para saber eso de una mujer que acababa de conocer.

—Anna es mi destino. No puedo explicaros cómo lo sé, pero es verdad.

Brock apoyó una mano en su hombro.

—Sé que siempre has tenido dones que Brodie y yo no tenemos.

—Quieres decir que crees que soy diferente —respondió Aiden, intentando ignorar el aguijón de esas palabras.

—Eras demasiado joven para recordar a nuestra madre compartiendo historias de nuestra abuela —dijo Brock—. Puede que ni siquiera Brodie lo recuerde.

Aiden esperó a que Brock continuara. No era frecuente que Brock hablara de aquellos viejos tiempos en que su madre y su abuela aún vivían. A menudo, Aiden deseaba haber podido saber lo que era tener un sentido de su familia, de las generaciones que convivían estrechamente y compartían sus vidas. Su padre había sido un maestro en aislarlos de la familia de su madre y de los inquilinos que vivían en las tierras.

La sonrisa de Brock era melancólica, y su mirada se tornó distante.

—Nuestra abuela era de las viejas costumbres. Llevaba plata para protegerse de los ojos vengativos y celosos de los antiguos dioses. Dicen que animales de todo tipo acudían a ella cuando llamaba y que nunca formó parte de este mundo por completo. Tenía dones. Era diferente. Y *diferente* era bueno. Ella sanaba al ganado de nuestro clan, podía sentir cuándo iba a cambiar el clima e inspiraba compasión y comprensión a todos los que conocía. Era un faro de fuego encendido en la oscuridad para todos los que se perdían —Brock estrujó el hombro de Aiden—. Me preocupa que puedas confundir la necesidad de luz en la oscuridad de una mujer perdida con amor. Eso es todo.

Si Aiden nunca hubiera oído la profecía de la Viajera Romaní ni hubiera tenido esos sueños sobre Anna, podría haber estado tentado de estar de acuerdo con Brock. Era fácil confundir el cariño y la compasión con el afecto, pero él sentía mucho más por Anna.

—Lo entiendo, Brock, de verdad. Pero a veces la luz en la oscuridad *es* amor —al decir esto, un antiguo dolor brilló en los ojos de Brock. Era una mirada de pérdida y angustia, pero Aiden no pudo entender por qué.

—Muy bien, entonces. Solo prométeme que cortejarás a la muchacha como es debido si ella te importa. Muéstrale el campo y nuestra gente. Muéstrale tu verdadero yo. Ella merece amarte como nosotros.

Aiden sonrió. Lo haría. Le mostraría a Anna todo lo que amaba y derribaría las barreras que siempre había mantenido para protegerse.

—Y si te casas con ella, celebraremos la ceremonia en la vieja iglesia. Madre habría querido eso. Perdí mi oportunidad, y Brodie también.

—Sí, hermano —Aiden soltó una risita al oír a la mamá gallina de Brock.

Brock empujó ligeramente el hombro de Aiden.

—Bueno, vete, entonces. Ve a rescatar a tu mujer de nuestras esposas antes de que le saturen los oídos.

—Creo que la llevaré a cabalgar —llamó por encima del hombro a sus hermanos antes de correr colina arriba hacia el castillo.

✳

—¿Qué pasa? —Brodie presionó a Brock cuando Aiden estuvo fuera del alcance de sus oídos. Por la expresión de la cara de su hermano, se dio cuenta de que algo seguía molestándole.

—No me creerías —murmuró Brock—. Ni siquiera *yo* estoy seguro de creerlo. Pero me tiene preocupado.

—Dime, hermano.

—¿Recuerdas cuando los romaníes nos visitaron durante un tiempo, cuando no eras más que un muchacho?

Brodie esbozó una sonrisa.

—Nunca había besado a tantas lindas romaníes antes...

—Brodie —gruñó Brock.

Brodie suspiró.

—Sí, los recuerdo. ¿Qué hay con eso?

—La anciana que lideraba su clan me dio una advertencia sobre Aiden.

—¿Sobre Aiden? —las oscuras cejas de Brodie se arquearon.

Brock se cruzó de brazos mientras miraba el castillo colina arriba.

—Dijo que estará perdido para nosotros cuando conozca a una mujer de una tierra lejana que le robará el corazón.

—¿Qué?

—En ese momento, no pensé mucho en ello. Quiero decir, sonaba tonto, ya sabes. ¿Pero ahora...?

Brodie miró hacia el castillo, su propio corazón ahora lleno de un pavor resonante.

—Por eso le preguntaste por ella y por el amor.

—Sí. Si nunca la ama, podría estar a salvo —Brock se pasó una mano por el pelo, con el rostro cansado—. Nunca lo protegimos lo suficiente, y ahora no podemos evitar que se enamore.

—No puede morir si lo protegemos —dijo Brodie.

Brock guardó silencio un momento, como si lo estuviera considerando, y luego negó con la cabeza.

—No, debemos dejarle elegir su camino. La anciana también lo dejó claro. El destino de cada hombre es suyo. Por mucho que queramos interferir, no debemos.

Los hermanos se quedaron mirando el castillo mientras cada uno contemplaba lo que podría significar para ellos perder a Aiden.

EL ERIZO SEGUÍA EN EL REGAZO DE ANNA CUANDO TERMINÓ su té. Después de la ronda de preguntas de Joanna y Lydia, el cansancio se había instalado en los miembros de Anna y le dolía la cabeza. Entonces apareció Aiden en el umbral de la puerta, haciéndola olvidar todas esas cosas con solo sonreírle.

—Veo que has encontrado a Prissy —su rostro se iluminó de alegría cuando se reunió con ella, Lydia y Joanna en el salón.

—¿Prissy?

—El erizo —se acercó a ella y, con manos delicadas, le quitó el erizo dormido del regazo. La criatura se despertó y emitió pequeños gorjeos al reconocerlo.

Anna se puso en pie y se inclinó hacia Aiden mientras éste sostenía al erizo en una de sus manos.

—¿Qué crees que quiere?

—Ella espera que tenga golosinas —dijo él, y luego metió la mano en el bolsillo de su chaleco. Le tendió a Prissy unas semillas. Prissy examinó la ofrenda con atención antes de llevarse unas cuantas semillas a la boca y masticar—. Es una pequeña muy remilgada —dijo con una risita y la dejó en el suelo. Se escabulló a un rincón y volvió a hacerse un ovillo.

Aiden se volvió hacia las demás.

—Damas, me llevaré a Anna a dar un paseo en caballo. Volveremos más tarde.

—¿Para cenar? —preguntó Joanna.

—Sí, volveremos para cenar —su expresión de desconcierto se suavizó a una de ternura mientras ofrecía su brazo a Anna. Ella le sonrió mientras entrelazaba sus brazos.

—Con cuidado, Aiden —les gritó Lydia cuando salieron del salón.

—¿De verdad vamos a montar, o creías que necesitaba que me rescataras de tus cuñadas? —sinceramente, eso esperaba ella. Ahora recordaba que le encantaba montar a caballo. Parecía ir de la mano con su amor por los caballos.

—Deseo mostrarte mi hogar y nuestras tierras. También necesito visitar a algunos de los arrendatarios y su ganado. Espero que no te importe acompañarme.

—En absoluto. Suena encantador.

Cuando salieron del castillo, un mozo los esperaba con Thundir y una yegua ensillada. Se acercaron y Aiden la ayudó a subir al otro caballo. No había silla de montar, así que ella pasó la pierna hacia el otro lado y colocó los pies en los estribos.

Sus faldas se levantaron, dejando al descubierto sus piernas cubiertas de medias hasta las rodillas. Aiden se dio cuenta y parpadeó un par de veces al ver sus piernas antes de aclararse la garganta. Su rostro enrojeció, y Anna sintió que su propia piel se calentaba al comprender que se estaba fijando en sus piernas, escandalosamente expuestas, y era demasiado consciente de lo mucho que le gustaba que él se fijara en ellas.

—Este caballo es Nevis. Se llama así por una de nuestras montañas aquí en Escocia —Aiden le dio a la yegua una sólida palmada en el cuello—. No pensé en una silla de montar ya que Nevis es tranquila, pero si quieres una...

—No, no me importa —le aseguró—. En realidad es más

fácil montar de esta manera. Las sillas de montar me tuercen la espalda.

Él le sonrió como en sentido de alivio. Luego montó a Thundir y Anna cogió las riendas de Nieves.

—¿Recuerdas cómo montar?

—Creo que sí. Es como el baile; mi cuerpo lo recuerda.

—Bien. Tus músculos también tienen memoria, igual que la mente —de repente, le lanzó una juguetona sonrisa de suficiencia—. ¡Intenta seguir el ritmo, muchacha! —luego dio un grito a su caballo y Thundir arrancó al galope.

Riendo, Anna lo imitó, y la yegua ruana comenzó a perseguirlos. Bajaron corriendo la colina hacia el lago, luego subieron otra colina y atravesaron los campos de brezo. Las nubes se alzaban sobre ellos en interminables formas de un blanco brillante, en contraste con el azul intenso del cielo.

El viento azotaba su pelo mientras cabalgaba, y algo tenso y oscuro en su pecho empezó a desvanecerse. Pudo respirar profundamente, sintiendo el aroma del brezo y las flores silvestres. Un repentino destello de memoria cruzó su mente, como una estrella fugaz en un cielo nocturno. Había cabalgado antes, salvajemente igual que ahora, con un joven a su lado, cuya risa resonaba en las colinas. Su rostro era igual al suyo, pero masculino.

—Alexei... —el nombre se formó en sus labios, y con él llegó un torrente de ternura y amor.

Era su hermano. *Su gemelo.* Se le llenaron los ojos de lágrimas y el viento se las apartó de las mejillas mientras apremiaba a su caballo para que alcanzara al de Aiden. Galoparon uno al lado del otro hasta una pequeña cañada del bosque. Aiden aminoró el paso de Thundir, y ella hizo lo mismo con su yegua. Hicieron caminar a sus caballos para que se enfriaran y entraron en el bosque. Árboles altos, de troncos gruesos y hojas verdes se arqueaban sobre los senderos del bosque, permitiendo que el sol moteara el suelo con destellos de luz. Era una cañada preciosa.

Si Anna cerraba los ojos, casi podía oír a los árboles hablar entre sí. La brisa y las hojas, el crujido de las raíces y las ramas, todo formaba una sinfonía natural. Ella y Aiden continuaron por el bosque sin hablar. Las palabras no eran necesarias en un lugar así. Era un bosque antiguo, como el que recordaba haber soñado, pero no era *su* bosque. Era el de Aiden.

Su apuesto rostro brillaba con la suave luz dorada que se filtraba desde la copa de los árboles. Las sombras que lo perseguían habían desaparecido en este lugar sagrado. Solo había paz en sus ojos mientras él estudiaba los árboles. Aminoró la marcha de su caballo hasta detenerse. Sin apenas hacer ruido, desmontó y se acercó para ayudarla a bajar del caballo. Se miraron fijamente un momento, él cerca de ella, y luego extendió lentamente los brazos, indicando que estaba dispuesto a cogerla cuando bajara del caballo. Anna se quedó sin aliento ante la intensidad de sus ojos tormentosos. Aiden la cogió y la dejó descender lentamente por su cuerpo hasta que los dedos de sus pies tocaron el suelo. La forma en que cargaba su peso con tanta facilidad demostraba la inmensidad de su fuerza.

Mientras la sostenía, con sus cuerpos presionados, Anna pensó por un momento que podría besarla, y deseó desesperadamente que lo hiciera. Pero en lugar de eso, él se llevó un dedo a los labios y ella asintió, comprendiendo que deseaba que ambos estuvieran en silencio.

Dejaron que los caballos pastaran solos. Aiden entrelazó sus dedos con los de Anna mientras caminaban hacia una mancha de luz distante donde el dosel arbóreo se abría sobre ellos. Una vez allí, salieron al borde de una soleada extensión de hierba y flores silvestres. Él miraba hacia el bosque, paciente, silencioso e inmóvil. Anna lo observaba mientras él miraba los árboles. Estaba esperando algo, pero ¿a quién o qué?

Un momento después tuvo la respuesta. Un poderoso ciervo se asomó a la luz, con su impresionante corona de cuernos alzándose en lo alto. Contuvo la respiración mientras el ciervo se movía con elegantes pasos hasta colocarse completamente a la luz del sol, como un rey acercándose a saludar a sus súbditos. Inclinó la cabeza y empezó a comer las puntas de las flores silvestres que florecían alrededor de sus pezuñas.

Aiden seguía cogiéndola de la mano, y la acercó para susurrarle al oído.

—Es el monarca de la cañada.

El cálido aliento de Aiden en su cuello hizo que su cuerpo se estremeciera con un repentino anhelo. Quería girarse, rodearle el cuello con los brazos y besarlo.

—Ahí, ¿ves su corona?

Volvió a concentrarse en el ciervo, aunque su cuerpo seguía sintiendo el calor de Aiden a su lado.

—Es precioso. La cosa más bonita que he visto jamás —susurró, mirándolo a él para luego volverse hacia el ciervo.

Los labios de Aiden rozaron su oreja.

—Sí. Es precioso, pero tú lo eres mucho más —luego se levantó y miró al ciervo.

El ciervo levantó la cabeza y se volvió lentamente para mirarlos. Aiden dio un paso hacia el príncipe del bosque y llevó a Anna con él. La mirada silenciosa del ciervo se movió entre Aiden y Anna antes de posarse en ella.

—¿Por qué no huye? —susurró.

—Porque sabe que no tiene por qué temernos —respondió Aiden, con una voz tan suave como la de ella.

El ciervo inclinó la cabeza hacia ellos, y con gracia solemne, casi etérea, se alejó, desapareciendo en el bosque. Por un momento, el hechizo del monarca de la cañada perduró como una bruma dorada sobre Anna y Aiden, y finalmente se desvaneció como toda magia lo hacía de vez en cuando.

—Quienquiera que seas, muchacha, debes tener un corazón real. El monarca te ve como su igual.

Anna quiso rechazar la idea y argumentar que los ciervos simplemente no hacían reverencias a la gente en los bosques. Pero esta era la cañada de Aiden y una especie de magia flotaba en el aire, haciéndola sentir como si estuviera en un sueño maravilloso donde todo era posible y no simplemente en un bosque como cualquier otro. En este lugar, era posible que un ciervo real inclinara la cabeza.

—Puedo sentir la magia. No estoy soñando, ¿verdad?

Aiden la estrechó entre sus brazos y le cogió las mejillas mientras sus ojos se encontraban.

—Yo también la siento. Ahora es más fuerte que antes, gracias a ti —el deseo en sus ojos no era solo físico. Podía ver el calor en su mirada, pero también algo más suave, infinitamente más profundo, como las profundidades del océano del que la había rescatado.

Bajó la cabeza hacia la de ella y sus labios se encontraron en una chispa de glorioso fuego. Se sintió cautivada por la ardiente dulzura de la boca de Aiden. Él le rodeó la cintura con un brazo y ella se aferró a sus hombros, sintiendo su calor y su fuerza bajo la tela blanca de linón. Una llama se encendió en su interior, calentándola mientras separaba los labios bajo la lengua de Aiden. Dejar que su lengua se entrelazara con la de él le pareció perverso, inmoral y, sin embargo, absolutamente perfecto.

Nunca había sabido que los besos podían ser fuego y ternura a partes iguales. Un delicioso dolor en el bajo vientre le hizo estrujar los muslos. La fuerte mano de Aiden se hundió en su espalda y la atrajo hacia él. Era muy alto, pero a ella no le importaba ponerse de puntillas para besarlo. Su mano bajó y le cogió las nalgas, estrujándolas con fuerza. Un gemido se le escapó ante el repentino latido entre sus muslos.

—Aiden —respiró con urgencia contra él.

—¿Sí? —murmuró antes de robarle otro beso que le hizo doblar los dedos de los pies.

—Necesito... Yo... —no estaba segura de lo que necesitaba; solo esperaba que él lo entendiera.

Su mano se movió en su trasero mientras empezaba a subirle las faldas a lo largo de una cadera.

—¿Qué haces? —ella no se apartó; estaba demasiado excitada por la nueva chispa de pasión que vibraba bajo su piel. Entonces su boca se posó en la de ella, y jadeó sorprendida cuando sus cálidos dedos se introdujeron en su ropa interior para tocar su piel desnuda. Le clavó las uñas en los hombros cuando llegó a los sensibles pliegues de su sexo y empezó a acariciarla. Estaba bastante segura de que nunca había sido tocada ahí abajo por nadie más que por ella misma.

—Tranquila —Aiden le pasó la lengua por la oreja. Deslizó un dedo en su interior y ella sintió una oleada de humedad como respuesta a su contacto. Intentó cerrar los muslos, avergonzada—. Ábrete para mí, Anna. Confía en que te daré lo que necesitas —le mordió el lóbulo de la oreja, tirando de él de un modo que provocó un estremecimiento desde la punta de sus pechos hasta donde Aiden la tocaba. Se arqueó hacia él, permitiendo que el dedo la penetrara con más profundidad, jadeando contra él cuando lo retiró y volvió a introducirlo. Continuó el movimiento una y otra vez, cambiando de posición y de ritmo cada vez que ella lanzaba un pequeño grito de sorpresa. Luego introdujo otro dedo, estrechándola un poco más a medida que aceleraba su penetración. Mientras tanto, su boca exploraba suavemente su cuello, sus orejas o sus labios. Estaba perdida en este asalto sensual y encantador a sus sentidos.

Algo en su interior se precipitaba hacia un punto culminante. Cada vez estaba más desesperada, más frenética mientras jadeaba y le suplicaba que se moviera más rápido, que le diera lo que necesitaba. Y entonces sucedió. Algo exquisito la cegó, borrando todos sus pensamientos.

Durante unos breves segundos, sintió como si contuviera el mismísimo sol dentro de su cuerpo. Gritó el nombre de Aiden y, cuando abrió los ojos, lo encontró mirándola con asombro y reverencia. Retiró la mano de entre sus piernas y, tras darle un suave beso en los labios, utilizó un pañuelo para limpiarse la mano y luego la entrepierna de Anna. Ella se aferró a sus brazos, las piernas le temblaban demasiado como para confiar en mantenerse en pie.

—¿Ha sido tu primera vez? —su voz tenía una pizca de aspereza, como si estuviera tan afectado por lo ocurrido como ella.

—S-sí... ¿Qué ha sido eso?

—¿No lo sabes? ¿Cómo puedes ser tan inocente como un niño? —se sentó en el lecho de flores silvestres y la acercó a él para que se acomodara entre sus piernas y se recostara contra él a la luz del sol.

—¿Eso es lo que sienten las mujeres cuando se acuestan con hombres?

—Sí, pero no siempre es así. Es mejor cuando tu corazón está involucrado, ya sabes.

—Como el amor...

—Como el amor.

—Pero tú no...

—No, pero no era mi turno. Algún día lo compartiremos juntos. Hoy era tu momento de experimentarlo, y te aseguro que ha sido un verdadero placer observarte —le acarició los brazos, tranquilizándola.

—Oh... —eso la decepcionó un poco. Quería que él también sintiera ese glorioso subidón. Le cogió la barbilla y acercó su rostro para besarla de nuevo. Ella soltó una risita y se relajó, saciada de formas que nunca había imaginado. Él la sostuvo mientras las nubes pasaban sobre sus cabezas.

—Aiden... Hoy he recordado algo mientras cabalgaba contigo.

—¿Qué has recordado?

—He recordado cómo mi gemelo, Alexei, y yo solíamos cabalgar así, salvajes y libres.

—Eso es maravilloso, muchacha —Aiden la abrazó por detrás—. Cuanto más recuerdes, antes encontraremos a tu familia.

Un repentino y terrible pensamiento la golpeó, y se cubrió la boca.

—Aiden, ¿y si mi familia estaba en el barco conmigo? ¿Y si todos han muerto?

Anna enterró la mejilla en su hombro mientras luchaba contra una oleada de pánico que amenazaba con ahogarla. Tener esperanza solo para verla naufragar igual que el barco en el que había estado... Era insoportable pensar en ello.

—Tranquila, Anna. No puedes estar segura de eso. Todavía no. Debes tener esperanza. E incluso si descubres lo peor, no estás sola. *Me tienes a mí.* Y eres una mujer fuerte y valiente.

Su respiración se estabilizó lentamente. Él tenía razón. Era fuerte y valiente, y no estaba sola. Lo miró.

—Fue una suerte que fueras *tú* quien me encontrara en la playa.

Aiden le sonrió mientras un grupo de nubes se abría sobre ellos y la luz del sol iluminaba el claro.

—Tal vez no fue suerte —dijo Aiden—. Quizá fue el destino.

ARTHUR MACDONALD ESTABA SENTADO EN SU CONSULTORIO leyendo los últimos tratados médicos de Londres, cuando el grito de su ama de llaves lo alertó de un problema. Casi tiró la silla al correr hacia la puerta principal.

—¡Doctor! Han encontrado más gente del naufragio —la anciana ama de llaves casi fue derribada cuando un joven entró en la casa.

—Debe venir, doctor. Apenas están vivos.

—Déjame buscar mi bolso —Arthur volvió a su consultorio, metiendo frenéticamente todo lo que pensó que podría necesitar en su bolso negro antes de volver a la puerta—. Guía el camino —siguió al hombre mientras trotaban hacia la lejana costa.

Cuando llegaron a los acantilados, Arthur vio a varios pescadores tirando de un bote salvavidas hacia la arena. El interior de la pequeña embarcación estaba lleno de cadáveres. Debía de tratarse de la mayor parte de la tripulación.

Por suerte, Arthur conocía bien el estrecho camino que bajaba en zigzag hasta la playa y pudo moverse con rapidez. El joven y él bajaron a toda velocidad hasta llegar a la arena gruesa y pesada, y luego se dirigieron al bote salvavidas. Los pescadores lo estaban esperando cuando llegó a la embarcación.

—Los vimos a la deriva hace un rato, doctor —un hombre mayor de barba canosa señaló una parte del mar en la que había un afloramiento rocoso—. Nadamos y los cogimos antes de que el bote se rompiera contra las rocas.

—Bien hecho —alabó Arthur—. Dejadme verlos —pasó de un cuerpo a otro. Casi todos eran marineros. Sus pantalones cortos azules, pañuelos rojos y camisas blancas eran uniformes de marineros de barcos mercantes que había visto muchas veces antes. Desgraciadamente, salvo unos pocos, todos habían fallecido.

Una sola mujer en la punta del barco aún respiraba débilmente, junto con otros dos hombres. Ella vestía ropas sencillas, pero bien confeccionadas con telas costosas. Era de alta cuna, o casi, si él tenía que adivinar. Sacó de su bolsa un cilindro de madera llamado estetoscopio. Era un invento nuevo y revolucionario, y le parecía más eficaz para oír los latidos del corazón que pegar la oreja al pecho del paciente. Resultaba muy útil con las pacientes para no angustiarlas poniendo la cara directamente sobre sus pechos. Presionó el extremo del cilindro contra el pecho de la mujer y su propia oreja contra el otro extremo. Le llegó un débil sonido sordo.

—Debieron haber estado en el mar sin comida ni agua —dijo el pescador más viejo—. Mírele los labios.

Arthur había notado los labios resecos y agrietados de los marineros. Pero la mujer parecía menos deshidratada que los hombres.

—Le habrán dado a la mujer su parte del agua que tenían —adivinó otro marinero mientras señalaba un balde de agua vacío a los pies de la mujer.

Arthur colocó la mano en su barbilla y le levantó la cabeza para comprobar su respiración. Sus párpados se agitaron.

—Ayuda —susurró la mujer en danés—. Ayudadnos...

—Os ayudaremos —respondió Arthur en su lengua. Podría tratarse de otros supervivientes del *Ruritanian Star*. Hacía casi una semana que la señorita Anna había llegado a la orilla.

—Debo... encontrar a milady... —murmuró la mujer.

—¿Alguien tiene agua? —preguntó Arthur a los pescadores. El más viejo del grupo sacó un odre de agua.

Cogió el agua y presionó la boca redonda del odre contra los labios entreabiertos de la mujer.

—Bebe —le instó mientras le hacía tragar el agua. Ella bebió, tosió débilmente y tembló.

—La señorita Anna... debo encontrar a la señorita Anna —intentó de nuevo—. Milady... perdida en el agua...

—¿Anna es tu señora? —preguntó a la mujer. Temía presionarla para que hablara, pero también temía que no sobreviviera, y necesitaba obtener toda la información que pudiera mientras ella pudiera hablar.

—Debe llegar a Londres... Su hermano irá a buscarla... —la mujer levantó una mano y cogió la muñeca de Arthur mientras sus ojos cansados le suplicaban—. Cuestión de vida o muerte... —la mujer cerró los ojos y se desmayó.

—Ayudadme a llevar a estos dos hombres y a la mujer a mi casa —indicó a varios de los marineros—. Si los demás podéis llevar a los que no han sobrevivido al cementerio de la iglesia para que los entierren, os pagaré por las molestias.

Cuando llegaron a su casa, la piel de la mujer estaba fría al tacto y temblaba. Los dos hombres estaban un poco mejor. Dio instrucciones a su ama de llaves para que pusiera a la mujer en su cama y a los dos hombres en las camas de su consultorio. El pescador cuidó a los dos hombres mientras Arthur y su ama de llaves se centraban en la mujer. Las mantas de su habitación eran más gruesas que las de su consultorio y ayudarían a subir la temperatura de la mujer. La despojaron de su ropa mojada antes de meterla bajo las sábanas. Tendrían que calentarla lentamente; demasiado rápido y podría morir. Arthur calentó varias piedras en la chimenea y luego las metió bajo los pies de la mujer y éstos de nuevo bajo las sábanas.

—¿Es una de esas damas extranjeras, como la que encontró ese apuesto joven? —preguntó su ama de llaves en un susurro.

—Sí —Arthur se hundió en la silla más cercana, exhausto—. Y creo que esta mujer conoce a la chica expósito del señor Kincade.

El ama de llaves se paseó por la habitación, chasqueando la lengua y murmurando sobre mujeres extrañas que llegaban a la orilla. Acomodó suavemente las sábanas alrededor de la mujer y le tocó la frente, luego volvió su atención hacia Arthur.

—¿Puedo traerle un poco de té mientras espera a que se despierte, doctor?

—Sí, gracias, y tráeme papel. Debo escribir una misiva urgente. Si lo que esta mujer ha dicho es cierto, entonces debo decirle al señor Kincade que lleve a Anna a Londres para encontrar a su hermano. Sonaba bastante urgente.

Enviaría un mensaje al castillo Kincade lo antes posible. Luego haría todo lo posible por cuidar a la mujer que ahora yacía en su cama.

❧ 9 ❧

Había pasado una semana entera desde que Aiden había rescatado a Anna del océano, y en esos siete días se había vuelto mucho más segura de sí misma, y él sospechaba que también se sentía más como ella misma, aunque aún careciera de muchos recuerdos. Aiden estaba encantado de descubrir que Anna era divertida, inteligente y aventurera. Y su amor por los animales era casi tan fuerte como el suyo.

Cada vez que la invitaba a montar a caballo, le preocupaba que dijera que no, pero ella parecía disfrutar mucho del tiempo que pasaban juntos en el campo. Siempre había pensado que la naturaleza era curativa para el cuerpo y el alma, y parecía que Anna estaba de acuerdo. Ayudaba el hecho de que solían acabar tirados en la hierba, besándose bajo el sol de finales de otoño y perdiendo por completo la noción del tiempo. Besar a Anna tenía que ser uno de los mayores placeres de la vida. Adoraba la forma en que ella lo miraba, con ojos soñadores y suaves, y se sentía como un hombre dichoso. Todo lo que ella hacía le fascinaba; su forma de hablar, los pensamientos que corrían como el agua por su mente. Estar con ella llenaba ese vacío que siempre había intentado fingir que no sentía. Con ella... se sentía completo. No sentía ningún peso sobre sus hombros ni ninguna carga sobre su alma.

Cabalgaban juntos a todas partes y se quedaban hasta tarde después de cenar hablando en la biblioteca mientras él cuidaba de su cárabo, Miel. La noche anterior, le había enseñado a Anna el nido donde Miel tenía a sus huevos. Habían subido por una escalera hasta lo alto de la estantería de la esquina donde el búho había hecho su hogar. Miel los había mirado con los ojos entornados, sin inmutarse cuando Aiden le había acariciado el pecho emplumado. E incluso había permitido que Anna hiciera lo mismo. Sus pequeñas criaturas parecían adorarla tanto como lo adoraban a él, lo que complacía a Anna y a él mucho más de lo que podía decir. Era como si ella siempre hubiera estado destinada a estar aquí con él.

Disfrutaba cada momento viéndola salir de su caparazón y convertirse en la mujer que había sido antes del naufragio. Ella parecía disfrutar enseñándole danés, y él estaba bastante sorprendido de que lo estuviera aprendiendo rápidamente. Además, cada vez que dominaba una palabra, ella lo recompensaba con besos.

Cada día estaban más unidos, pero él no se había atrevido a tocarla íntimamente como lo había hecho en el prado. Deseaba más que nada llevársela a la cama, pero no quería precipitarse en algo tan importante para ambos. Aun así, todavía le robaba muchos besos en todo tipo de lugares que la hacían reír después con un placer sensual que resultó ser la mejor clase de tortura para él. La mirada atormentada que Aiden había visto antes en sus ojos se había desvanecido bajo su alegría natural.

Ahora se encontraba de pie en un rincón, observándola en una reunión con sus cuñadas. Todas llevaban vestidos de día a la última moda londinense que él solo conocía porque Joanna y Lydia hablaban constantemente de ropa, cuando no discutían de política o asuntos sociales. Anna destacaba entre las otras dos mujeres con su vestido de satén crema y azul. Llevaba el pelo rojizo oscuro recogido suavemente al estilo griego, y una cinta azul con joyas en forma de estrella le cubría la cabeza a modo de diadema. Tenía un aspecto regio. Sin duda, esa había sido la intención de Lydia al comprar la ropa y otros artículos en North Berwick.

Anna dijo algo y las otras dos mujeres se rieron. El corazón de Aiden se llenó de alegría al saber que estaba vislumbrando un posible futuro. Si algún día se casaba con Anna, esto podría ser algo que vería todos los días. Ella podría tener amistad con Lydia y Joanna. Podría vivir aquí y dar a su hogar luz y esperanza. Y a cambio, él le daría todo lo que ella pudiera desear. . Él sería cualquier cosa que ella necesitara para ser feliz. No se permitió pensar más allá del brillante y resplandeciente futuro que podrían tener juntos.

Decidió que, independientemente de las visiones de la anciana romaní, no permitiría que eso proyectara nubarrones sobre su horizonte y el de Anna. Si llegaba ese día, haría lo que fuera necesario para protegerla, pero hasta entonces, quería vivir una vida de alegría con ella durante el tiempo que les quedara.

Las tres mujeres se separaron cuando él salió del rincón y caminó hacia ellas.

—Buenas tardes, Aiden —dijeron Lydia y Joanna antes de reírse detrás de sus manos como colegialas. Anna se sonrojó pero le sonrió, y eso le hizo sentir que podía hacer cualquier cosa en el mundo con tal de tener esa sonrisa en sus recuerdos.

—¿Pensé que tal vez te gustaría visitar los mews conmigo? Debo llevar unos pájaros a cazar.

—Sí, por supuesto. Me encantaría —ella guiñó un ojo a

Lydia y Joanna antes de acercarse a él. Como había hecho muy a menudo últimamente, la estrechó entre sus brazos y la besó sin importarle quién lo estuviera mirando. Anna sonrió contra sus labios, y ambos rieron cuando sus bocas se separaron—. No deberías hacer eso delante de ellas —susurró, como escandalizada—. Siguen esperando que te comportes.

—¿*Tú* quieres que me comporte? —preguntó él.

—No —respondió ella sin vacilar—. Solo me pregunto... ¿es así para otras personas? Simplemente corrimos directamente a los brazos del otro y no hemos mirado atrás desde entonces —se mordisqueó el labio inferior—. ¿Es porque los dos pensamos que esto es el destino? ¿Y si no lo es? ¿Y si nos equivocamos y todo esto es... No sé... solo un sueño compartido?

Sus palabras crearon un agujero de terror en el pecho de Aiden.

—¿Estás teniendo dudas sobre mí? Si es así, está bien, muchacha. Sí hemos precipitado las cosas —admitió. Pero, para él, ese momento en que la había sostenido en sus brazos aquel día en la playa se había sentido muy bien. ¿Por qué iba a ignorar lo que su instinto le decía que era lo correcto?

—No, pero a eso me refiero, Aiden. ¿No debería estar cuestionando todo esto? Sigo preguntándome si algo salió mal dentro de mí cuando me golpeé la cabeza. Yo... —hizo una pausa y frunció el ceño—. ¿Estoy siendo tonta?

Aiden le inclinó la barbilla hacia atrás para ver sus leonados ojos marrones.

—¿Confías en mí?

Ella enroscó los dedos alrededor de su muñeca, aferrándose a él.

—Confío en ti de una forma que creo que nunca he confiado en nadie más. No debería saber eso con certeza, pero siento que es verdad.

Le acarició el labio inferior con el pulgar mientras la

miraba.

—Si alguna vez cambias de opinión, lo entenderé —prometió él—. No quiero obligarte a hacer nada que no desees.

—Gracias.

Ella se puso de puntillas y lo besó dulcemente de una forma que le hizo sentir nostálgico y como si acabara de llegar a casa al mismo tiempo. Era... agridulce.

—Llévame a ver tus halcones —dijo ella cuando se separaron.

—Con mucho gusto —la condujo a los mews detrás de los establos. La alta estructura tenía lugares para que las aves de presa salieran y regresaran fácilmente. Aunque podían salir a cazar solas en cualquier momento, a él le gustaba sacarlas de vez en cuando. Tenía una pareja acoplada de águilas pescadoras, un águila real y su favorito, un pequeño esmerejón.

Él abrió la puerta de la oscura madriguera y escuchó los chasquidos y gorjeos de los pájaros al reconocer su presencia. El aleteo y el polvo de las plumas descendieron desde lo alto mientras los pájaros se acomodaban.

Aiden chasqueó la lengua y se puso un largo guante de cuero en el brazo derecho. Levantó la muñeca y un pequeño esmerejón descendió hacia él. Mucha gente confundía los esmerejones con los cernícalos, pero los esmerejones eran más pequeños y sus alas eran cortas, puntiagudas y anchas, lo que les daba una agilidad increíble al volar. También eran de color azul grisáceo con el pecho moteado de blanco y marrón y la cola marrón, mientras que los cernícalos eran más marrones y dorados. Al igual que otras aves rapaces, habitaban en los vastos bosques, montañas y costas de su país.

Cuando Aiden emergió de los mews, el esmerejón vio a Anna y soltó un gorjeo emocionado que sonó como si el pájaro estuviera tartamudeando.

—Oh, es muy hermoso.

—Ten, ponte esto —Aiden le ofreció un guante propio, que ella deslizó por su brazo. Luego, con cuidado, instó al esmerejón a pasar de puntillas de su muñeca a la de ella.

Las plumas del esmerejón estaban esponjosas y un poco fuera de lugar. Entonces, la pequeña ave rapaz sacudió repentinamente todo el cuerpo y sus plumas volvieron a bajar suavemente, lisas y suaves contra la espalda y el pecho.

Los ojos de Anna se abrieron de par en par y su rostro brilló de fascinación.

—¡Cielos! ¿Por qué ha hecho eso?

—Eso se llama despertar. Limpia el plumaje de suciedad, restos y exceso de agua. Suelen hacerlo también cuando están contentos —explicó Aiden. Usó su dedo enguantado para acariciar el pecho del pájaro.

—¿Entonces le agrado?

—Seguramente —Aiden se rio—. Llevémoslo al lago.

Bajaron la colina hasta el agua y Aiden levantó el brazo con el guante.

—Haz lo que yo haga y podrás lanzarlo —luego levantó el puño al aire.

—¿Así? —ella esperó hasta que el esmerejón se arrastró hasta su puño cerrado sobre el guante, y entonces lo impulsó a volar.

El esmerejón se elevó sobre el paisaje. No era el volador más grácil, pero su velocidad y agilidad eran inigualables. Aiden se volvió para mirar a Anna mientras el pájaro volaba por encima de ellos. Se le hizo un nudo en la garganta cuando el sol iluminó su rostro. En ese momento supo que la había encontrado; la mujer que sostendría su corazón para siempre.

Observaron cómo el esmerejón perseguía a unos cuantos gorriones en la distancia antes de capturar a uno pequeño y posarse en un árbol a unos metros del agua para comérselo.

—Pobre pajarillo —dijo Anna.

—Sí, pero así es la vida. Amo a todos los animales, pero amarlos significa respetar la jerarquía del depredador y la presa en la naturaleza. Ayudo a los animales que puedo cuando siento que hay una falta de equilibrio.

—Supongo que tienes razón —su voz se endureció repentinamente con rabia—. Pero no todos los depredadores mantienen el equilibrio de la naturaleza.

—La naturaleza tiene una forma de mantener el equilibrio por sí misma, con el tiempo. Pero cuando se añaden hombres a la composición, pueden alterarlo sin pensarlo.

Anna sonrió.

—A eso me refiero. Algunos hombres matan deliberadamente...

De repente, su cabeza estalló de dolor. Gritó, cayendo de rodillas. Aiden la cogió en brazos antes de que se desplomara.

—¿Anna? —la estrechó contra su pecho—. ¿Qué pasa?

—Me duele la cabeza —apenas podía pensar. Todo lo que veía en su cabeza eran imágenes fugaces y dolorosas de un pueblo ardiendo, niños gritando y muerte... una muerte tan innecesaria. Se aferró a Aiden, respirando a través del dolor hasta que la visión de pesadilla se desvaneció.

—He visto cosas —susurró mientras se giraba en sus brazos—. He visto cosas terribles.

—¿Puedes decirme qué cosas? —presionó sus labios de manera reconfortante contra su frente.

—Un pueblo estaba ardiendo. . . Masacraban a la gente como si no importara —ella se estremeció cuando la visión pasó por su mente, sangre y dolor manchando cada imagen.

—¿Fue antes de que subieras al barco? ¿Fue hace mucho tiempo?

A medida que el dolor se desvanecía, Anna recuperó algo

de claridad, la suficiente como para darse cuenta de que no se trataba de un recuerdo.

—No, no creo que haya sucedido todavía.

Los ojos de Aiden eran oscuros mientras la miraba.

—¿Quieres decir que ocurrirá en el futuro? ¿Cómo puedes estar segura?

—Simplemente lo estoy. Algo terrible va a ocurrir —insistió ella. Esto era diferente a como se sentían sus recuerdos que iban regresando. Una clara sensación de cosas que no fueron, sino que serán—. Me crees, ¿verdad?

—Sí, muchacha, te creo —Aiden le apartó un mechón de pelo de la cara y se lo colocó detrás de la oreja—. ¿Puedes permanecer de pie?

—S-sí. El dolor casi ha desaparecido —ella se puso de pie con su ayuda. Entonces, él emitió un agudo silbido y levantó el brazo. El esmerejón volvió a la tierra y aterrizó en el puño de Aiden. Chirrió, su tono alegre indicaba que estaba bastante satisfecho consigo mismo por haber atrapado su comida.

—Volvamos. Deberías beber un té y descansar.

Anna no quería admitir que estaba cansada, pero se sentía vacía ahora que las imágenes se habían desvanecido. Vacía y cansada a pesar de su edad.

—Siento haber estropeado nuestra excursión —se apartó de él y caminó más deprisa colina arriba para ocultar su vergüenza.

Pero la cogió del brazo y la giró suavemente para que lo mirara.

—Preocuparse por alguien no significa que los días sean siempre alegres y el aire esté lleno de risas. Significa también soportar las tormentas, el frío invernal y el calor sofocante. Estas cosa, buenas o malas, se superan uno al lado del otro; juntos —sus ojos azul grisáceo eran tan profundos que Anna podría haberlos contemplado y perderse para siempre... o quizá haberse encontrado a sí misma.

Se estaba enamorando de él desde el día en que la había sacado del agua. Era un amor que crecería tan ferozmente que tendría el poder de desgarrar el mundo o volver a unirlo. Era un amor nacido del destino, como él había dicho una vez, y ahora más que nunca, ella lo *creía*.

Y cuanto más intensos eran sus sentimientos, más crecía en su interior ese nudo de pavor, y sus temores lo alimentaban hora tras hora mientras se preocupaba por lo que aún estaba por llegar.

YURI Y FAIN, JUNTO CON UN CONTINGENTE DE CIEN hombres, rodearon la pequeña aldea de Vasler justo antes del amanecer. Esperaron en las sombras del bosque mientras veían cómo las hogueras se consumían y los guardias de la aldea, que no eran más que unos pocos granjeros con lamentables horcas, se dormían en sus puestos.

—¿Sus órdenes, mi rey? —susurró Fain. Los caballos se agitaban inquietos bajo ellos.

—Capturad a los hombres. Reunid a las mujeres y a los niños y encerradlos en la iglesia. Quiero que vean el precio de su lealtad al príncipe rebelde.

Vasler era una de las muchas aldeas de las que Yuri se había enterado que recibían comida y monedas de las carretas que su sobrino y sus hombres habían saqueado de camino al campamento de Yuri. No podía permitirse mantener contento a su pequeño ejército de guardias si no tenía dinero para pagarles o comida para alimentarlos. Su capacidad para mantener el control del país pendía de un hilo y, por mucho que quisiera negarlo, no podía, al menos no para sí mismo. Sus hombres no podían saber lo cerca que estaba de perderlo todo. Ese maldito príncipe mocoso iba a destruirlo.

Se atreve a robarme, así que le mostraré el precio de su rebelión.

Fain y los soldados armados cargaron contra la aldea, arrojando antorchas sobre los tejados de las casas y pisoteando a quienes se interponían en su camino. Gritos rasgaron el aire mientras su lamentable resistencia era sofocada. Cuando todo terminó, Yuri caminó delante de los hombres capturados de la aldea, quienes estaban todos de rodillas con las manos atadas a la espalda. Las mujeres y los niños fueron obligados a entrar en la pequeña iglesia, y los hombres de Yuri cerraron la puerta, dejando caer un pesado madero para sellarla desde el exterior.

—Habéis aceptado comida y monedas de los que se oponen a mí y a mi reivindicación de estas tierras. Ahora pagáis el precio de esa traición —se volvió hacia Fain, quien le entregó una antorcha. Caminó hacia la iglesia. Detrás de él, los hombres de Vasler comenzaron a gritar, suplicar y pedir clemencia. Pero Yuri solo oyó el glorioso sonido de la subyugación por la fuerza mientras lanzaba la antorcha sobre el tejado de la iglesia.

Dejó que los hombres del pueblo se ahogaran en los gritos de sus mujeres e hijos. Y entonces, cuando las brasas ardieron en la capilla colapsada y no quedó vida entre sus paredes ennegrecidas, Fain dio la señal y sus hombres alzaron las espadas, abatiendo a cuchilladas a los supervivientes. Cuando Alexei viniera a inspeccionar la aldea, encontraría muertos hasta el último hombre, mujer y niño. Y sabría quién lo había hecho.

Yuri montó en su caballo y observó el caos que había sembrado y se sintió satisfecho. Esta tierra era suya, porque solo él tenía la voluntad de reclamarla. Él cogería todo lo que Ruritania tenía para dar, y luego, cuando se hubiera saciado de las riquezas de esta tierra, volvería su mirada a Prusia. Así eran las cosas. El modo de actuar de los que tienen el poder de apropiarse de lo que querían.

10

Anna se mordió el labio para no reír. Estaba sentada frente a Aiden en la mesa del comedor mientras desayunaban. Prissy, el erizo de Aiden, se acercaba lentamente a Brock y a su plato de arenques ahumados, bayas y frutos secos a medio comer. Brock tenía el diario extendido delante de él y no se había dado cuenta de la aproximación de la criatura.

Brock estaba en el extremo de la mesa, mientras que Joanna, Lydia y Brodie estaban sentados en sillas en el centro de la larga mesa. Mientras Anna luchaba por ocultar su risa, Aiden y ella se miraban el uno al otro y luego al erizo.

Anna no tenía ni idea de cómo había llegado el erizo a la mesa, pero no se había molestado en detener a Prissy porque estaba demasiado ocupada intentando no reírse. Si algo había aprendido de los animales a los que curaba Aiden, era que perdían el miedo a la gente en general, incluidos los demás miembros de la familia de Aiden.

Prissy se detuvo ante el plato de Brodie, olisqueó las migas que había dejado y siguió avanzando, comprobando cada plato. Pero cuanto más se acercaba al plato de Brock, más se estremecía la punta de su pequeño hocico con anticipación.

Brodie, quien se había fijado en el erizo, se inclinó hacia delante y sonrió a la criatura. Lydia y Joanna estaban absortas hablando de los últimos acontecimientos políticos en Francia y no habían notado al erizo. Prissy echó un vistazo a sus platos vacíos y continuó su camino sin que las dos mujeres se dieran cuenta.

Arrugando el diario, Brock alcanzó su plato para coger una rodaja de manzana, pero no vio que el erizo se había posado a mitad de su plato y estaba mordisqueando una. Su gran mano aterrizó pesadamente justo encima de la espinosa criatura.

—¡Maldita sea! —Brock se levantó de la silla, sujetándose la mano.

El periódico cayó, cubriendo por completo al erizo. Brock levantó una esquina del papel y vio que Prissy seguía comiendo. Pero se detuvo cuando se dio cuenta de que Brock la estaba mirando. Resopló ruidosamente y estornudó sobre los arenques.

—Aiden —gruñó Brock—, ¡quita a esta bestia ahora!

Aiden ya se estaba moviendo para rescatar a Prissy del lord de las Tierras Altas.

—Te he dicho que nada de bestias en la mesa —le advirtió Brock.

Aiden esbozó una sonrisa, como si supiera muy bien que no sería la última vez para una criatura en la mesa del comedor.

—No sé cómo ha subido hasta ahí. Tiene unas piernas muy rechonchas —Aiden le guiñó un ojo a Anna, quien se mordió el labio para no reírse.

Brock, todavía furioso, levantó la mano enrojecida y se frotó la palma con cuidado. Joanna acudió en ayuda de su marido, cogiéndole suavemente la mano herida y dándole un beso en la palma.

—¿Te sientes mejor? —preguntó con voz dulce.

Los ojos de Brock se ablandaron y se calentaron.

—Sí, mucho mejor. Tal vez sea mejor que me atiendas en nuestros aposentos —Brock, quien ya no estaba preocupado por su mano, alzó a Joanna en brazos y se la llevó. Sus risas aún resonaban en el salón mientras Aiden retiraba el plato de desayuno de Brock y lo dejaba en el suelo junto a Prissy, donde el erizo podía comer en paz.

Anna se levantó de la silla y les deseó un buen día a los demás antes de que ella y Aiden abandonaran la sala del desayuno y estallaran en carcajadas.

—¿Te apetece otra aventura?

—¿Contigo? *Siempre* —respondió ella con sinceridad.

—Bien. Quiero enseñarte un lugar especial. Vístete con tu vestido de montar más abrigado.

Anna subió a cambiarse con la ayuda de una de las criadas y volvió a bajar con un traje de montar verde oscuro, botas de montar y un pequeño sombrero verde colocado informalmente en la cabeza.

Los ojos de Aiden se abrieron de par en par al verla, y ella se ruborizó al ver el deseo en su mirada.

—Te ves increíble —le dijo cuando la cogió en brazos al pie de la escalera.

—Igual que tú —ella le pasó las manos por el chaleco bordado en oro y negro. Sus ojos se iluminaron y todo su cuerpo ardió con el calor que él siempre provocaba en ella. Era casi peligroso estar cerca de él. Era como si estuvieran a un beso de incendiar el mundo a su alrededor.

Anna amaba saber que él la deseaba del mismo modo que ella a él. Desde que la había tocado aquel día en el prado, no había deseado otra cosa que volver a experimentar aquel placer, solo que esta vez quería compartirlo con él.

Los caballos estaban en el exterior, y ella se alegró de ver a Bob ensillada y esperando junto a Thundir esta vez, en lugar de uno de los otros caballos de los establos del castillo. Ella había estado observando la curación de la yegua durante los últimos días, y era una buena señal en cuanto a su estado si Aiden pensaba que estaba lista para recibir un jinete. Sobre el lomo de Thundir había una tela escocesa doblada que parecía lo suficientemente grande como para servir de manta para los dos.

—¿Vamos a hacer un picnic? —preguntó esperanzada.

Aiden soltó una risita.

—Sí —caminaron juntos hacia los caballos.

—¿Bob ya está curada? —Anna se acercó para arrullar al hermoso caballo. Bob deslizó su nariz con gracia contra el hombro de Anna.

—Lo está, y ansiosa por correr por el campo, según puedo ver —Aiden ayudó a Anna a subir a la silla antes de montar a Thundir—. Cameron se ha tomado en serio sus lecciones en el establo y se ha convertido en el cuidador personal de Bob —dijo, y Anna oyó el orgullo en su voz acerca de Cameron.

—Entonces, ¿Cameron está bien? —ella había visto al niño corretear por la casa, pero los hermanos Kincade se habían tomado sus travesuras juveniles con calma.

—Bastante bien. El chico simplemente necesitaba un lugar seguro para aprender y crecer sin miedo a la correa —dijo Aiden, y su mirada se tornó triste.

Anna se arrepintió de haber sacado el tema.

—Oh, Aiden, no pretendía...

Sacudió la cabeza, con un brillo triste en los ojos.

—Me alegra saber que Cameron sufrirá mucho menos que yo.

Cabalgaron hacia el oeste, por tierras nuevas que Anna no había visto antes en sus frecuentes paseos con él. Las nubes de lluvia se acumulaban y los truenos retumbaban a lo lejos junto a la montaña baja envuelta en niebla, pero a su alrededor un brillante sol de principios de otoño iluminaba los campos con un intenso resplandor dorado. Llegaron a un pequeño arroyo y dejaron que los caballos bebieran antes de seguirlo río arriba hasta un conjunto de laderas.

—Dejaremos los caballos aquí —retiró la tela escocesa doblada de la parte trasera de la silla y se la colgó del hombro. Luego señaló con la cabeza un bosquecillo cercano, donde ataron las riendas de los caballos a un par de ramas bajas. Los caballos tendrían suficiente margen libre en las riendas para alimentarse de las hierbas cercanas.

—Sígueme, y ten cuidado con tus pasos —dijo Aiden.

Anna lo cogió de la mano y lo siguió a través de un estrecho afloramiento rocoso mientras cruzaban con cuidado el arroyo, el cual brotaba de una fisura en las rocas frente a ellos. Ella se apoyó en las altas piedras grises que habían sido alisadas por siglos de lluvia. Cuando atravesaron el estrecho abismo en las rocas, un zumbido atacó su cabeza, y jadeó.

Frente a ella había media docena de estanques. Cada uno tenía un tamaño diferente y una superficie de espejo que ondulaba con arco iris de colores. Los estanques más grandes desembocaban en otro mayor, en la base de un grupo de cascadas formadas bajo una pequeña colina que se estrechaba al otro lado de un bosque. Las rocas bajo el agua, en lugar de ser marrones o grises como la mayoría de las piedras, eran de un azul brillante o de un intenso verde esmeralda. No parecía posible. Se pararon uno al lado del otro para admirar la vista.

—¿Qué es este lugar?

—Estos, muchacha, son los estanques de las hadas. Nunca le había enseñado a nadie este lugar —se arrodilló junto al agua y ella se unió a él mientras se sentaban en la superficie esférica de una gran piedra junto al estanque más grande bajo las cataratas.

—¿Ni siquiera a tus hermanos?

—No, ni siquiera a ellos —miró hacia el agua—. Cuando mi padre me pegó por primera vez, corrí durante días, pensando que nunca volvería. Estaba sangrando y con dolor y, de alguna manera, después de cinco días sobre mis pequeños pies, me encontré con este lugar. Desesperado por agua, bebí de ése estanque.

Señaló un lugar junto a la orilla donde estaban sentados. Anna se inclinó contra su hombro y lo rodeó con los brazos, aferrándose a él mientras hablaba.

—El agua me sentó bien en mi piel maltratada. Nadé y me bañé aquí durante unas horas y me quedé dormido en la orilla. Cuando desperté, mis heridas habían desaparecido. La sangre, la carne abierta, todo estaba curado. La mayoría de la gente no cree en la magia, que las viejas costumbres de los escoceses no son más que tonterías y deben ser olvidadas. Pero *algo* aquí en estas aguas se apiadó de un niño herido.

Sus ojos azul grisáceo brillaron, y Anna aspiró un suspiro al ver su rostro. Las líneas duras se suavizaron y sus ojos se llenaron de una calidez resplandeciente cuando habló de la magia de los estanques de las hadas. Ahora, Aiden le parecía más hermoso que nunca. Hermoso porque le había mostrado su alma por completo.

—La mayoría de la gente diría que es una bonita historia, pero no me creerían de verdad, pero creo que tú sí —colocó la palma de la mano sobre el brazo de ella.

Anna asintió con la cabeza y se acercó a él, buscando sus ojos. Para qué, no estaba segura, pero acarició su mejilla con los dedos, con el corazón estrujado mientras las lágrimas le quemaban las comisuras de los ojos.

—Desearía... Desearía saber quién era. Quiero que me conozcas como me has permitido conocerte. Quiero darte todo de mí como tú lo has hecho por mí —tal vez no eran las palabras más elocuentes, pero salieron directamente de su corazón.

Aiden apoyó una mano en su mejilla, manteniendo los dedos fríos de Anna adheridos a su cálida piel.

—Sé quién eres, desde tu color favorito, que es el verde, hasta la forma en que te mantienes muy quieta cuando no estás segura de ti misma. Eres inteligente y valiente y no tienes miedo de explorar cosas. Tienes un corazón que podría amar a todas las criaturas de la Tierra y aún tendría espacio para más. Cualquier otra cosa que algún día recuerdes de ti, serán cosas extra que yo sabré y por las que te amaré.

—¿Me amas? —ella seguía sin saber cómo era posible que se sintieran tan conectados y tan en sintonía el uno con el otro que *amor* parecía la única palabra lo bastante fuerte como para corresponder a lo que sentían.

—Sí, muchacha —las suaves palabras de Aiden estaban tan llenas de emoción que ella contuvo la respiración—. Te amo más que al aliento en mi propio cuerpo. Te amo como si hubiéramos nacido bajo el mismo manto de estrellas mil años atrás y nos hubiéramos amado en otra vida. Tú y yo... somos lo mismo. Dos pedazos de tierra separados una vez, reunidos de nuevo —tragó saliva, y su voz se hizo más áspera mientras se esforzaba por hablar—. No sabes lo perdido que he estado, Anna. Encontrarte aquel día en la orilla... fue como si hubiera tropezado con los estanques de las hadas por segunda vez y me hubiera curado. Ahora deseo curarte a ti —señaló el estanque con la cabeza.

Anna siguió su mirada hacia el agua, donde los arco iris ondulaban en su neblinosa superficie. El zumbido se hizo más profundo esta vez, tanto que sus huesos parecían vibrar con él.

Se pusieron de pie y avanzaron juntos hacia el agua, como si siempre hubiera estado destinado a suceder así. Anna se detuvo en la orilla y se quitó las horquillas del pelo para dejar el sombrero en el suelo.

Su propio corazón latía frenéticamente mientras hablaba.

—¿Me ayudas a desvestirme? —se levantó las faldas para mostrar las botas.

Aiden la miró de arriba abajo, como evaluando su ropa y lo que significaría desvestirla. Entonces, sus sensuales labios esbozaron una sonrisa traviesa que le robó el aliento.

—Sí, te ayudaré, muchacha —se arrodilló a sus pies y ella apoyó las manos en sus hombros mientras le desataba las botas de montar y se las quitaba. Luego le metió la mano por debajo de las faldas y empezó a bajarle las medias, haciéndola reír al provocarle un poco de cosquillas. Incapaz de dejar de reaccionar, ella soltó una risita—. La última vez que te desnudé, estabas pálida y fría como la muerte —murmuró—. Prefiero quitarte la ropa aquí, así —su mirada subió lentamente por sus piernas desnudas hasta el punto donde ella sostenía sus faldas hasta las rodillas, y luego los ojos de Aiden se detuvieron en su rostro. La respiración de Anna se aceleró ante el deseo salvaje que se encendió en su interior. Quería sus manos en todo su cuerpo; quería sentir su peso sobre ella mientras la presionaba contra la hierba. Vibraba con una necesidad que su cuerpo comprendía mucho mejor que su mente.

Él se levantó y se besaron con una suavidad prolongada antes de darle la vuelta para desabrocharle la espalda del traje de montar. Ella se quedó en enaguas y camisola, y esperó a que él aflojara el corsé antes de dejarlo caer al suelo junto con las enaguas. Se estremeció con la brisa fresca mientras Aiden se quitaba su propia ropa, excepto la camisa, que le llegaba hasta los muslos, ocultando la parte más masculina de su cuerpo ante la mirada de Anna. Ella se sonrojó de todos modos y, cuando la sorprendió mirándola, soltó una risita.

—Ya tendrás tiempo de explorarme más tarde, muchacha —bromeó. Luego se metió en el agua delante de ella y se sumergió hasta la altura de la cadera. Aiden se volvió y le hizo un gesto para que se uniera a él. El zumbido era más fuerte ahora, convirtiéndose en un tamborileo mientras Anna sumergía los dedos de los pies en el agua. Estaba fresca, pero no fría como había esperado. El agua estaba tan quieta como un espejo, a pesar de las cascadas cercanas. Tal vez era otro tipo de magia. No se parecía en nada al océano en el que había estado a punto de ahogarse. Anna se adentró en el estanque hasta llegar a Aiden, quien la cogió en sus brazos.

Se sostuvieron en el estanque mágico y sus rostros se volvieron el uno hacia el otro. El agua era fresca sobre su piel caliente, y la dura longitud del pene de Aiden la presionaba íntimamente en el vientre, haciéndola estremecerse de anticipación. No había viento ni otro sonido más que los latidos de sus corazones mientras exhalaban juntos.

—¿Sabes nadar?

Anna asintió. Un recuerdo había resurgido al ver el estanque; ella nadando en un estanque con su hermano Alexei. Se habían reído, chapoteado y sumergido bajo la superficie una y otra vez.

—El centro del estanque más grande no es muy profundo, pero me cubre la cabeza —dijo Aiden—. Aférrate a mí.

Ella le rodeó el cuello con los brazos y se presionó contra su pecho mientras él avanzaba hacia el centro del estanque. Aiden se detuvo cuando el agua le llegó al cuello, y Anna rodeó sus caderas con las piernas para mantener su cara a la misma altura que la de él. La sensación de sus cuerpos tan estrechamente entrelazados la hacía sentirse invencible.

—¿Lista?

—S-sí.

—Aguanta la respiración. No me sumergiré demasiado.

Se sumergieron bajo la superficie del agua encantada. El tamborileo que había sentido dentro de su cabeza se convirtió en un martilleo en su cráneo mientras miles de imágenes pasaban por su mente.

Estaba siendo arrastrada a través de un bosque oscuro para luego ser puesta de rodillas. La plata de una cuchilla centelleó cuando la alzaron por encima de su cabeza. Sus manos se enroscaron en el suelo negro de tierra mientras oía un grito de rabia salvaje. Aiden luchaba contra alguien envuelto en oscuridad. Pero estaba perdiendo... Iba a verla morir...

—¡Anna! —rugió su nombre, y la tierra tembló ante su fuerza. La espada se arqueó sobre ella... La visión cambió.

Aiden estaba de pie frente a ella sangrando, y luego se tambaleó hacia atrás y cayó en un vasto pozo oscuro... para no volver jamás.

Una voz habló a través del agua que burbujeaba a su alrededor:

—Le quitarás la vida...

Anna abrió la boca para gritar y, de repente, estaba luchando por respirar, por salir a la superficie. Se liberó del agua, sollozando y tosiendo.

—¡Anna! —Aiden tiró de ella hacia él mientras Anna se volvía para empujarlo—. ¿Qué pasa, muchacha?

Sin dejar de sollozar, se rindió y le clavó los dedos en los hombros mientras se aferraba a él.

—*Yo* causaré tu muerte. Lo he visto. Oh, Aiden... —gimió contra su pecho. Pero en lugar de soltarla, la sostuvo con más fuerza.

—Está bien, corazón mío —susurró mientras la sacaba del agua—. Sé qué significa amarte.

Levantó la cabeza para mirarlo mientras él la cargaba hacia la gran piedra sobre la que se habían sentado antes.

—¿Lo sabes? —la camisola se ceñía húmeda y fría a su piel, y casi deseaba volver al agua, aunque temía lo que pudiera ver.

—Sí, lo sé —se sentó en la piedra, la acomodó en su regazo y la besó—. Y no me importa. Pase lo que pase, no me importa mientras tenga la oportunidad de amarte hasta que el destino me lo permita.

Anna vio la verdad en sus ojos. Él comprendía lo que ella había visto, incluso lo había estado esperando. ¿Cómo podía saberlo?

—Pero si mueres por mi culpa, si te pierdo... ¿Qué me queda en el mundo sin ti? —preguntó en voz baja.

Aiden bajó la cara hacia la de ella hasta que sus frentes se tocaron.

—Queda todo, mi linda muchacha, *todo*. La vida seguirá, aunque yo no esté contigo. Debes vivir, pase lo que pase. Prométeme que lo harás.

Anna quiso sacudir la cabeza y golpear el pecho desnudo de Aiden con los puños, pero no lo hizo. Su mente seguía atrapada en la visión de Aiden cayendo en la oscuridad porque él había intentado salvarle la vida. Ella era la que debía morir... y quizá, llegado el momento, encontraría la forma de salvarlo, aunque ella muriera. Con esa determinación, consiguió darle la respuesta que él quería.

—Yo... lo prometo.

—Bien —le acarició la nariz con la suya, y el frío de su piel húmeda se desvaneció cuando el deseo sustituyó al miedo.

Presa de la necesidad, hundió las manos en su pelo y lo besó. Fue todo lo que necesitaron para olvidar dónde estaban. Todo lo que sentía en aquel momento por él, por ella misma, por el futuro que se atrevía a soñar en el que nada malo podía ocurrir, todo se brotó de sus labios hacia los de él. El fuego y la dulzura ardían entre ellos, y Anna se preguntó si las aguas de los estanques de las hadas habían encantado de algún modo sus besos.

Los brazos de Aiden la rodearon mientras se levantaba y la cargaba a la suave hierba verde, lejos de los estanques de las hadas. A cada paso, ella sentía su parte más dura presionándole el vientre, y eso le producía un dolor profundo que solo él podía satisfacer. Se arqueó contra él, intentando frotarse contra su cuerpo, y Aiden gimió contra sus labios.

—Serás mi muerte más dulce, Anna —gruñó contra sus labios y la estrechó más contra él cuando por fin dejó de caminar. Le besó la mandíbula y el cuello, sintiéndose temeraria y salvaje. La cogió por las nalgas con una mano, presionándola contra su entrepierna, y esta vez fue ella la que gimió mientras el palpitar entre sus muslos se multiplicaba por diez.

—Por favor... —le suplicó.

La puso de pie y luego cogió la tela escocesa doblada que había dejado junto a las botas y los pantalones. La extendió sobre la hierba y se arrodilló para poder quitarse la camisa mojada. Se le secó la boca ante la imagen de su pecho, la forma en que las superficies de músculo formaban ondulados músculos abdominales antes de descender en una pronunciada *V* justo por encima de los huesos de sus caderas, como si dirigiera sus ojos hacia la oscura línea de vello y luego hacia su...

Sus ojos se abrieron de par en par al ver por primera vez una polla masculina erecta. Era enorme... demasiado. Era imposible que cupiera dentro de ella... Sin embargo, estaba fascinada y asustada a la vez, deseando alcanzarlo y tocarlo, pero todavía indecisa.

—En... —tragó duro—. ¿Entrará? —susurró de forma temblorosa.

Aiden sonrió dulcemente, pero ella vio una pizca de picardía en sus ojos azul grisáceo.

—Sí, muchacha, entrará. Pero iré despacio al principio. Necesitas estirarte para aceptar a un hombre en tu primera vez.

Ella no habría creído a nadie más que a él. Él no le mentiría.

Aiden se arrodilló sobre la tela escocesa y la empujó suavemente para que se tumbara a su lado. Luego volvió a besarla y Anna se acostó sobre su espalda, llevándoselo con ella. Su cuerpo grande y ardía contra su piel fría, y cada vez que sus manos la tocaban, ella ardía de la mejor manera. Le subió la camisola mojada con la mano por la parte exterior del muslo y, cuando sintió que el aire frío le besaba el monte, gimió de excitación.

—Separa las piernas —le dijo con tono ronco. Aiden

movió los hombros entre sus rodillas y le besó la parte interna de los muslos, acercándose a su montículo palpitante y a la perla de deseo que pedía a gritos que la tocara.

Anna se preguntó si esto también era un sueño, uno que el hada de los estanques le había mostrado para compensar el dolor causado por la visión anterior. Si seguía bajo el agua, todavía ahogándose, se contentaría con morir en este paraíso con él.

Su boca tocó su centro y ella gritó ante el inesperado placer que su lengua y sus labios provocaron en la parte más sensible de su cuerpo.

—Aiden... —gimió su nombre mientras el placer estallaba en su interior. Seguía mareada mientras chupaba el sensible protuberancia, y entonces gritó su nombre, con el sonido resonando en las rocas cercanas.

Cuando la confusión de su clímax empezó a disminuir ligeramente, Aiden se levantó y su cuerpo descendió por completo sobre el suyo mientras la penetraba con rapidez. Solo tuvo un instante para percibir el dolor entre sus muslos antes de que fuera sustituido por la sensación de sus cuerpos unidos. Se aferró a él, sus rostros a escasos centímetros, mientras se movía sobre ella, lentamente al principio, un suave balanceo contra ella.

El pelo mojado le caía sobre los ojos tormentosos mientras la miraba. Estaba perdida en él, *perdida con él.* Apoyó los brazos a ambos lados de su cabeza mientras se movía contra ella, penetrándola cada vez con más fuerza. Anna levantó las caderas para encontrarse con las suyas, y la dulzura desapareció de su desesperado apareamiento. Cada vez que él se retiraba, a ella le dolía el vacío, y cada vez que volvía a penetrarla, ella se quedaba sin aliento y enloquecida de placer. En aquel momento, eran dos criaturas salvajes, como los tejones de los setos o los ciervos de las cañadas. Eran de la tierra, se pertenecían *mutuamente,* y la unión era sagrada.

Anna sintió que su cuerpo se precipitaba hacia aquel abismo invisible y supo que, una vez que lo alcanzara, nunca volvería a ser la misma. Nunca volvería a ser quien había sido. La Anna anterior al naufragio había desaparecido.

—Quédate conmigo —susurró contra los labios de Aiden, y él se movió con más fuerza, más deprisa, y los dos se lanzaron juntos por el precipicio, perdidos en el placer que se produjo a continuación.

Transcurrió cierto tiempo para que Anna sintiera que volvía a su cuerpo. Aiden los había envuelto con la tela escocesa como si fuera una manta y se había tumbado sobre su espalda, con su cuerpo acurrucado contra el de él. Los mechones de su pelo, ahora seco, se deslizaban por su pecho con la brisa, y ella vio cómo sus hermosas manos jugaban con los mechones, enrollándolos entre sus dedos.

—Anna —susurró en voz baja—. ¿Te casarías conmigo?

Ella levantó la cabeza.

—Cásate conmigo. Sé la sangre de mi sangre, el corazón de mi corazón. Déjame serlo también para ti.

Una parte de ella sabía que debería pensárselo seriamente, tomarse su tiempo para responder. Debería ser racional, pero todo lo que podía pensar era...

—Sí.

Aiden se incorporó y ella con él. Alcanzó una de las botas y sacó una pequeña cuchilla plana oculta en el cuero. Se pinchó el pulgar hasta que una pequeña gota de sangre brotó de su dedo. Luego le cogió la mano y extendió la sangre sobre su palma. Le entregó la cuchilla. Con mano trémula, Anna repitió los movimientos. Luego juntaron las palmas manchadas de sangre.

—Ahora soy de tu sangre, de tu corazón, *Anna mía* —susurró él, sin apartar los ojos de ella.

—Soy de tu sangre, de tu corazón, *Aiden mío* —Anna dejó que su voz resonara entre las rocas y las colinas lejanas. Cualquiera que hubiera sido antes, no se avergonzaba de ser de Aiden, ni de reclamarlo como suyo. Pasara lo que pasara, este momento era de ella, *para siempre.*

A LO LARGO DEL DÍA, AIDEN HIZO EL AMOR CON SU NUEVA esposa varias veces más junto a los estanques de las hadas, y se turnaron para darse de comer fruta, queso y pan, además de un poco de vino. El sencillo picnic que él había imaginado al salir del castillo se había convertido en una luna de miel, en la que no solo cenaba comida, sino también la dulzura del cuerpo de Anna.

No podía saciarse de ella. Entre los momentos en que hacían el amor, hablaban de sus sueños y esperanzas, de sus miedos y preocupaciones, de cosas profundas y tontas, bajo el cielo escocés de octubre. Ahora ella yacía en sus brazos, con la tela escocesa envolviéndolos como una manta.

—Siento que todo está cerca de la superficie —dijo Anna—. Mi corazón anhela recordar cosas. Casi puedo verlo en mi cabeza, pero sigue oculto como detrás de un fino velo. Cuando me rescataste, era un muro impenetrable dentro de mi cabeza —su mirada se desvió hacia los estanques de hadas—. Quizá eso haya funcionado después de todo, y pronto lo recordaré todo.

Le apartó el pelo de la cara y se lo colocó detrás de la oreja.

—Lo recordarás, Anna. No temas.

El sol se ocultó en el horizonte y se vistieron finalmente, listos para regresar al castillo. Ambos caballos descansaban exactamente donde los habían dejado unas horas antes.

—Hora de partir, Thundir —dijo a su caballo, quien sacudió la cabeza. Bob lo siguió con un relinche a modo de saludo hacia Anna.

—Espero que nadie esté preocupado por nosotros. Llevamos todo el día fuera —reflexionó Anna. Se había acostumbrado a la libertad con la que vivía Aiden. Joanna y Lydia habían hecho todo lo posible por inculcar cierto sentido del decoro entre Anna y Aiden, pero pronto se habían dado por vencidas cuando la bienintencionada pareja había visto cómo Anna y Aiden no tenían ningún deseo de estar separados durante mucho tiempo.

La besó antes de subirla a la silla de montar.

—Saben que estás a salvo conmigo, esposa.

—Mi *virtud* no lo ha estado, pero desde luego no me quejo —ella se rio, y el sonido llenó su corazón de alegría entusiasta.

—Tendremos que celebrar una ceremonia apropiada en la vieja kirk para mis hermanos —subió a su caballo.

—¿Qué es un kirk?

—Significa *iglesia* —Aiden guio a su caballo de vuelta hacia el castillo, y ella lo siguió—. Mi madre, de haber vivido lo suficiente, quería ver a sus hijos casados allí, y yo soy el único hermano que queda que no se ha casado hasta hoy. Pero no me importaría repetir mis votos en la kirk.

—A mí tampoco me importaría —respondió Anna mientras cabalgaban de vuelta. Sería lindo honrar a su madre de esa manera.

Era ya de noche cuando llegaron a las puertas principales del castillo. Un mozo salió corriendo de los establos para recibirlos y anunció a gritos su llegada.

—¡Gracias a Dios que ha vuelto, amo Aiden! Sus hermanos lo han estado buscando durante varias horas y acaban de darse por vencidos.

—¿Qué ha pasado? —preguntó Aiden mientras desmontaba.

—Hay un mensaje del doctor MacDonald desde North Berwick.

Aiden cogió a Anna en brazos y la bajó de su caballo antes de que ambos corrieran hacia la casa.

Joanna los vio al entrar y le gritó a Brock que se acercara. Pronto, Aiden y Anna fueron arrastrados a la biblioteca. Brodie, Joanna y Lydia también se reunieron en la habitación mientras Brock le entregaba una nota a Aiden.

—Ha llegado esto para ti.

La carta ya había sido abierta. Todos habían estado esperando noticias del doctor. Aiden leyó la carta y miró a Anna.

—¿Qué dice? —preguntó ella, con voz trémula.

—Unos pescadores han encontrado un bote salvavidas con marineros de tu barco. Entre ellos había una mujer aún con vida y dos hombres. La mujer dijo que te conocía y que eras su señora. Le dijo al doctor que debes ir a Londres y que tu hermano te estaba esperando. Dijo que era cuestión de vida o muerte.

—¿Mi hermano me espera en Londres? Alexei... —susurró Anna, con los ojos llenos de esperanza. Aiden sabía lo que su hermano significaba para ella. Sus recuerdos habían sido los más fuertes para Anna, y ella le había contado demasiadas historias de Alexei esa tarde que Aiden sentía que ya conocía al hombre.

—Supusimos que, una vez que regresarais, querríais partir inmediatamente hacia Londres —dijo Brock—. Ya hemos hecho todos los preparativos para partir por la mañana.

Aiden se encontró con la mirada de Anna.

—¿Quieres partir mañana?

Ella asintió.

—Sí.

—Entonces nos vamos al amanecer —le dijo Aiden a su hermano.

—¿Dónde habéis estado hoy? —preguntó Brodie, ahora que las emociones se había calmado un poco—. Brock y yo os buscamos por todas partes. Temíamos no encontraros, que tal vez os hubiera ocurrido algo.

—Llevé a Anna a mi lugar favorito, un lugar secreto —dijo simplemente.

—Simplemente nos alegramos de que estéis los dos en casa —Joanna les sonrió, pero la preocupación oscurecía sus facciones—. Os habéis perdido la cena. Haré que la cocinera os suba algo de comida a vuestras habitaciones.

—Gracias, Joanna.

Anna compartió una mirada con Aiden. Sabía que él estaba considerando contarles lo que habían hecho esta tarde, pero no quería hacerlo, no todavía. No era el momento adecuado. Primero tenían que llegar a Londres y encontrar a su hermano. Entonces podrían compartir la noticia de su matrimonio cuando fuera el momento adecuado.

—Será mejor que os cambiéis y os abriguéis —añadió Lydia—. Luego cenad y dormid un poco. Mañana nos espera un largo día.

—¿A vosotros? —preguntó Aiden a su cuñada.

—¿No creíais que os enviaríamos solos a Londres? —Brodie resopló—. No nos quedaremos atrás mientras os marcháis y averiguáis quién es Anna. Queremos saberlo tanto como vosotros.

Aiden sonrió cálidamente.

—De acuerdo. Podéis uniros a nosotros.

Brock puso los ojos en blanco.

—Como si tuvieras elección, novato.

—Déjame llevarte arriba, Anna —dijo Aiden, y le tendió la mano. Los demás los observaron mientras se marchaban, obviamente percibiendo algo nuevo entre ellos, pero a él no le importó. Necesitaba hablar con Anna a solas—. Espérame en tu habitación. Cenaré contigo allí.

—¿Te quedarás conmigo? —preguntó en voz baja para no ser oída.

—Sí, esposa. No puedes librarte de mí, no importa lo que encontremos en Londres —había prometido quedarse con ella tanto bajo la luz del sol como en las tormentas, y tenía la sensación de que estaban a punto de enfrentarse a estas últimas.

La mano de Anna se tensó contra su brazo. Sabía que tenía miedo, pero él la protegería.

—No tengas miedo, muchacha. Ahora estamos juntos.

Cuando llegaron a su dormitorio, ella lo besó y lo abrazó con fuerza.

—Sí, lo estamos, esposo.

Alexei y William se encontraban de pie en el centro del pueblo de Vasler. Los restos carbonizados de las casas y los cadáveres de los aldeanos llenaban el centro de la plaza. No había duda de que Yuri y los hombres que había reclutado para unirse a él en su golpe de Estado habían hecho esto. Los hombres de Alexei se movieron de edificio en edificio, buscando supervivientes. El olor acre del humo le evocó recuerdos demasiado vívidos de cuando encontró a sus padres muertos en la cama mientras su habitación era consumida por las llamas.

Alexei se llevó la mano al pecho, incapaz de respirar. William apoyó una mano en su hombro, manteniéndolo firme cuando podría haber vacilado.

—¿Es que la locura de mi tío no tiene fin? —preguntó Alexei a su amigo. Sabía que su tío siempre había querido sentarse en el trono, pero no tenía derecho, no como hijo de la reina y su segundo marido. Yuri era medio hermano del padre de Alexei, compartían la misma madre, la reina viuda, pero la sangre real corría por parte del padre de Alexei, lo que dejaba solo a Alexei y Anna con derecho al trono. El único alivio que Alexei había tenido desde el inicio de esta pesadilla era la certeza de que su hermana estaba a salvo. Podía sentir en sus huesos que ella no estaba en peligro. Era algo que siempre habían compartido desde el nacimiento. Esa conexión entre ellos, esa sensación de conocer los sentimientos del otro incluso a miles de kilómetros de distancia. Gracias a Dios que Anna no estaba aquí para ver los resultados de la destrucción de Yuri.

Yuri había presionado una y otra vez al padre de Alexei para que impulsara a Ruritania hacia el futuro, para que se industrializara y creara fuerzas armadas. Incluso había hablado de contratar mercenarios prusianos hasta que se pudiera formar un ejército ruritano propiamente dicho. El padre de Alexei siempre había mantenido buenas relaciones políticas con las naciones vecinas y nunca había necesitado armar a los ciudadanos del país contra una amenaza exterior. Nadie podría haber previsto que la amenaza vendría desde el interior.

Alexei nunca entendería qué llevaba a un hombre a pensar que podía hacer cosas tan terribles a gente inocente; solo podía ser una locura de la mente y una oscuridad del corazón.

—Parece que no —dijo William, y luego su voz bajó de tono por la preocupación—. Alexei, no veo mujeres ni niños entre los muertos.

—¿Ninguno? —Alexei se quedó mirando las ruinas que los rodeaban—. ¿Crees que los hicieron prisioneros?

Los ojos de William estaban profundamente ensombrecidos.

—Habríamos visto huellas conduciéndolos lejos. Solo hemos visto botas de soldados y herraduras de caballos.

—Entonces tienen que estar aquí. Ellos... —Alexei no terminó. Si estaban aquí, no podían estar vivos, o ya los habrían encontrado—. Buscad por todas partes. Encontradlos

—ordenó Alexei con una desesperación y un fatalismo que le arrancó el corazón del pecho.

No se encontraron supervivientes.

—Alexei, tienes que ver esto —lo llamó uno de sus hombres. Alexei se dirigió en la dirección del hombre y se detuvo ante las ruinas de una pequeña iglesia, donde el hombre se paró y señaló las ruinas.

Antes, la iglesia había sido un lugar donde los aldeanos se reunían en paz; ahora era un desastre de maderos ennegrecidos. El hedor a muerte flotaba a su alrededor, y a Alexei se le heló la sangre en las venas al darse cuenta de que no todos los objetos carbonizados que tenía delante eran vigas de madera... muchos eran *cadáveres*.

Cayó de rodillas y lanzó un grito de rabia. Arrancaría el negro corazón del pecho de su tío aunque fuera lo último que hiciera.

Anna se despertó bruscamente, gritando mientras el dolor desgarraba su cuerpo.

—¡Anna! —los brazos de Aiden la rodearon, sosteniéndola con fuerza. Su aroma a madera la envolvió y se calmó un poco, pero aún le costaba respirar—. ¿Qué pasa?

Parpadeó sorprendida al encontrarse con Aiden, Brock y Joanna en un gran carruaje. Lydia y Brodie estaban en un segundo vehículo siguiéndolos. Mientras dormía, había olvidado que estaba de camino a Londres, no de pie delante de una iglesia destruida por el fuego con restos de mujeres y niños. Por un momento, la compresión de que eso había sucedido realmente fue demasiado para ella, pero entonces supo que tenía que explicárselo a Aiden, ya que él lo entendería.

—El pueblo que he visto en mis sueños... ha sucedido. Todos están muertos. Oh Dios... —se acurrucó contra el pecho de Aiden, cerrando los ojos con fuerza, pero eso solo hizo que las imágenes que había visto fueran aún más claras en su cabeza.

Ahora más que nunca, se alegraba de haber hecho sus votos a Aiden junto a los estanques de las hadas. Él era su marido; estarían juntos sin importar el porvenir. El consuelo que le proporcionaba saber que no estaba sola, que su alto y apuesto marido escocés estaría allí, la tranquilizaba de una forma que nunca había imaginado que brindaría el matrimonio. Su madre siempre había hablado del amor y del matrimonio como una asociación, pero hasta ese momento, Anna no había entendido del todo a qué se había referido.

Aiden no dijo nada durante un largo rato. Se limitó a sostenerla. Cuando por fin habló, Anna había logrado encontrar de nuevo la calma. Joanna y Brock la observaban con preocupación, pero ella se alegró de que dejaran que Aiden le hablara sin interferencias.

—¿Tienes idea de *por qué* estás viendo este pueblo? ¿Quizás es donde viviste o un lugar que conoces?

—No creo haber vivido allí. El lugar no me es familiar, pero la sensación de ver la muerte, la destrucción... Sentí como si estuviera allí mientras sucedía. Pero estoy aquí contigo —podía oler la madera y los cuerpos quemados, sentir el viento que soplaba el humo en su cara. Podía saborear la sal de las lágrimas de sus mejillas, pero no eran *suyas*.

Anna sentía que se perdía cada vez que las visiones la invadían. Eran tan fuertes que le robaban los pocos recuerdos que sabía que eran suyos. ¿Y si seguía ocurriendo? ¿Y si nunca se libraría de esas horribles visiones?

La verdadera preocupación contra la que su mente chocaba como contra el muro exterior de una poderosa fortaleza era: *¿Y si todo lo que aparecía en las visiones se hacía realidad?* Como la visión en los estanques de hadas. La que había tenido de sí misma arrodillada bajo la espada de un verdugo. Aiden cayendo en la oscuridad era la visión que más la atormentaba, la que la llevaría a la locura si no encontraba la forma de evitar que se hiciera realidad. Saber que su muerte, y la del hombre que era su compañero de por vida, su *alma gemela*, podría ocurrir. . . Anna tenía que encontrar la forma de detener las visiones.

Aiden le besó la mejilla y le pasó una mano por la espalda.

—Intenta descansar —el toque del hombre era terriblemente hipnótico. La hizo desear más noches entre sus brazos, donde pudiera explorarlo y perderse en la pasión de la posesión de Aiden sobre su cuerpo y su alma. Cuando él la reclamaba con sus besos, ella no podía preocuparse por nada.

—No creo que pueda dormir. ¿Y si veo algo más? —enroscó los dedos en su pañuelo de cuello, jugando con los delicados pliegues de seda. No le importaba que Brock y Joanna pudieran verla en brazos de Aiden y que se mostraran abiertamente tan cariñosos. Tocarlo se sentía bien, sentirse cómoda con él. Ansiaba estar cerca de él, un anhelo que parecía haber nacido hacía más de una década cuando comenzaron los sueños de su huida en el bosque. Algún día, pronto, le dirían a Brock, Joanna y los demás que ella y Aiden estaban casados, pero no ahora. No era el momento adecuado.

—Entonces estaré aquí para despertarte y recordarte que no era más que un sueño, muchacha —prometió Aiden mientras le acariciaba la mandíbula con el pulgar. De cualquier otra persona, esa promesa de alejar las pesadillas le habría parecido vacía, pero con él, confiaba en que cumpliría su palabra.

Tardaron cuatro días en llegar a Londres. Se detuvieron brevemente para dejar descansar a los caballos y dormir antes de seguir hacia la ciudad. Fue un alivio salir a estirar las piernas y pasear con Aiden por un campo cercano a la posada.

Hablaron de todo lo que habían hecho en Escocia y de todo lo que Aiden estaba deseando enseñarle en Londres. Él también quería comprarle un caballo a un tal Cedric Sheridan. Al parecer, el hombre tenía buen gusto para los caballos, y él y su esposa criaban algunos de los caballos más hermosos que Aiden había visto jamás. Se sentía bien hablar de cosas normales, cosas de las que una esposa y un marido hablarían a pesar de mantener su matrimonio en secreto. Se encontró riendo ante las ligeras bromas de Aiden, y compartieron unos cuantos besos acalorados detrás de la posada antes de tener que volver al carruaje. Aquello la ayudó a olvidar sus preocupaciones.

Anna durmió a ratos durante el resto del viaje, pero al llegar a Londres se sintió más despierta y alerta. Brock y Joanna hablaban en voz baja de lo que tendrían que hacer cuando llegaran a casa de Rosalind y de cómo empezarían a buscar a Alexei. El deseo de Anna de reunirse con su hermano era abrumador. Él era lo único que era capaz de recordar con claridad, y se aferraba a esos recuerdos con una desesperación casi aterradora.

Mi hermano podría estar aquí, en la misma ciudad. Ese pensamiento recorría su mente una y otra vez, llenándola de esperanza.

El par de carruajes se detuvo frente a una elegante casa adosada en Half Moon Street, donde Rosalind, la hermana de Aiden, y su marido vivían cuando estaban en la ciudad y no en su finca en el campo.

Anna miró la encantadora casa a través de la ventana del carruaje y los nervios le hicieron un nudo en el estómago.

—¿Crees que el marido de Rosalind puede ayudarme a encontrar a mi hermano?

—Si alguien puede, es él. Ese hombre sabe todo sobre

todo el mundo. Si no estuviera de nuestro lado, yo estaría malditamente aterrorizado —Aiden dijo esto último con un guiño, y ella intentó devolverle la sonrisa, pero la expresión pareció forzada.

Aiden abrió la puerta del carruaje antes de que lo hiciera un lacayo y ayudó a Anna a bajar del vehículo. Alisó las arrugas de su vestido de carruaje azul escarchado y se ciñó un chal rojo rosado alrededor de los hombros mientras esperaban a que Brock y Brodie ayudaran a sus esposas a salir de los dos carruajes.

—No te preocupes, muchacha —el aliento de Aiden agitó los mechones sueltos de su cabello—. Rosalind te querrá, y Ash también.

Ella no estaba preocupada por eso. Bueno, un poco. Quería agradarle a toda la familia de Aiden ahora que estaban casados. Pero tenía un terrible sentimiento dentro de ella que no podía quitarse de encima. No sabía qué significaba ese mal presentimiento, y la mantenía en el filo del abismo.

Lydia se le acercó y le pasó un brazo por los hombros.

—Anna, ¿estás bien? Estás muy pálida —la abrazó suavemente mientras subían juntas los escalones.

—Tuve una pesadilla mientras dormía en el carruaje —confesó Anna, pero no dijo mucho más mientras el mayordomo de los Lennox los conducía a la casa. El grupo se apiñó dentro, hablando en voz baja entre ellos.

Anna contempló el opulento entorno de la casa mientras Aiden le ponía una mano en la cintura y la estrujaba ligeramente. Frías escaleras de mármol blanco y bellas estatuas llenaban los rincones que ella podía ver, y cuadros con marcos dorados decoraban las paredes que conducían por la escalera a los pisos superiores.

—Su señorías os recibirán en el salón —el mayordomo les hizo un gesto para que lo siguieran mientras escoltaba a todos a una habitación del piso superior.

Anna, junto con Aiden, se colocó al final del grupo y fueron los últimos en entrar en el salón. Una deslumbrante morena que parecía una versión femenina de Aiden abrazó cariñosamente a Joanna y Lydia. Tenía que ser Rosalind. Detrás de ella, un imperioso pero apuesto hombre rubio de brillantes ojos azules estaba de pie junto a su hombro, asintiendo fría pero cortésmente a los hermanos Kincade mientras se acercaban a estrechar sus manos. Cuando los ojos del hombre se cruzaron con los de Anna, vio cómo un destello de sorpresa y luego de horror cruzaba su rostro.

—Se supone que estás muerta —jadeó el hombre. El repentino silencio en la habitación fue ensordecedor y a Anna empezaron a zumbarle los oídos.

Su mundo empezó a dar vueltas y sus pulmones parecieron colapsar mientras luchaba por respirar. Recordaba los ojos de aquel hombre, de un azul penetrante, pero lo había visto en otro sitio... en algún lugar... Las imágenes se difuminaron y vio el rostro del hombre alto y rubio en un gran salón palaciego con los rostros de sus padres y su hermano. Incluso la voz del hombre despertó recuerdos de alguien que hablaba de comercio y política... El dolor en su cabeza latía con fuerza.

—*¿Muerta?* —dijo débilmente la única palabra antes de que su cuerpo se desplomara y la oscuridad la consumiera.

Aiden cogió a Anna un instante antes de que cayera al suelo.

—¡Dios mío! —Ashton corrió hacia él y Anna—. ¿Cómo demonios está aquí...?

—¿Ashton? —Rosalind se arrodilló junto a su marido y Aiden—. ¿Qué quieres decir con que se supone que está muerta?

Ashton se pasó las manos por el pelo rubio pálido y miró a

Anna con los ojos muy abiertos, como si no pudiera creer que estuviera allí.

—Aiden, ¿cómo la has encontrado? La mataron. Ella... —murmuró Ashton.

—¡Ash! Me estás asustando —Rosalind le sacudió el brazo—. ¿*Quién* es ella?

Ashton dejó escapar una suspiro trémulo mientras alargaba una mano hacia Anna como si quisiera tocar su mejilla y ver si era real.

El agarre de Aiden sobre Anna se tensó protectoramente. Él rara vez había visto a Ashton Lennox alterado, y mucho menos sin palabras como lo estaba ahora.

—Esta mujer es Anna Maria Zelensky, princesa de Ruritania. Toda su familia fue asesinada en un golpe político por el hermanastro menor del difunto rey hace un mes.

—Una princesa... —susurró Aiden. Se quedó mirando a Anna. ¿Se había casado con una *princesa*?

—Pero, ¿cómo sabes quién es? —exigió Rosalind.

Los ojos de Ash se entrecerraron. Parecía estar pensando y trazando una estrategia incluso mientras se preparaba para responder a su esposa.

—La conocí cuando viajé a Ruritania hace dos años. Fui para establecer un acuerdo comercial para la exportación de trigo y madera en mis barcos. Tuve el honor de bailar con ella una vez en un baile antes de partir. Solo la semana pasada me enteré por uno de mis capitanes de lo sucedido. La tripulación de mi barco escapó a duras penas del puerto tras enterarse de que el palacio estaba en llamas. Los otros barcos del puerto fueron incendiados y las tripulaciones encarceladas o asesinadas para silenciarlas. La gente huía del campo y todos corrían a los puertos para escapar, pero incluso los barcos no ruritanos fueron destruidos. Mi propia tripulación consiguió salvar a varios refugiados. Todos contaban la misma historia; la familia real había sido asesinada. Eran gente buena y amable. No se merecían lo que les pasó.

—¿Por qué no hemos oído hablar de esto en los diarios? ¿Por qué no se lo has contado a nadie, Ash? —le preguntó Rosalind a su marido, claramente asombrada de que hubiera callado esta información.

—Porque he estado esperando el momento en que se difundiría la noticia. No creí prudente activar yo mismo la alarma y posiblemente alterar las rutas comerciales con las naciones bálticas hasta que pudiera averiguar la verdad de las historias.

Aiden fulminó a su cuñado con la mirada.

—Tú y tu maldita política...

Ashton miró a Aiden.

—¿Cómo... cómo ha llegado ella aquí? ¿Cómo la has encontrado?

La habitación quedó en silencio cuando Aiden se levantó, alzando a Anna en brazos.

—Tenemos que atender a Anna primero, entonces puedo decirte todo lo que sé acerca de cómo llegó a estar conmigo.

—Por supuesto. Por aquí —Rosalind se levantó y salió del salón—. La llevaremos a una de las habitaciones libres.

Todos lo siguieron mientras cargaba a Anna hasta el final del pasillo. Rosalind abrió una puerta que daba a una habitación decorada con brillantes paredes de damasco de seda verde bosque. En la pared del fondo había una cama con dosel. Aiden la dejó allí y colocó con cuidado una almohada bajo su cabeza. Seguía inconsciente y no se separaría de ella hasta estar seguro de que se encontraba bien. Ashton estaba de pie a su lado, mirando con preocupación a la mujer dormida en la cama.

—Ahora, cuéntamelo todo —dijo Ashton, su voz suave para no despertar a Anna.

—Yo estaba en North Berwick, preparando la llegada de

Lydia y Brodie desde Francia. Encontré a Anna varada en la orilla después de que su barco naufragara.

—¿Y el nombre del barco? —preguntó Ashton.

Aiden respondió, lo que dio lugar a más preguntas, y pronto se sintió como si estuviera siendo entrevistado; o interrogado. Pero podía ver que con cada respuesta, Ashton estaba añadiendo otra pieza a un rompecabezas en su cabeza. Aunque nadie sabía con qué fin. Cuando terminó, Aiden le había contado a Ashton todo lo que había sucedido, excepto el tiempo que él y Anna habían pasado en los estanques de las hadas.

—¿Y ella realmente no recuerda quién es? —murmuró Ashton. Se acarició la barbilla, con la mirada pensativa—. ¿No es una treta para evitar ser descubierta?

Aiden negó con la cabeza.

—Su memoria está volviendo poco a poco, y ella nos cuenta lo que puede cuando eso sucede. Hemos venido aquí para encontrar a su hermano, Alexei. Ella lo recuerda más que a muchas otras cosas. Pero ella no tenía ni idea de quién es en realidad...

—Oficialmente, Alexei pereció con el resto de la familia, pero si Anna está viva, quizá Alexei también lo esté. Eso explicaría algunos de los rumores que he oído de mis barcos que han transportado a otros pasajeros desde puertos a ambos lados de Ruritania, rumores de una resistencia —Ashton suspiró, sonando como un anciano debido al cansancio—. Solo podemos esperar que Alexei esté vivo, por el bien de Anna, al menos. Ella estará en peligro hasta que se resuelva el asunto del gobierno de Ruritania.

Aiden no sabía nada de la política de Ruritania. Todo lo que le importaba era Anna. *Su* Anna. Le apartó un mechón de pelo de la cara, incapaz de ocultar la oleada de ternura que lo invadió. Al momento de verla por primera vez, había pensado que era una princesa hada... y había acertado.

Ashton notó el tierno toque y extendió la mano para apoyarla sobre el hombro de Aiden.

—¿Quién es ella para ti, Aiden?

Aiden sabía lo que el hombre estaba preguntando y no pudo ocultar su secreto por más tiempo.

—Ella es mi esposa.

—¿*Ella es tu qué?* —una voz chillona sacó a Anna de la oscuridad de su inconsciencia.

—Mi esposa. Nos casamos hace dos días.

—No *puedes* estar casado con ella; yo recordaría la boda —dijo bruscamente Joanna.

—Nos casamos junto a los estanques de las hadas —la voz de Aiden era clara pero suave mientras Anna lo escuchaba hablar cerca de ella. Tuvo la sensación de que estaba sentado a su lado, y la mano que sostenía una de las suyas, acariciándola suavemente, se sentía cálida y grande y probablemente era la suya.

—¿Estanques de las hadas? —preguntó Lydia.

—¿Has un voto de sangre? —el tono de Brock era serio.

—Sí. Y sabéis tan bien como yo que es un matrimonio vinculante —el tono de Aiden era duro y defensivo ahora, como si esperara que todos estuvieran en desacuerdo.

—Puede ser —empezó Ashton—, pero ha estado comprometida desde su nacimiento para casarse con uno de los sobrinos del rey Friedrich Wilhelm III de Prusia. Todavía no se han casado, por supuesto, pero se espera que cuando ella tenga veintiún años se case con él. Es un matrimonio político muy crucial que dará a Ruritania un fuerte aliado en caso de necesidad.

—Madre mía —murmuró Rosalind.

Anna encontró por fin fuerzas para abrir los ojos. Le palpitaba la cabeza, y no pudo evitar un gemido de dolor al intentar incorporarse. Aiden la ayudó. Miró entre él y Ashton, con agudos destellos de memoria agitándose en su mente.

—Te *recuerdo* —le dijo a Ashton—. En el Palacio de Verano... Fuiste a ver a mis padres. Bailamos... —los recuerdos de un gran palacio con una corte real se arremolinaron dentro de su cabeza en un brillante estallido de colores. Recordó... *Dios mío*. Los recuerdos eran demasiado. Toda una vida, *su* vida, volvía bruscamente a la luz. Y con todos los hermosos recuerdos, llegó el sangriento final de todo lo que ella apreciaba.

—Aiden —jadeó—. Él los ha matado... Mi tío ha matado a mis padres. Alexei se quedó. Me obligó a irme. Yo no quería. No quería... —un torrente de emociones la abrumó y lloró, grandes sollozos que la desgarraron hasta el punto de que apenas podía respirar. A través de la tormenta de lágrimas, Aiden la sostuvo, manteniéndola firme cuando podría haberse derrumbado.

No fue consciente del tiempo transcurrido hasta que se desahogó llorando. En algún momento, se sintió demasiado cansada para hacer otra cosa que tumbarse en los brazos de Aiden y respirar entrecortadamente. Se sentía vacía, entumecida y muy *fría*. Sus padres habían muerto. El *Ruritanian Star* se había perdido en el mar, y la única amiga que le quedaba, Pilar, estaba...

De repente, se tensó.

—Aiden, ¿la nota del doctor MacDonald decía que había rescatado a una mujer de un bote salvavidas?

—Sí, ella le dijo que te conocía, que eras su señora.

Anna estuvo a punto de llorar de nuevo, esta vez de alivio.

—Es Pilar, mi dama de compañía. Gracias a Dios que está viva —su amiga más querida estaba *viva*.

Anna se levantó suavemente para dejar de apoyarse en Aiden, pero él mantuvo un brazo alrededor de sus hombros.

—¿Lo recuerdas todo?

Ella asintió temblorosa.

—*Todo* —tragó duro. Era extraño que ver a Ashton hubiera traído todo de vuelta, pero tal vez era porque él era de su pasado y eso era todo lo que ella había necesitado, un recordatorio de quién era. Y ahora eso significaba que tenía que enfrentarse a las consecuencias de ser la princesa Anna Maria Zelensky de Ruritania, y no Anna la expósito—. Lord Lennox tiene razón; estaba prometida a alguien —cogió la otra mano de Aiden y la estrechó entre las suyas—. Pero el voto que te hice en los estanques de hadas es *vinculante* para mí.

Los ojos de Aiden estaban llenos de dolor.

—No tiene por qué ser así. Entonces eras una persona diferente. Ahora que sabes quién eres, no te obligaré a algo que hiciste cuando no eras tú misma.

Anna le soltó la mano y le cogió la mejilla, girando su cara hacia ella cuando él intentó apartar la mirada.

—*Siempre* fui yo misma contigo. Eso no ha cambiado. Recuperar mis recuerdos solo me hace estar más segura de mi corazón —ella tragó duro ante las palabras que contenían su corazón—. Eso te pertenece a ti, Aiden Kincade, amo de los estanques de las hadas y guardián de las pequeñas bestias. Mi antigua vida se quemó con mi hogar. La vida que habría tenido ya no existe. Ahora elijo un nuevo camino. Te elijo *a ti*. Sé que es egoísta por mi parte quererte ahora que conozco el peligro que me espera de regreso en Ruritania. Pero si aún me quieres, soy tuya. Volveré a hacer ese voto contigo aquí y ahora, si lo deseas.

Los ojos tormentosos de Aiden se aclararon y presionó su frente contra la de ella.

—Entonces eres mía, muchacha, y estoy contigo, pase lo que pase.

Ella presionó los labios contra los suyos, con un agridulce

dolor en el pecho al saber lo que tenía que decir a continuación.

—Tengo que convencer a tu rey para que envíe soldados a ayudar a mi hermano. Está luchando contra mi tío con solo unos pocos guardias leales. Nuestro país es pacífico. No tenemos grandes ejércitos a los cuales recurrir para detener a mi tío. Alexei me envió a Inglaterra para encontrar una manera de salvar a nuestro pueblo. No puedo defraudarlo.

—Y no lo harás —prometió Aiden—. Si hay algo que un escocés puede hacer, es luchar, y si hay algo que un inglés como Lennox puede hacer, es levantar un ejército.

—¿Eso crees? —preguntó, demasiado asustada para esperar que eso pudiera conseguirse tan fácilmente.

—Lo creo. Lennox y su Liga de los Pícaros nos ayudarán.

Ella adoró la forma en que dijo *"nos"*, pero quedó confundida con la frase *"Liga de los Pícaros"*.

—¿Liga de los Pícaros? —ladeó la cabeza mientras lo miraba—. ¿Qué es eso?

Aiden soltó una risita y sus ojos se iluminaron con picardía.

—No es un *qué*, sino *un quién*.

A la mañana siguiente, la recuperación de los recuerdos de Anna desencadenó una oleada de actividad en la casa Lennox en Half Moon Street. Carruajes empezaron a llegar justo después del desayuno, con hombres y mujeres bien vestidos que eran recibidos por el mayordomo de los Lennox.

Anna se sintió abrumada por los elegantes caballeros que se quitaban los sombreros y se paseaban en sus gabardinas mientras sus hermosas esposas se despojaban de sus capas de seda. Era extrañamente similar a la vida que había llevado en la corte, lo que debería haberla tranquilizado al instante. Pero la Anna que había sido antes del naufragio no era la Anna en la que se había convertido después, cuando había pasado tiempo con Aiden. No se unió de inmediato a aquellos hombres y mujeres que parecían tan a gusto los unos con los otros.

Todo el mundo hablaba, cada uno de ellos tan claramente familiarizado con los demás que era como ver a una familia bulliciosa reunirse durante las festividades de Navidad. Anna permaneció de pie al fondo de la sala, cerca de Aiden. Ella tenía la mano metida entre las suyas, y no le importaba que esa muestra de intimidad física pudiera ser juzgada. Por lo que a ella respectaba, estaban casados.

—No muerden, muchacha —Aiden soltó una risita y le estrujó la cadera antes de dirigirse a estrechar las manos de los hombres, quienes lo saludaron como a un hermano. Luego volvió hacia ella y le cogió la mano.

—No tengo miedo, no exactamente —susurró ella—. Pero sigo sin *sentirme* yo misma, como la mujer que solía ser. La antigua Anna habría dominado las conversaciones y las presentaciones y... Pero ya no me siento así. Ni siquiera sé si eso tiene sentido —admitió.

Aiden sonrió suavemente y se llevó su mano a los labios, besándole el dorso de los dedos.

—Entiendo a qué te refieres.

Rosalind se dio cuenta de que Anna estaba escondida en el rincón y se acercó a ella y a Aiden.

—Dejemos que los hombres se ocupen de sus asuntos mientras las mujeres bebemos el té en el salón. Estoy segura de que quieres discutir el destino de tu país, y es mejor hacerlo con nosotras, las mujeres; al fin y al cabo, somos las que mandamos. Nos gusta hacer creer a los hombres que ellos mandan, pero en realidad somos nosotras —le guiñó un ojo a Aiden, quien se limitó a reírse. Rosalind entrelazó el brazo de Anna con el suyo como una hermana y llamó a las mujeres de la entrada para que la siguieran.

Rosalind condujo a Anna a un salón y le presentó a todas. Fue presentada a una duquesa, una marquesa, una vizcondesa y una joven que estaban casadas con los hombres del estrecho círculo de amigos de Lord Lennox, los que Aiden había llamado la Liga de los Pícaros.

Rosalind dedicó a Anna una sonrisa tranquilizadora mientras servía té y contaba a las demás mujeres la historia de Anna, desde su huida de Ruritania hasta su rescate en las costas de Escocia por Aiden. Anna se alegró de que alguien más contara la historia. El dolor de cabeza de la noche anterior persistía. Ahora era un dolor sordo, pero seguía molestándola cada vez que pensaba demasiado en el pasado. Era un alivio que los recuerdos surgieran ahora, pero era frustrante que le oprimieran la cabeza.

—¿De verdad te has casado con Aiden junto a un estanque de hadas encantado? —preguntó una de las dos mujeres más jóvenes de la sala. Se trataba de Audrey St. Laurent, y Anna se había enterado de que se había casado con el hermano menor del Duque de Essex, lo que la convertía en cuñada de la joven duquesa, Emily St. Laurent, quien estaba sentada a su lado. El árbol genealógico era, como le había advertido Aiden, muy enmarañado, pero ella algún día lo descifraría.

—Sí —admitió Anna—. ¿Has estado en los estanques de las hadas?

Audrey suspiró.

—No, no he estado. De niña creía que teníamos un estanque de hadas cerca de nuestra finca, pero hace poco me enteré de que solo era mi hermano siendo dulce conmigo después de la muerte de nuestros padres. Me daba pastas de té para las hadas y las dejábamos en las setas junto al estanque de pesca. Luego él volvía a escondidas y arrancaba un trozo para que yo pensara que las habían mordisqueado —sonrió al recordar aquellos días de infancia.

—Eso es maravillosamente romántico —suspiró la duquesa, Emily—. Los hombres pueden ser bastante buenos en eso cuando aman a alguien. Godric es muy romántico —añadió con una risita.

El rostro de Anna se calentó en exceso al hablar de algo tan íntimo delante de mujeres amistosas pero que seguían siendo en su mayoría extrañas para ella. La hacía echar de menos aún más a Pilar, pero Pilar estaba en North Berwick, recuperándose. Pasaría un tiempo antes de que pudiera volver a ver a su amiga.

—Tu marido te secuestró —Rosalind soltó una risita sobre su taza de té—. Eso suena aterrador, no romántico.

Ante esto, Emily sonrió con picardía.

—Bueno, por suerte para él, no fue muy bueno en ello.

La sala estalló en carcajadas femeninas y Anna sintió que su tensión se desvanecía. Nunca había tenido amigas cercanas de su edad. Aparte de Pilar, había tenido que mantener una relativa distancia con las demás damas de la corte real. Se esperaba de ella que se mantuviera al margen de las intrigas políticas, y cualquier amistad con los cortesanos habría sido vista como una elección de bando.

Rosalind se aclaró la garganta.

—Bien. Señoras, deberíamos ir al grano.

La vizcondesa, una tranquila y encantadora morena llamada Anne, estuvo de acuerdo.

—Los hombres están dirigiendo su consejo de guerra. Deberíamos concentrarnos en el nuestro.

—Los hombres simplemente *adoran* los consejos de guerra —dijo Audrey, riendo—. Ya han tenido *tres* este año.

Anna parpadeó.

Horatia, la marquesa, lanzó a Audrey una mirada de reproche.

—Solo está bromeando —eran las dos hermanas menores de Cedric, el marido de Anne.

—No estoy bromeando. Realmente han sido tres — insistió Audrey antes de dar un largo sorbo a su té.

—Como ha dicho Anne —dijo Emily, recuperando la atención del grupo—, los hombres se están centrando en encontrar soldados. Nosotras debemos centrarnos en la moda.

—¿La moda? —repitió Anna—. Pero, ¿de qué manera importa eso? —a Anna no le importaban los sombreros poke ni el último modelo de vestido. Sabía, por supuesto, como todas las mujeres, que vestir bien o a una determinada moda podía influir en el trato que se daba a alguien, pero no veía cómo un encantador vestido podía ayudarla a construir un ejército.

—La moda es muy importante —dijo Emily—, porque mañana por la noche hay un baile en casa de Lady Eugenia, y el rey asistirá. Tú también asistirás, y llevarás el mejor vestido que nadie haya visto jamás —Emily le dedicó una sonrisa astuta—. Uno digno de la princesa de Ruritania.

—Anna, en una hora tendré aquí a una modista, y las otras damas irán a buscarte joyas —Rosalind le sonrió de manera reconfortante.

—¿Joyas?

—Por supuesto, necesitarás algo que ponerte para el baile —dijo Horatia—. Posiblemente seas la mujer más hermosa que Londres haya visto jamás, pero una corona de diamantes no estaría de más para aumentar el atractivo.

Audrey ahogó una carcajada.

—El rey, bendito sea, puede distraerse bastante con las cosas bonitas que brillan.

—Audrey —volvió a advertir Horatia—. Su Majestad...

—*Ama* las cosas brillantes —enfatizó Audrey y le guiñó un ojo a Anna.

—Que el Señor nos ayude —murmuró Anna—. Espero que los hombres se estén comportando mejor que nosotras.

Anna también se lo había estado preguntando. Aiden era callado por naturaleza y a menudo se mantenía en las sombras cuando estaba cerca de sus hermanos, pero esta mañana, cuando empezaron a llegar los carruajes y varios hombres se acercaron a la entrada para ser presentados, Aiden se había adelantado, dándoles las gracias y estrechándoles la mano mientras los invitaba a pasar a la sala de billar. Anna había visto en él un aire de mando que no había esperado, y eso le hizo darse cuenta de que aún le quedaba mucho por aprender sobre él.

—Con el rey de nuestro lado, será mucho más fácil encontrar apoyo para tu causa —Rosalind apoyó una mano en el hombro de Anna. Desde que se habían conocido, Rosalind se había mostrado cálida y sororal, igual que Joanna y Lydia, quizá incluso más. Anna se preguntó si sería porque Rosalind conocía directamente lo que le había sucedido a Aiden de niño y deseaba desesperadamente que su hermano encontrara la felicidad y la paz.

—Eso espero —dijo Anna. Si el rey apoyaba su causa, le resultaría mucho más fácil ayudar a su hermano y a su país. Entonces podría centrarse en su vida con Aiden y en su futuro, fuera cual fuera.

Pero las preocupaciones sobre su misión pesaban sobre sus hombros. No podía fallarle a su hermano ni a su gente. Saber que estaba muy lejos creaba un hueco en su interior que susurraba pensamientos oscuros que hacían tambalear la confianza que poseía. ¿Y si Alexei estaba muerto? Ella lo sabría, ¿verdad? Ella lo sentiría; tendría que sentirlo. Alexei y ella siempre habían compartido una profunda conexión, y tenía que confiar en que él estaba bien.

—No te preocupes, Anna —dijo Emily con una confianza que deseaba compartir—. Haremos todo lo que podamos para ayudarte.

La mayoría de las mujeres no tendrían el poder de hacer o mantener semejante promesa, pero algo en ellas advertía a Anna de que no eran simples esposas de sociedad con maridos poderosos. Todas eran inteligentes y conocedoras de cuestiones sociales y políticas. Sin embargo, Anna intuía que había mucho más en ellas. Estaba empezando a descubrir la fuerza de estas mujeres mientras hablaban bebiendo el té.

Audrey sonrió con picardía.

—Creo que es hora de que Lady Society anuncie que una

princesa está en la ciudad y que cualquiera que sea alguien no querrá perderse su aparición en el baile de Lady Eugenia.

—¿Quién es Lady Society? —preguntó Anna.

Audrey se sirvió otra taza de té.

—Anna, querida, te pondré al día de todas nuestras aventuras recientes mientras esperamos a la modista.

Si había un grupo de hombres sobre los cuales Aiden advertiría a los demás de no meterse con ellos, ése era la Liga de los Pícaros; poderosos lores ingleses con más recursos y contactos entre ellos que quizá nadie fuera de la familia real. Habían vencido a jefes de espías, príncipes extranjeros, asesinos y mucho más. Aiden y sus hermanos incluso se habían liado con ellos una vez en una taberna, lo que había dejado el mobiliario en ruinas y a todos ellos vetados para siempre del lugar, pero se habían ganado su respeto. Si alguien podía ayudar a Anna ahora, eran ellos.

El Duque de Essex, Godric St. Laurent, no esperó mucho antes de llamar la atención de todos.

—Aiden, háblanos de ese ejército que necesitas.

Aiden se aclaró la garganta y miró a los hombres en la sala de billar. Sus hermanos estaban a su lado, y los miembros de la Liga rodeaban un mapa de Europa extendido sobre la superficie de tapete verde de la mesa de billar de Ashton.

—Anna es de Ruritania, el pequeño país de aquí junto al mar. Prusia es su vecino más cercano —Aiden señaló con la mano el contorno de Prusia—. El tío de Anna, Yuri, es el medio hermano menor de su padre. El rey Alfred y Yuri compartían la misma madre, pero el padre de Yuri era un boyardo ruso que no sentía verdadero amor por Ruritania ni por su pueblo, e inculcó en su hijo los mismos sentimientos. Yuri puso en secreto a la mitad de los guardias de palacio contra el rey y la reina, y los dos monarcas fueron asesinados en su cama hace aproximadamente un mes.

—¿Asesinados mientras dormían? —gruñó el Marqués de Rochester, Lucien Russell, ante aquella revelación.

Charles Humphrey, el Conde de Lonsdale, se apoyó en un taco de billar mientras examinaba el mapa con interés.

—Qué maldito cobarde es ese tal Yuri.

—Se cree que el hermano gemelo de Anna, Alexei, sigue vivo. Él la envió aquí a Inglaterra con la esperanza de asegurar la ayuda de nuestro rey.

—¿Cuántos tiene el príncipe de su lado?

—No lo sabemos con certeza. Los guardias reales eran quinientos. Si Yuri tiene la mitad, eso lo deja con doscientos cincuenta hombres, pero no sabemos cuántos sobrevivieron. Y si los rumores de los capitanes de los barcos de Ashton son ciertos, podríamos estar enfrentándonos a mercenarios también. Los guardias más jóvenes pueden haberse puesto del lado de Alexei, incluido William, su guardaespaldas. Anna cree que es posible que se estén escondiendo en esta zona llamada el Bosque Oscuro. Se encuentra al norte del Palacio de Verano.

—¿Yuri tiene su cuartel general en el Palacio de Verano? —preguntó Godric.

Aiden negó con la cabeza.

—Anna dijo que estaba ardiendo cuando huyó. Probablemente no queden más que ruinas. Ella cree que él puede estar en el Palacio de Invierno, al sur. Es una estructura más antigua y fortificada, más castillo que palacio, lo que significa que será más difícil asediarlo.

—¿Supongo que no tendrán acceso a artillería? —preguntó Ashton a Aiden, pero era más una afirmación que una pregunta—. Es probable que Yuri ya haya asumido el control de todo.

—Esa debe ser nuestra suposición —dijo Aiden—. Creo

que necesitamos hombres que puedan luchar cuerpo a cuerpo, hombres que sean rápidos de pies y de mente. No soldados comunes. Necesitamos guerreros.

Ashton se acarició la barbilla mientras estudiaba el mapa.

—Supongamos que encontramos a Alexei. Podríamos usarlo para atraer a las fuerzas de Yuri a campo abierto. Imagino que lo que más desea es matar al legítimo rey. Por supuesto... si tuviéramos más tiempo y planificación, podríamos reunir nuestras propias fuerzas mercenarias, pero eso llevaría meses que no tenemos. Creo que lo mejor es tenderle una trampa a Yuri.

—Esa puede ser nuestra mejor opción, suponiendo que Alexei esté de acuerdo —añadió Aiden. No quería arriesgar la vida del hermano de Anna, pero teniendo en cuenta lo que ella había dicho de él, lo más probable era que Alexei se ofreciera como voluntario antes de que pudieran siquiera preguntar.

—Entonces hablaremos con el rey en el baile de mañana por la noche —dijo Ashton—. Una vez que sepamos si contamos con su apoyo, seguiremos adelante con el reclutamiento para nuestra lucha.

Aiden dio las gracias a cada uno de los hombres. Brock apoyó una mano en su hombro.

—Tú también irás, ¿verdad?

—Sabes que lo haré —dijo Aiden.

Brodie puso su mano en el otro hombro de Aiden.

—No es tu lucha.

—Es la lucha de Anna —dijo Aiden—. Eso la hace mía.

Brock gruñó.

—Ningún hombre cuerdo desea ir a la guerra.

Aiden asintió.

—No, pero estos son tiempos de locura. Es por Anna por quien más temo. Lo ha perdido todo. Su hogar, su familia...

—Pero te tiene a ti —dijo Brock—. Y sabemos lo fuerte que eres, hermano. Más fuerte que cualquiera de nosotros.

Pero, ¿eso sería suficiente? La profecía romaní estaba ahí, en el fondo de su mente, junto con la imagen de Anna en los estanques de hadas.

—Prometedme que, si no salgo de esta y no podemos recuperar su tierra natal, llevaréis a Anna de regreso a Escocia y la mantendréis a salvo.

—Lo prometemos —le aseguró Brodie—. Pero no fallarás.

Aiden deseó poder creerles.

—Debería ver si Anna está bien.

Dejó a sus hermanos y buscó a su esposa. Estaba de pie en una silla mientras una modista le tomaba las medidas en uno de los salones. Él permaneció en la puerta, observando. Al principio, ella no lo notó. Sonrió y luego amplió sonrisa al oír algo de una de las señoras de la sala. Ella rara vez se reía, pero cuando lo hacía, el sonido hacía que el corazón de Aiden se agitara en su pecho como si quisiera emprender el vuelo. Si moría, al menos habría conocido una de las mayores alegrías que una persona podía experimentar: amarla.

La mirada de Anna se desvió al notar que él se apoyaba en el marco de la puerta, observándola, y la sonrisa que ella esbozó fue más brillante que cualquier sol de verano. Por un breve instante, todos los temores y preocupaciones de Aiden se desvanecieron. Le dijo algo a la modista, quien asintió y recogió su cinta métrica, y entonces Anna se bajó de la silla y corrió hacia él. Él se movió hacia el pasillo, lejos de las miradas de las damas de la sala, mientras Anna lo abrazaba. Ya actuaban de manera bastante escandalosa el uno con el otro en público, así que él hacía lo posible por comportarse.

—¿Estás bien? —le preguntó mientras la rodeaba con sus brazos.

—Sí, al menos ahora que estás aquí —miró hacia atrás, hacia la puerta por la que acababa de salir.

—¿Necesitas volver a entrar?

—No, hemos terminado —inclinó su cara hacia la de él—. Llévame a nuestra habitación —susurró.

Aiden vio una intensidad desesperada en sus ojos y comprendió lo que quería. Le soltó las caderas, pero le cogió las manos y se dirigieron al dormitorio.

Ella cerró la puerta tras ellos y la aseguró. Ninguno de los dos quería decir las palabras tácitas que flotaban en el aire entre ellos. Cada día podía ser el último que pasarían juntos.

Apoyó las palmas de las manos a ambos lados de la cabeza de Anna contra la puerta. Ella lo miró de una forma sensual que le hizo desear besarla, pero no se atrevió a precipitar este momento.

Aiden se inclinó hacia ella, le acarició la nariz con la suya y luego conectó sus labios en una suave caricia. Solo cuando ella jadeó suavemente contra su boca, la besó por fin. Anna le rodeó el cuello con los brazos, atrayéndolo hacia sí mientras compartían suaves y excitadas respiraciones.

—Aiden...

Él cerró los ojos, disfrutando de la forma en que ella susurraba su nombre, como si fuera lo único que importaba.

—Anna —respondió él, esperando que ella oyera su nombre de la misma manera.

Los ojos leonados de Anna brillaban a la luz de la puesta de sol. Alcanzó su pañuelo de cuello y empezó a deshacer los pliegues de seda. Se tomó su tiempo para quitárselo y tirarlo al suelo. Sus manos empezaron a desabrocharle los botones del chaleco, pero cuando sus dedos temblaron, él los cogió y se llevó sus manos a los labios, besando cada uno de sus dedos con toda la ternura en su interior que se mezclaba con el hambre que sentía por ella.

—Todo va demasiado rápido —susurró ella, con la voz entrecortada.

—Podemos ir más despacio, muchacha. Podemos...

Anna sacudió la cabeza.

—No tú y yo, sino todo lo demás. Acabamos de encontrarnos y ahora nos enfrentamos a una guerra... —titubeó y volvió a intentarlo—. Desearía poder congelar el tiempo y simplemente aferrarme a ti —confesó.

Los latidos del corazón de Aiden se aceleraron mientras besaba las palmas de las manos de Anna esta vez.

—Nunca hay tiempo suficiente para estar con los que amamos —presionó la frente contra la de ella—. Debemos aprovechar cada día como podamos y, por un momento, podemos ralentizar el tiempo —él encontraría la manera de darle lo que necesitaba, aunque solo tuvieran un breve momento como éste.

—Entonces no lo desperdicies, esposo —susurró ella.

Los ojos luminosos de Anna le sostuvieron la mirada. Ella liberó su mano de su agarre y, con más confianza esta vez, arrancó los botones de su chaleco. Aiden deslizó la prenda sobre sus hombros y se desabrochó los pantalones. Luego se quitó la camisa y la inmovilizó de nuevo contra la puerta, besándola despiadadamente. Sus manos recorrieron la superficie de su pecho, haciéndolo sentir más vivo de lo que jamás se había sentido en su vida. Él conquistó sus miedos con la pura distracción sensual de su boca, y ella gimió cuando le levantó las faldas y sus dedos hurgaron bajo las enaguas hasta encontrar su centro.

—Aférrate a mí, muchacha —le dijo mientras la levantaba en sus brazos. Ella le rodeó la cintura con las piernas y el cuello con los brazos. La presionó contra la puerta, utilizando un brazo como soporte para su cuerpo mientras liberaba su pene y se introducía en su húmedo calor.

Anna echó la cabeza hacia atrás y jadeó cuando él se hundió en ella, y ambos se perdieron en la conexión que iba más allá de la mera carne.

—¿Estás bien? —preguntó, sin moverse para que ella se

acostumbrara a su penetración. Luego intentó moverse dentro de ella, primero suavemente, para ver si le dolía o si podía moverse más rápido y con más fuerza.

Anna logró asentir.

—Se siente maravilloso; no pares.

Nunca había reclamado así a una mujer, pero algo en Anna despertaba en él una fiereza, ese animal que siempre había sentido bajo la superficie. Pero en lugar de asustarse por su intensidad, ella parecía disfrutarla y lo besaba con más fuerza, clavaba las uñas en su espalda y sus hombros y lo arañaba, tan hambrienta como él de la unión de sus cuerpos.

Su dulce Anna se aferró a él mientras la penetraba, sus cuerpos fundidos por el deseo y un amor que había nacido en la tierra de sus sueños. Esta mujer lo era todo para él. Tenía una sola mujer que podría sostener su corazón para siempre.

Los labios de Anna eran dulces como la miel mientras hacían el amor contra la puerta cerrada. Era en parte un frenético apareamiento y en parte un relajado disfrute mutuo mientras caían en la explosión de placer que se produjo a continuación. No estaba seguro de cómo aún tenía fuerzas para mantenerse en pie después del clímax que había estallado en su interior, pero de algún modo consiguió cargarla hasta la cama y, con una risita agotada, se desplomó a su lado y los cubrió con las mantas.

Presionó los labios contra el pecho de Aiden en un beso antes de quedarse dormida. Él yacía despierto, con la mente y el corazón grabando intensamente este momento en su memoria. Si no podían congelar el tiempo, al menos no olvidaría el privilegio de amar a su esposa.

❧ 13 ☙

El carruaje de los Lennox se detuvo frente a la gran casa de Lady Eugenia en Park Lane. El tenue sonido de la música llegó hasta el vehículo, donde Anna estaba sentada. Llevaba el nuevo vestido que la modista de Rosalind había confeccionado para ella. Una diadema de diamantes y perlas descansaba en los rizos de su cabello castaño. Llevaba guantes de seda blanca hasta los codos y una capa de terciopelo rojo. Todo en ella declaraba que era de la realeza.

Era como si estuviera de regreso en Ruritania, preparándose para hacer acto de presencia con su familia. Los recuerdos de aquellos brillantes bailes en la corte real estaban ahora teñidos de tristeza. Aquellos días se habían ido, y los recuerdos se desvanecerían como el humo que se había elevado sobre las ruinas en llamas de su hogar. Aunque Alexei se convirtiera en rey, la vida de Anna nunca volvería a ser la misma.

—¿Estás lista? —la voz de Rosalind la sacó de sus pensamientos.

La hermana de Aiden estaba sentada a su lado, y Ashton

frente a ellas. Ambos la miraban con preocupación, y ella entendía por qué. Desde que había recuperado la memoria, no dejaba de revivir momentos en los que sus padres seguían vivos y Alexei y ella habían sido felices. Los días que se avecinaban estaban llenos de sombras, y era difícil abandonar esos cálidos pensamientos del pasado cuando sabía que nunca volverían.

—Estoy lista —era mentira. Era imposible decirles cómo se sentía. Era como si ya no fuera Anna. Era una princesa, con todas las responsabilidades y cargas que semejante título conllevaba y, sin embargo, también era la mujer que Aiden había rescatado de las olas y con la que se había casado junto a las encantadas piscinas de las hadas. Se sentía dividida, sin pertenecer ni a su antigua vida ni a la nueva.

Lo que más deseaba era que Aiden estuviera con ella, pero él y varios amigos de Ashton se habían adelantado al baile. Querían asegurarse de que fuera seguro. Era poco probable que ella estuviera en peligro, pero agradecía su preocupación. Lo que sí le preocupaba era Aiden.

Habían hecho el amor la noche anterior con una nueva intensidad que la había dejado aturdida y abrumada de la forma más maravillosa. Nunca se había sentido tan unida a él como en ese momento. Lo único que había estado faltando era el hecho de que ambos estuvieran en su cama en el Castillo Kincade y saber que las pequeñas bestias de Aiden estaban cerca. Echaba mucho de menos a los animales de Aiden. En poco tiempo, había llegado a considerarlos también sus bestias, y habría pasado el resto de su vida en ese castillo con Aiden, delirantemente feliz. Pero cerca del amanecer, Aiden había cambiado sutilmente y se había alejado de ella. Se había acurrucado contra él, pero percibido que sus pensamientos estaban a kilómetros de distancia.

No quería preocuparse, pero dado todo lo que había entre ellos, era imposible no hacerlo. Tenía esta terrible sensación de que ella y Aiden estaban cayendo por la ladera de una montaña rocosa, sin manera de evitar precipitarse al abismo.

—Ashton saldrá primero y yo te ayudaré con la cola —explicó Rosalind mientras un lacayo de la casa de Lady Eugenia abría la puerta del carruaje.

Ashton salió con elegancia y le tendió la mano a Anna. Ella colocó su mano enguantada sobre la de él y se levantó las faldas con la otra mientras descendía. Rosalind la siguió, con las manos en la larga cola de su vestido.

El vestido era de seda roja, con un corpiño y enaguas color crema bordadas con estrellas fugaces y tachonadas de perlas. Constelaciones doradas y cientos de perlas adornaban la larga cola. Parecía la princesa que era.

El lacayo que mantenía abierta la puerta del carruaje emitió un sonido suave y sobresaltado, y sus labios se entreabrieron cuando Anna le dio las gracias. Incluso tropezó con sus botas al intentar extender una pierna en una reverencia cortés. Las antorchas y la luz de las velas iluminaban el exterior de la casa mientras docenas de carruajes se alineaban para dejar a sus pasajeros. Un escalofrío en el aire se aferró a Anna mientras respiraba hondo.

—Ten valor —le susurró Ashton cuando entraron en la casa—. Recuerda quién eres, Anna.

Asintió para sí misma, sabiendo que él tenía razón. No era una niña perdida, encontrada medio ahogada en la orilla. Era una princesa, una mujer nacida para gobernar un país, para liderar a su pueblo, y ahora su pueblo la necesitaba más que nunca. El poder la inundó y supo que encontraría la manera de convencer al rey George de que le diera el apoyo militar que su pueblo necesitaba.

—*Recuerda quién eres...* —la voz de Ashton resonó en su cabeza mientras se preparaba para enfrentarse a la multitud.

Docenas de rostros se giraron al verla acercarse, y Anna convocó a la antigua versión de sí misma, la princesa orgullosa, en primer plano. ¿Qué pensaría Aiden cuando la viera así? ¿Decorada con joyas y con un vestido de corte digno de una reina? ¿Sería como todos los demás hombres y se quedaría boquiabierto al verla, o le sonreiría de esa forma secreta suya que le hacía saber que la veía a *ella* y no al título real con el que había nacido?

Una vez dentro, Rosalind dejó caer la cola sobre el limpio suelo de mármol y se unió a Ashton mientras caminaban delante de Anna, conduciéndola al salón de baile. La música brotaba del pasillo mientras ella llegaba a una escalera donde un maestro de ceremonias pronunciaba los nombres de aquellos que entraban. Plumas de avestruz descendían al tiempo que las mujeres se inclinaban para susurrarse mientras ella pasaba. Caballeros con atuendos cortesanos, pantalones bombachos a la rodilla y abrigos a medida, se inclinaban respetuosamente mientras ella se dirigía a la escalera. Miró todos los rostros con la esperanza de ver a su marido, pero ninguno era Aiden.

El maestro de ceremonias, un hombre alto con gafas, aceptó la tarjeta de Ashton y Rosalind y los anunció. Cuando llegó el turno de Anna, no tenía ninguna tarjeta para entregar, pero los ojos del hombre se entrecerraron al reconocer quién era. Lady Eugenia le había informado de su llegada.

—¡Su Alteza Real, Anna Maria Zelensky, princesa de Ruritania! —su voz retumbó en el salón de baile.

Ella asintió en señal de agradecimiento y luego se levantó las faldas para descender por las escaleras hacia la multitud de bailarines que se movían bajo la luz de las velas. La música llegó a su fin cuando los bailarines se detuvieron y se separaron, permitiéndole pasar por el centro de la sala hasta donde su anfitriona, Lady Eugenia, y sus amigas observaban el baile. Ashton y Rosalind condujeron a Anna directamente hasta su anfitriona.

—Lady Eugenia, le presento a la princesa Anna Maria Zelensky.

Lady Eugenia era una mujer pequeña, con un gusto elegante en sus ropas, y aproximadamente de la misma edad que la madre de Anna. Se tocó la barbilla con el abanico antes de sonreír a Anna, como si le hubiera concedido la victoria por haberse robado la velada con su entrada. Lady Eugenia hizo una reverencia y las damas que la acompañaban hicieron lo mismo.

—Bienvenida, Su Alteza.

—Gracias, Lady Eugenia. Estoy encantada de asistir a su baile —era extraño lo fácil que era volver a caer en los patrones de su antigua vida.

—Tuve el privilegio de conocer a tu madre. Debutó un año antes que yo. Era simplemente hermosa, por dentro y por fuera —dijo Lady Eugenia con genuina calidez y un atisbo de tristeza en sus palabras.

—Gracias, Lady Eugenia. Cada recuerdo que alguien pueda compartir conmigo sobre mi madre es un regalo.

Lady Eugenia rompió las reglas de la sociedad y alcanzó la mano de Anna como una tía querida.

—Algún día, pronto, tú y yo beberemos el té y te contaré todo lo que recuerdo de ella.

Anna tragó duro y sonrió, abrumada por la tristeza y la alegría al mismo tiempo.

—Eso me gustaría, gracias.

Rosalind se acercó por detrás de Anna y le acomodó discretamente la cola en la parte trasera del vestido, lo que le permitiría moverse libremente por la habitación.

La sonrisa de Lady Eugenia se iluminó.

—Esta misma mañana me he enterado de la llegada de Lord Erich de Prusia. Se enteró de que estabas aquí y deseaba verte. Yo, por supuesto, le extendí gustosamente una invitación con la esperanza de que ambos pudierais encontraros de nuevo.

—¿Erich está aquí? —Anna luchó por controlar su reacción. Era el hombre con el que sus padres la habían comprometido al nacer.

—Sí, estaba en Londres visitando a unos amigos y no sabía que estabas aquí. Estaba bastante preocupado, dadas las noticias de la tragedia que ha asolado a tu familia.

Anna había descubierto esa misma mañana que Inglaterra se había enterado por fin de la situación de su país, pero la historia que estaba siendo publicada en los diarios era que sus padres habían sido supuestamente asesinados por rebeldes y que su tío había hecho todo lo posible por restablecer el orden. De algún modo, Yuri había conseguido difundir la historia de que era un héroe gallardo que había asumido el trono después de que el rey, su hermano mayor, pereciera junto con el resto de la familia real.

Incluso corría el rumor de que la propia Anna podría ser una impostora si aparecía en Londres porque Yuri afirmaba que había muerto en el atentado. Afortunadamente, el alcance de Ashton era más efectivo que el de Yuri. Entre su influencia y la columna de Lady Society de Audrey contando la verdad de lo que había ocurrido en Ruritania, Londres ardía en cotilleos y especulaciones sobre si esta noche Anna se revelaría ante la élite de la sociedad londinense y pediría al rey que la apoyara contra su tío.

—Ah, ahí está. ¡Erich! —llamó Lady Eugenia a un hombre entre la multitud.

Anna se sobresaltó al ver la cara familiar de Erich. Lo había visto un año atrás, cuando había llegado a visitarla como todos los años desde que ella había nacido. Los padres de ambos habían esperado que eso fomentara una amistad que culminara en un matrimonio que se celebraría cuando ella tuviera veintiún años. Era un hombre apuesto de veinticinco años. Sonreía, con un hoyuelo asomándose entre la comisura de los labios.

La saludó informalmente, aunque le hizo una reverencia cortés, y ella notó enseguida su alivio por su bienestar.

—Anna, gracias a Dios que estás bien. Hay rumores por todo Londres sobre los recientes acontecimientos en Ruritania.

—Ven, querido Erich —dijo Lady Eugenia—. Ven y baila con ella. Aleja su mente de sus preocupaciones con un vals.

Anna intentó no pensar en lo que estaba sufriendo su pueblo mientras ella estaba aquí en este salón de baile envuelta en joyas y bailando. Pero Emily St. Laurent y las demás damas tenían razón; su aparición esta noche haría que Londres se pusiera de su lado y ayudara a su pueblo.

Las mejillas de Erich enrojecieron ligeramente cuando le ofreció la mano a Anna.

—¿Te gustaría bailar?

Anna deseó poder negarse. La única persona con la que quería bailar era Aiden. Su mirada recorrió la sala, buscándolo, pero solo encontró miradas curiosas de extraños observándola. Pero sabía cuál era su papel esta noche. Ser bella y encantadora, ganarse tantos amigos como fuera posible, y cuando el rey la viera, presentaría su apasionado alegato por su país y su pueblo.

Apoyó la palma de la mano en la de Erich mientras los bailarines se alineaban para bailar el vals. Cuando la música comenzó, Erich la cogió de la mano y de la cintura mientras la guiaba por el baile.

—Me he enterado de lo sucedido —dijo Erich, pasando del inglés al danés para darles un poco de intimidad para hablar—. No sabía nada de tu supervivencia ni de la de Alexei y temía lo peor —confesó—. Al menos tu tío sigue vivo.

Anna frunció el ceño al darse cuenta de que él había oído las falsas historias difundidas por su tío.

—Te han *mentido*. Mi tío ha *asesinado* a mis padres. Él ha mentido en todo. Alexei me ayudó a escapar la noche en que el palacio fue incendiado, y se quedó para luchar por nuestro pueblo.

Los ojos de Erich se abrieron de par en par y sus labios se entreabrieron de asombro. Ella comprendía su confusión.

—Dios mío, es un milagro que hayas sobrevivido.

Anna estaba impresionada. Él no dudó de sus palabras, no preguntó si podía estar equivocada ni sugirió que el dolor había nublado su juicio.

—¿De verdad me crees? ¿Por encima de todos los informes que has oído hasta ahora?

—Por supuesto. Siempre he sabido que no solo dices lo que piensas, sino la verdad. Hace tiempo que sospecho que tu tío no es un hombre de fiar. A Yuri lo mueve la ambición, pero no tengo motivos para dudar de ti. No temas, una vez que nos casemos, me aseguraré de que estés a salvo.

Anna se mordió la lengua. Nadie podía saber que ya estaba casada. Todavía no.

—Has crecido —dijo Erich con una sonrisa amable. Aunque se habían visto el año pasado, ella había cambiado enormemente en los últimos dos meses. La niña que había sido ya no existía. Ahora era una princesa cuyo país estaba en guerra consigo mismo.

—Tú también —Anna sonrió, pero su corazón no coincidía con la expresión. Respetaba al hombre, pero no quería jugar con sus sentimientos cuando sabía que nunca podría corresponder a su afecto. Ella solo quería hablar con el rey y volver a Ruritania y ayudar a su hermano.

—Sé que es una tontería estar aquí bailando cuando debes estar preocupada por tu hogar —Erich la hizo girar por la habitación—. Desearía poder hacer algo más para ayudar.

—Tal vez podrías. Alexei está luchando contra nuestro tío con solo una pequeña fuerza de guardias leales. Si escribes ahora a tu tío el rey, tal vez pueda enviar rápidamente ayuda militar a mi hermano.

—¿Y si Alexei ha sido asesinado? No puedes estar segura de que siga vivo.

—Estoy segura. Yo sabría si le hubiera ocurrido algo. Por favor, Erich, debes confiar en mí. Alexei necesita mi ayuda. El rey George...

Como si lo hubieran llamado, el rey de Inglaterra bajó las escaleras. Anna no tenía ninguna duda de que era él, desde su exquisita vestimenta hasta el silencio que se produjo en la sala cuando se abrió paso entre la multitud con facilidad. Todos se inclinaron e hicieron reverencias mientras él atravesaba el salón de baile. Lo seguía un grupo de hombres que Anna supuso que eran consejeros y guardaespaldas. Los nobles más valientes que tenían conexiones con la Corona se le acercaron enseguida y hablaron con él largo y tendido.

Finalmente, al cabo de media hora, Lady Eugenia se acercó al rey, le susurró y señaló en dirección a Anna. Erich se había quedado a su lado, haciéndole compañía mientras el baile se reanudaba a su alrededor. Cuando el rey se acercó a ella, Erich se apartó cortésmente.

—Su Majestad —Anna hizo una profunda reverencia y permaneció así hasta que el rey le levantó la barbilla para que lo mirara. Normalmente no habría mostrado tanta deferencia, pero él era rey y ella princesa. Este era su reino, no el suyo. Jugar con el orgullo del hombre podría ayudar a su causa.

—Levántate, querida —entonó suavemente.

Lo hizo y cruzó las manos frente a ella. Examinó al rey, un hombre obsesionado con las cosas brillantes y relucientes, como había dicho Audrey. Era un hombre al que le gustaba la comida y la moda, pero a pesar de su vanidad, ella vio bondad en sus ojos.

—Estás *preciosa*, querida —dijo George—. Igual que tu madre. La conocí una vez, cuando era joven, justo antes de casarse con tu padre. Era encantadora, pero tú... tú eres un diamante de primera.

Anna recibió el cumplido con cortesía, pero en el fondo deseaba que los hombres vieran más allá de su hermosa apariencia. Erich parecía hacerlo, pero Aiden había sido el único hombre que realmente había visto en lo más profundo de su alma. Sus ojos tormentosos destellaron en su mente y deseó desesperadamente que estuviera a su lado ahora.

—Esperaba tener una audiencia privada con Su Majestad.

George no pareció sorprendido, ya que probablemente se habría enterado por sus consejeros de las últimas noticias de Europa.

—Lo suponía, princesa Anna —hizo un gesto con la mano a Lady Eugenia, quien se apresuró a acercarse—. Necesitamos una habitación privada. Tenemos asuntos de estado que discutir.

—Por supuesto —Lady Eugenia parecía encantada ante la perspectiva de llevar a dos miembros de la realeza a un lugar privado de su casa para discutir asuntos de estado.

Un pequeño grupo de hombres siguió al rey.

—Su Majestad, hay algunos pares ingleses que deseo que me acompañen como consejeros, si le parece bien —ella señaló con la cabeza a Godric, ya que era el par de mayor rango, y luego a Ashton junto a él.

—Ah, sí, Essex y Lennox, desde luego que pueden acompañarnos —les hizo un gesto cortés y real con la mano.

Ashton y Godric siguieron el paso de los hombres del rey mientras se acercaban a ella. Para alivio de Anna, vio que Aiden se escabullía entre la multitud y se unía a la escolta mientras ella y el rey seguían a Lady Eugenia fuera del salón de baile. Sus miradas se cruzaron y se sintió brevemente reconfortada por la leve inclinación de cabeza de él hacia ella, y su mirada ardiente la llenó de fuerza.

El corazón de Anna golpeó contra sus costillas mientras

ensayaba su súplica una y otra vez en su mente hasta que entraron en el salón. Ahora era el momento de salvar su hogar.

AIDEN DESEABA ESTRECHAR A SU MUJER ENTRE SUS BRAZOS. Él y algunos de los amigos de Ashton, junto con sus hermanos, habían llegado temprano para hablar con Lady Eugenia sobre la seguridad de la princesa y para familiarizarse a fondo con la distribución de la casa.

Pero estos preparativos lo habían mantenido alejado de Anna, y había estado medio loco de preocupación por ella hasta que llegó al baile e hizo su gran entrada. Y vaya entrada. Estaba *magnífica*. Parecía intocable para simples mortales como él. Ese porte regio que siempre había visto en ella se intensificó con su aspecto esta noche.

Su vestido era absolutamente encantador, digno de una reina. Favorecía a su figura, pero también era un recordatorio de *quién* era; la hija de un rey, una princesa por derecho propio. Había captado la atención de todo el mundo, hechizando mientras descendía al suelo del salón de baile. Aiden se había estado escondiendo entre las sombras, vigilando cualquier amenaza contra su esposa como un lobo protector. Había pasado desapercibido para Anna cuando ella había recorrido el salón de baile, pero podía decir que lo estaba buscando por su mirada escrutadora.

Cuando Erich apareció y cogió a Anna en sus brazos para bailar, fue fácil imaginar el futuro que Anna tenía planeado. Este era el hombre que sus padres habían elegido para ella, un hombre de linaje real, sobrino del rey de Prusia. Era alto y rubio, el compañero perfecto para una princesa. Cuando empezaron a bailar, los susurros viajaron hacia atrás en dirección a Aiden entre las sombras.

Una pareja tan exquisita... Una pareja digna... Imaginad los hermosos niños...

Aiden cerró los ojos cuando un dolor tan profundo golpeó un lugar muy dentro de su alma. Sabía que Anna era su destino, pero ¿cuál sería el de ella cuando él ya no estuviera? Si él moría como sus visiones habían predicho, ¿sería Erich el hombre que recogería los pedazos del corazón roto de Anna y los repararía? Había un triste consuelo en saber que un hombre de buen corazón ocuparía su lugar para amarla y adorarla.

Ashton apareció a su lado. El rostro de su cuñado era duro como la piedra, pero sus ojos contenían un atisbo de compasión al contemplar a la pareja de baile.

—Supongo que sabes quién es su pareja de baile.

Aiden asintió.

—Es un buen hombre —dijo Ashton—. La amaría y la trataría bien. Si te atreves a dejarla ir. Él le daría la vida que una princesa necesitaría.

A Aiden se le llenaron los ojos de lágrimas, y parpadeó sorprendido. No había llorado desde que era un simple muchacho, y no se atrevió a llorar ahora.

—¿Me estás diciendo que la deje ir? —preguntó Aiden.

Ashton frunció el ceño cuando Anna pasó girando en una explosión de seda roja y crema. La luz de las velas se reflejaban en las joyas de su diadema, y las perlas brillaban como gotas de rocío congeladas.

—Solo te recuerdo que el amor a menudo significa un sacrificio de algo. Cuando amas a alguien con cada parte de tu cuerpo y de tu alma, eso significa que esa persona es lo primero, *siempre.* Si la amas como sospecho que lo haces, entonces prepárate para hacer lo que sea mejor para ella. Eso podría significar dejarla casarse con el hombre que podrá desempeñar el papel de príncipe a su lado. Recuerda, ella es de la realeza, y debe poner a su país y a su pueblo en primer lugar, incluso si eso significa hacer las alianzas políticas correctas a través del matrimonio. Prusia es un fuerte aliado y puede proteger a Ruritania una vez que Yuri haya sido apartado del poder. No eres más que un solo hombre, sin ejército a tus espaldas.

Las palabras de Ashton eran amables mientras salían de su boca, pero su brutal verdad fue un cuchillo en el corazón de Aiden. No era más que un solo hombre... un escocés sin ejército a sus espaldas. Nunca sería un príncipe, nunca lo haría bien en los bailes, desfiles o eventos reales que se esperarían de él como marido de una princesa. Aiden era un hombre que encontraba consuelo en la soledad de las rocas y los árboles, con los chillidos de los pájaros y el viento en sus oídos. Una vida lejos del castillo Kincade le parecería una jaula. Podía sacrificar esa parte de sí mismo, pero ¿y si no era suficiente? ¿Y si ella necesitaba cosas que él no tenía poder para darle?

—Cuando llegue el momento, sabrás qué hacer. Por ahora, sé fiel a tu corazón y permanece a su lado. Me temo que aún hay peligros ocultos —Ashton le dedicó un asentimiento de cabeza, y la gran sala quedó en silencio cuando el rey de Inglaterra hizo su entrada—. Ella pedirá una audiencia, y debemos acompañarla como escoltas —murmuró Ashton para que solo Aiden pudiera oírlo. Los dos fueron a por Godric, quien era uno de los favoritos del rey y sería una influencia adicional, mientras se abrían paso entre la multitud justo cuando Anna solicitó audiencia y el rey se la concedió.

Siguieron a Anna, y él notó su expresión de alivio cuando por fin lo vio. Una vez reunidos todos en una sala privada, Anna y el rey ocuparon dos sillas frente a una mesa de lectura.

—Ah, Essex, Lennox, qué bien que hayáis venido. ¿Y quién es éste? —inquirió el rey George mientras observaba con ojo crítico a Aiden.

—Es un guardaespaldas que conseguí cuando pasé un

tiempo en las Tierras Altas después de que mi barco naufragara frente a la costa. Su nombre es Aiden Kincade.

—Ah, un escocés. Excelente elección, Princesa Anna. Pueden ser un poco salvajes, pero los escoceses son ferozmente leales. Ahora, supongo que deseas hablar conmigo sobre la desafortunada situación a la que se enfrenta Ruritania.

Anna se acomodó las faldas a su alrededor, sentándose con la elegancia y propiedad que solo una princesa podía tener.

—Su Majestad, estoy aquí para pedir su apoyo militar. Mi tío...

—Sí, tu tío me envió un emisario privado, quien llegó hace casi un mes —interrumpió el rey—. Me enteré de la trágica muerte de tus padres a manos de los rebeldes. Parece que tu tío se hará cargo, y le he prometido que le proporcionaré apoyo para derrotar cualquier futura rebelión.

El rostro de Anna se tiñó de rojo. Nadie había sabido que los mensajeros de su tío llegarían tan rápido. Eso significaba que él había enviado la noticia del asesinato de sus padres casi el mismo día en que habían sido brutalmente asesinados... Yuri había planeado claramente su golpe de estado hasta el último detalle, incluyendo informar a socios comerciales como Inglaterra de lo que quería que creyeran que había sucedido.

Ten valor y mantén la calma, muchacha, pensó Aiden.

Anna levantó la mirada.

—Su Majestad, me duele decirle que ha sido engañado. Yo estaba allí cuando el castillo fue incendiado. Mi tío fue quien atacó el palacio. Él es el responsable de la muerte de mis padres. Mi hermano, Alexei, aún vive, luchando contra mi tío en secreto. Usted debe ayudarnos.

El rey se recostó, con los ojos desorbitados. Era evidente que no había esperado que ella dijera eso.

—Aunque su historia fuera cierta, Yuri no tiene derecho al

trono, Su Majestad —continuó Anna—. Es medio hermano de mi padre. Su padre era un noble ruso con el que mi abuela se casó después de la muerte de mi abuelo cuando eran muy jóvenes. En mi país, el trono debe pasar a un heredero varón descendiente de la estirpe masculina. De acuerdo a nuestras leyes, Alexei es el siguiente en la línea de sucesión, y cualquier hijo varón que él dé a luz tendrá derecho al trono. Si no tiene herederos, recaerá en los hijos que yo pueda tener. Yuri es un traidor y un asesino. No tiene derecho a gobernar.

Por un segundo, Aiden se percató de algo que no se le había ocurrido. Anna y él habían hecho el amor varias veces; podía estar esperando un niño en este momento, un niño con el potencial de gobernar Ruritania si Alexei perecía. El corazón de Aiden dejó de latir durante un doloroso instante. Su hijo... La idea lo llenó de alegría, pero tuvo que apartarla y centrarse en el asunto que tenían entre manos.

El rey George guardó silencio un largo momento.

—¿Estás absolutamente segura de que esta es la versión real de lo ocurrido? El enviado de tu tío dijo que tu hermano estaba entre los rebeldes responsables, que Alexei tuvo una discusión con tu padre y eso lo llevó a ponerse del lado de los rebeldes cuando atacaron.

Anna sostuvo la mirada del rey sin miedo.

—Alexei es mi gemelo, Su Majestad. Nuestro vínculo es inquebrantable. Lo conozco tan bien como a mí misma. Nunca habría hecho daño a nuestros padres ni reclamado el trono hasta después de la muerte de nuestro padre. Yo estuve allí cuando el palacio ardió. Vi las lágrimas en los ojos de mi hermano cuando me habló de nuestros padres asesinados y de quién era el responsable. Vi los cuerpos de ciudadanos inocentes masacrados en los pasillos de mi hogar. Usted ha dicho que conocía a mi madre. Soy su hija, e hija del Rey Alfredo y la Reina Isadora. No le mentiría, ni soy tan tonta como para creer las mentiras de otros y decírselas como verdades —cogió aire y se puso en pie—. ¿Usted dejará que una nación pacífica se disuelva en la oscuridad de una guerra injusta? ¿O ayudará a Ruritania en nuestra hora de necesidad? Debo advertirle que las naciones que no luchan contra la expansión de la tiranía a menudo caen presas de ella. Apóyenos ahora y aún podremos salvar al Continente de la codicia de mi tío.

La sala permaneció en silencio durante un tiempo dolorosamente largo, y Aiden contuvo la respiración, temeroso de lo que pudiera hacer el rey. El rey George se levantó lentamente de su silla y, sin apartar la mirada de Anna, habló.

—Cuando recibí los primeros informes de la muerte de tus padres, di mi apoyo a Yuri, obviamente ignorante de la verdad. Si ahora voy en contra de esa decisión, arruinaría todos los futuros lazos comerciales.

El corazón de Anna cayó a sus pies.

—Pero —le dijo seriamente el rey George—, no soy partidario de dejar que un asesino de reyes robe un trono. Hay formas en las que puedo prestar ayuda sin parecer que he interferido y sin comprometer tropas en una guerra —George se volvió ahora hacia Ashton y Godric, con un brillo astuto en los ojos—. Lord Essex y Lord Lennox, ¿creo que sois capaces de manejar discretamente este asunto en nombre de la Corona?

Ashton dio un paso adelante y se inclinó ante el rey.

—Sí, Su Majestad.

El rey asintió a Ashton.

—Bien —luego la miró de nuevo—. Princesa Anna, tienes tu ejército secreto.

14

Anna tenía un ejército.

Estaba tan aliviada que estuvo a punto de abrazar al rey, pero en el último momento se detuvo. Pasar tanto tiempo con Aiden y sus hermanos había afectado su formación real para mantenerse profesional y reservada.

—Ahora, una vez superado todo esa situación desagradable, me gustaría disfrutar del baile —el Rey George torció un brazo hacia ella en señal de invitación—. Creo que me debes un baile, Princesa Anna. Tengamos una charla amistosa, ¿eh? —bromeó cuando ella aceptó su brazo y volvieron al salón de baile. Echó un vistazo a Aiden y a los demás, preguntándose si pensaban seguirla.

—Adelante, Su Majestad. Tenemos algunas cosas que discutir antes de reunirnos con vosotros —la tranquilizó Ashton. Aiden le dedicó un pequeño gesto asentimiento de cabeza, y ella intentó ocultar su decepción por el hecho de que él no iría de inmediato.

Anna y el rey regresaron con los juerguistas en el salón de baile. Lady Eugenia rondaba cerca de la entrada, esperándolos.

—Lady Eugenia, he pedido a la princesa Anna que baile conmigo. Un vals, por favor —dijo el rey George. Lady Eugenia corrió hacia la orquesta para darles instrucciones.

Anna vio a Erich en la primera fila de espectadores y le dedicó una amable sonrisa mientras ella y el rey ocupaban sus lugares para el baile. La música empezó a sonar y el precioso vals dio inicio.

—Lamento tu situación, princesa Anna —murmuró el rey George cuando estuvieron lo suficientemente lejos de los demás bailarines.

—Yo también —respondió ella.

—Entiendes por qué no puedo adoptar una posición pública. Acabamos de terminar una guerra con Francia, e Inglaterra desea mantenerse al margen de las guerras por un tiempo. No podemos ser vistos ayudando abiertamente a otro país.

—Entiendo —dijo ella, pero en verdad, no podía creer lo ciego que estaba el rey.

Anna comprendía que el Sacro Imperio Romano Germánico se había disuelto durante las Guerras Napoleónicas, dejando toda la región sumida en el caos. Su tío era el tipo de hombre que se aprovechaba de ello. Aunque Ruritania no contaba con fuerzas militares impresionantes, podía imaginar que Yuri intentaría comprar el apoyo de otros países cercanos. Siempre había hablado de extender el control más allá de sus fronteras, y no sería descabellado verlo utilizar el ejército de otro para conseguirlo. Pero comprendía la reticencia del rey George. Si enviaba tropas a través de Francia, aunque tuvieran como destino Ruritania, podría desencadenar nuevas batallas, y también podría molestar a la incipiente Confederación Alemana, que incluía la mayor parte de Prusia.

Una vez terminado el baile, el rey aplaudió junto con los demás bailarines y luego le hizo una ligera reverencia.

—Siento no poder quedarme más tiempo esta noche. Buena suerte, princesa Anna.

—Gracias, Su Majestad —se quedó allí en medio del salón de baile, sintiéndose muy sola mientras el rey George se alejaba. Su pequeño séquito lo siguió, subiendo las escaleras.

Rosalind llegó a su lado.

—Parece que necesitas que te rescaten un poco —le dijo, intentando tranquilizarla.

—Así es. ¿Hay algún sitio al que podamos ir unos minutos? Me gustaría tener la oportunidad de sentarme sin que todo el mundo me mire.

Ahora que había hecho una gran entrada y tenido una audiencia privada con el rey, los murmullos volvían a ella. La realeza siempre tenía ese efecto. Había asistido a muchas funciones de la corte en su país y en otros, pero la atención le molestaba mucho más que antes. Tal vez se debía al mes relativamente tranquilo y maravillosamente aislado que había pasado en Escocia con Aiden, donde se le había permitido ser ella misma y no una princesa. Volver a interpretar su papel real le resultaba sofocante comparado con la libertad que había saboreado con Aiden en las Tierras Altas.

—Ven conmigo —Rosalind saludó con su abanico a algunas damas mientras conducía a Anna fuera del salón de baile. Un lacayo estaba de pie justo delante de la puerta, y Rosalind le preguntó dónde estaba la habitación de descanso más cercana.

Una vez dentro, Anna se sentó agradecida en un sillón con respaldo. Algunas otras damas presentes en la sala las miraron con curiosidad. Sus abanicos se agitaban mientras murmuraban entre ellas, con los ojos fijos en Anna y Rosalind. Una mujer con un turbante lleno de plumas de avestruz parecía tan emocionada por la presencia de Anna que las plumas le temblaban en la cabeza.

Rosalind se acercó al grupo de damas.

—La princesa Anna necesita unos minutos de tranquilidad. ¿Os importaría dejarle la habitación? Estaría muy agradecida.

Las mujeres asintieron apresuradamente y salieron de la habitación con sonrisas radiantes.

—Eso ha sido más fácil de lo que esperaba —Rosalind soltó una risita mientras mullía unos cuantos cojines en el sofá frente a Anna y luego se sentaba—. Supongo que nadie quiere disgustar a una princesa.

—Es una de las pocas cosas que tiene de agradable el papel —admitió Anna, pero habría renunciado gustosamente a ello por la larga lista de libertades que ganaría al no ser de la realeza.

—Entonces... ¿las cosas han salido como deseabas? —Rosalind mantuvo su tono ligero y no preguntó específicamente sobre Anna convenciendo al rey para que le diera un ejército.

—Sí, mejor de lo que temía, pero no tan bien como esperaba.

Saber que su tío había llegado primero al rey de Inglaterra había sido un golpe descorazonador. La hizo más que consciente del hecho de que los otros países que eran socios comerciales de Ruritania y aliados cercanos probablemente también habían sido abordados por los enviados de Yuri e informados de historias falsas. Alexei y ella tendrían que deshacer mucho daño político después de detener a su tío.

Dejó caer la cabeza contra la silla y suspiró. Estaba dispuesta a volver a casa, meterse en la cama junto a su marido y sentir el calor de su cuerpo tumbado a su lado. Había pasado demasiado tiempo de su vida en bailes y actos oficiales. Ahora que había saboreado la libertad con Aiden, nada le apetecía más que volver a Escocia, pero no podía descansar hasta que detuviera a su tío.

—Bueno, son buenas noticias, ¿no? —dijo Rosalind mientras se acomodaba en el sofá.

—¿Crees que podríamos preguntar a los demás si ya podemos irnos a casa?

—Creo que sí. Podemos presentar nuestras disculpas a Lady Eugenia y marcharnos discretamente. Después de todo, hemos logrado nuestro objetivo —Rosalind se levantó y se dirigió a la puerta. La abrió, pero en lugar de salir, se detuvo bruscamente y retrocedió un paso. El extraño movimiento llamó la atención de Anna.

—¿Rosalind?

La hermana de Aiden retrocedió unos pasos más cuando un hombre entró en el salón. Tenía una pistola apuntando al pecho de Rosalind, con el cañón brillando amenazadoramente a la luz de las velas. Anna no se atrevió a respirar mientras intentaba pensar qué hacer.

—Ahí estás, princesa —dijo el hombre en danés con un marcado acento. Un escalofrío la recorrió. Era ruritano. Anna se levantó lentamente, con todos los músculos del cuerpo tensos. Si veía la oportunidad, lucharía. Había recibido años de entrenamiento defensivo mientras crecía. Podía encargarse de un hombre.

—Anna, ten cuidado —exhaló Rosalind con una mezcla de miedo y rabia.

—Ven conmigo, princesa, o dispararé a esta bonita moza— esta vez sus palabras fueron en inglés, sin duda porque deseaba que Rosalind supiera que su vida corría peligro. Pero el hombre no había acertado en una cosa. Rosalind no era inglesa. Era escocesa y, como tal, tenía un temperamento escocés.

—Bonita moza, ¿eh? —gruñó Rosalind y apartó de un golpe el brazo del hombre. La pistola voló de la mano del aturdido hombre y cayó al suelo. Maldijo y golpeó a Rosalind con tal rapidez que ella chilló y se apartó de él a trompicones.

Anna aprovechó la distracción y se abalanzó sobre la pistola, pero estaba demasiado cerca de su dueño.

Él se inclinó para cogerla, y Anna cambió su estrategia de ataque en un abrir y cerrar de ojos. Levantándose las faldas, le propinó una fuerte patada en la rodilla. Él se estrelló contra la pared con un aullido de dolor, pero consiguió sujetar el arma con los dedos y apuntar a Rosalind.

—Te lo he advertido.

Anna avanzó, poniéndose delante de Rosalind y levantando las manos a la defensiva. Los ojos marrones del hombre eran fríos y vengativos. Una mueca retorció su rostro.

—Mis únicas órdenes eran llevarte *viva*.

Ella comprendió su amenaza. *Viva* no era lo mismo que ilesa.

—Desafortunadamente para ti, esa pistola no disparará.

—¿Qué...? —él bajó la mirada hacia la pistola el tiempo suficiente para que ella aprovechara su error. Anna giró y lo pateó en el bajo vientre. Aunque sus faldas le estorbaban un poco, consiguió asestarle un buen golpe. El aire salió de sus pulmones y cayó de espaldas.

—¡Rosalind, vete! ¡Busca ayuda! —empujó a Rosalind hacia la puerta, pero su amiga fue lanzada hacia atrás cuando varios hombres más llenaron la habitación, todos ellos armados. Dos de ellos sujetaron a Rosalind por los brazos. El hombre que estaba en el suelo fue ayudado a ponerse de pie por otro, quien maldijo en voz baja.

—Fain nos advirtió que ella había recibido lecciones de defensa personal. Os dije que necesitábamos más hombres —dijo a los demás el hombre al que ella había tirado al suelo.

El hombre que habló a continuación parecía ser el que estaba al mando.

—Coged a la princesa, matad a la otra —agitó su arma hacia los hombres que rodeaban a Anna.

—¡Esperad, no! —gritó Anna—. ¡Alto! —le dijo al líder de

los hombres—. Iré con vosotros de buena gana, pero solo si dejáis ilesa a mi amiga. Matadla y os juro que tendréis que matarme a mí también.

—¡No, Anna! —gritó Rosalind.

Uno de los hombres golpeó a Rosalind en la sien con la culata de su pistola, y ella se desplomó en el suelo.

—Atad a la princesa, pero aseguraos de cubrirle las manos con un manto —dijo el líder y, mientras sus hombres seguían sus órdenes, guardó su pistola—. Uno de mis hombres se quedará atrás con tu amiga. Si nos detienen por cualquier motivo antes de salir del edificio, ella morirá. ¿Lo has entendido?

Anna asintió, con los ojos clavados en los de él, pero no dijo nada.

El líder miró a uno de los hombres.

—Quédate aquí. Si oyes una alarma o te pillan aquí, córtale el cuello y escapa. Si no, sal en diez minutos y busca el camino a los muelles —luego volvió su atención a Anna, haciendo una leve reverencia—. Si nos sigue, Su Alteza.

Aiden salió de la sala privada con Ashton y Godric pisándole los talones. Habían formado un sólido plan para reunir tropas por todo Londres utilizando una red de conexiones a través del Conde de Morrey, amigo de Ashton. En la reunión con el rey George había quedado claro que él no podía comprometer públicamente a sus propias tropas, pero había un montón de hombres a los que aprobaría discretamente para emprender la lucha contra las fuerzas de Yuri, ya fuera en nombre de sus honores por defender a una princesa o porque Ashton y Godric podían pagarles una comisión. En una semana, podrían zarpar con Anna rumbo a Ruritania. Morrey les había asegurado que, si bien podían reunir muchos hombres aquí en Inglaterra, él podría reunir otros tantos al otro lado del Canal para ayudarles.

El baile seguía en pleno apogeo, y las parejas de baile seguían cubriendo gran parte de la pista.

—Malditos bailes —murmuró Godric, molesto.

Aiden podía entenderlo. Prefería bailar en el bosque con Anna en brazos y la música de los pájaros cantores en los oídos.

Emily, la esposa de Godric, se le acercó y le dio un golpe en el brazo con su abanico plegado.

—Oh calla, Godric. Sabes que te gusta bailar.

—Bailar contigo, sí —refunfuñó Godric—. Los bailes son una maldita tontería, llenos de petimetres engreídos y plagas sociales. Prefiero organizar nuestras propias reuniones solo con la gente con la que me gusta pasar el tiempo.

Los ojos de Emily brillaron de alegría.

—Con eso te refieres a tus amigos y a nadie más.

—Y a tus amigas —argumentó Godric con tacto.

Emily miró a Aiden con una fingida mirada de sufrimiento de esposa.

—Sigue siendo un encanto después de tanto tiempo juntos.

Aiden soltó una risita.

—¿Dónde está Anna? —la habría visto en el salón de baile a pesar de la aglomeración de gente. Destacaba como una estrella en un cielo oscuro.

Emily ladeó la cabeza.

—Ella y Rosalind fueron a descansar a un cuarto retirado durante unos minutos. Parecía como si necesitara sentarse después de bailar con el rey. Pero yo habría pensado que ya estarían de vuelta —sus ojos violetas se oscurecieron de preocupación—. Tal vez deberíamos ver si están bien.

De repente, el corazón de Aiden comenzó a latir rápido. Algo no estaba bien. Había revisado cada habitación de este lugar, pero en el tiempo que había pasado con el rey en esa habitación privada, era posible que la seguridad del hogar de Lady Eugenia hubiera sido burlada.

—¿Dónde?

Emily señaló el camino con su abanico.

—Iré a buscarlas.

—Iremos contigo —dijo Ashton.

Godric se colocó discretamente delante de ella en actitud protectora.

—Quédate detrás de mí, querida. Aiden parece creer que hay motivos para preocuparse.

—Oh cielos, espero que no... —Emily palideció—. Nunca pensé que pasaría nada si iban a una habitación privada de descanso para damas...

Aiden, Godric y Ashton entraron en el pasillo, y Aiden notó la falta de sirvientes presentes. No se veía ni a un hombre ni a una mujer.

—¿Dónde están los lacayos? —preguntó a Ashton—. Había al menos cuatro en este pasillo cuando llegamos hace una hora.

Los ojos de Ashton se entrecerraron.

—Tal vez han sido llamados para algún tipo de emergencia. Pero Lady Eugenia no dejaría este pasillo sin vigilancia —se apresuraron hacia la puerta al final del pasillo que Aiden sabía que era la habitación de descanso, gracias a su detallada inspección de la casa antes de la llegada de Anna esta tarde.

Aiden se acercó sigilosamente a la puerta, la cual estaba ligeramente entreabierta. Un rayo de luz procedente de las lámparas del cuarto de descanso iluminaba el oscuro pasillo. Se asomó al interior, haciendo todo lo posible por pasar desapercibido a cualquiera que pudiera estar allí dentro. Al principio pensó que estaba vacía, hasta que vislumbró una mano femenina extendida en el suelo dentro de la habitación. La diadema de diamantes y perlas de Anna estaba a pocos centímetros de la punta de sus dedos. El resto del cuerpo de la mujer desaparecía detrás de un sofá. Una ventana que daba a los jardines había sido forzada hacia arriba y las cortinas habían entrado en la habitación, enfriándola con un viento invernal.

Sin pensárselo dos veces, Aiden irrumpió en la habitación, aterrorizado de encontrar a Anna herida o incluso muerta. La mujer que yacía en el suelo no se movía. Pero el cuerpo en el suelo era su hermana, no su esposa.

—¡Rose! —Ashton empujó a Aiden y cayó de rodillas junto al cuerpo inerte de Rosalind. Le dio la vuelta y la examinó de cerca—. Está respirando —declaró Ash, con los hombros caídos por el alivio. Acunó la cabeza de Rosalind entre sus manos y le apartó el pelo enmarañado de la cara, revelando un moratón oscuro que se le estaba formando en la sien—. Alguien ha atacado a mi mujer —gruñó.

Rosalind gimió como si sintiera dolor. Ashton la levantó con cuidado en sus brazos y se sentó en el sofá. Aiden se inclinó y recogió la diadema del suelo. Sintió que el corazón se le partió en mil pedazos. Vio a Godric en la puerta, con el rostro ensombrecido por la rabia.

—¿Godric? ¿Qué pa...? —Emily apareció en la puerta y, cuando vio a Rosalind en el regazo de Ashton y luego la diadema en la mano trémula de Aiden, se detuvo y jadeó.

—Em, querida —Godric la estrechó entre sus brazos, intentando consolarla—. Todo irá bien. Nosotros... —pero no tenía palabras para mentirle.

—Se la han llevado —jadeó Emily—. Se la han llevado... —repitió, como si eso fuera a dar sentido a esta horrible locura. Se encontró con la mirada de Aiden, y él vio que la joven duquesa comprendía la pena, el miedo y la rabia que se arremolinaban en su interior, ahogándolo.

Aiden cerró los dedos alrededor de la diadema hasta que las joyas se le clavaron en la piel. Quería echar la cabeza hacia atrás y rugir de rabia y miedo. Pero contuvo esas dos peligrosas emociones, como siempre había hecho durante toda su vida.

—Ash, ¿a dónde la llevarían? —preguntó Aiden en voz baja.

Ashton levantó la mirada mientras sostenía con ternura a su esposa en sus brazos; su pensamiento usualmente claro estaba nublado por la preocupación.

—Yo... no lo sé.

Godric echó un vistazo a la habitación, mirando hacia la ventana.

—Debieron ser al menos dos hombres. Aiden y yo examinamos el jardín esta noche, y descubrí que el muro solo podía ser escalado por un solo hombre, no por alguien que llevara un cadáver. Eso significa que alguien se ha llevado a la princesa por otro camino, y éste otro hombre se quedó atrás con Rosalind y salió por la ventana para distraernos.

Las teorías de Godric estimularon la mente de Ashton. Miró hacia la ventana abierta y luego alrededor de la habitación, observando su desorden.

—Más de dos, diría yo. Hubo una pelea, dado el estado de los muebles volcados, y veo huellas de botas sucias de al menos tres tamaños diferentes en el suelo. La ventana es, en efecto, demasiado pequeña para que Anna haya pasado por ella en su vestido de corte, y no vemos ningún vestido abandonado cerca, así que no la han despojado de su ropa. Lo más probable es que salieran por una puerta lateral, una entrada de sirvientes, supongo. El que se quedó con Rosalind como rehén tal vez lo hizo para asegurarse de que Anna no diera la alarma antes de que escaparan. La llevarán al puerto más cercano para navegar de regreso a Ruritania. Es lo que yo haría si fuera ellos.

Rosalind gimió, y sus oscuras pestañas se agitaron.

—Ash... —levantó la mirada hacia el rostro pálido y ansioso de su marido.

—¿Qué ha pasado, Rose? —preguntó Ashton con una dulzura que solo reservaba para su esposa.

—Anna y yo... estábamos solas cuando llegaron los hombres. Intentamos luchar contra ellos, pero eran muchos... —ella se estremeció al intentar incorporarse en los brazos de Ashton.

Él le acarició la mejilla con las puntas de los dedos.

—¿Dijeron adónde iban?

Rosalind sacudió la cabeza y se dio cuenta de que no estaban solos. Miró a Aiden, y él vio su compasión y su profundo arrepentimiento.

—Lo siento, Aiden. No pude protegerla. Me usaron contra ella —las lágrimas rodaron por el rostro de su hermana mientras empezaba a llorar suavemente. Ashton la rodeó con un brazo, atrayéndola contra su pecho para calmarla.

Aiden apenas pudo hablarle a su hermana, diciendo:

—Tranquila, Rosalind, la encontraremos —las palabras le supieron a amargas mentiras en los labios. Su esposa había sido secuestrada y probablemente se dirigía a su tierra natal, donde su tío podría ejecutarla.

—Enviaremos hombres al puerto de inmediato y registraremos todos los barcos. No pueden llevarnos más de quince minutos de ventaja. Si ningún barco ha salido del puerto todavía, podemos cerrarlo... pero si ellos se han ido... —comenzó Ashton.

—Necesitaremos tu barco más rápido y tu mejor tripulación, e intentar averiguar si se dirigen a Calais o si tienen la intención de cruzar el Mar del Norte —dijo Aiden en voz baja, pero sus palabras fueron recibidas con un silencio tan fuerte que lo derrotó.

—Aiden. Necesitamos al menos una semana para reunir nuestras fuerzas —le advirtió Ashton—. Si los hombres que se han llevado a Anna llegan a Ruritania antes que tú, te enfrentarás a algo más que un barco; te enfrentarás a un ejército.

—Tienen a *mi mujer*. No necesito un ejército para matar a esos bastardos —si Ashton tuviera alguna idea de la rabia que corría por sus venas, entendería que Aiden mataría a cualquier hombre que se interpusiera en su camino, cien si fuera necesario.

Godric intercambió una mirada con Ashton y suspiró pesadamente.

—Bueno, será mejor que te acompañe —presionó un beso en la frente de Emily—. Em, tienes que quedarte aquí y ayudar a organizar el transporte de los hombres que Lord Morrey consiga reunir.

—No, Godric, tú forma el ejército con Morrey y síguenos. Yo iré con Aiden —intervino Ashton—. Si no logramos interceptarlos en el mar, los perseguiremos por tierra. Conozco el país. Llevaré a Aiden al Palacio de Invierno más rápido. Me llevaré a Cedric y Charles. Tú quédate con Lucien y Jonathan.

—¿No deberías llevártelos?

Ashton negó con la cabeza.

—Dos hombres más no marcarán la diferencia cuando hay un ejército de por medio. Cualquier plan que ideemos tendrá que basarse en la astucia y el engaño. Aunque supongo que solo podremos reunir información que nos ayude para cuando lleguéis.

—Muy bien —concedió Godric—. Partiré esta noche para reunirme con Morrey —Godric y Emily se marcharon apresuradamente.

—Aiden, primero debo acompañar a Rosalind a casa. Luego nos dirigiremos al puerto.

—Debería ir contigo... —comenzó Rosalind, pero Ashton sacudió la cabeza y cogió el rostro de Rosalind entre sus manos.

—Te necesito aquí, querida. Te necesito *a salvo*. Sé que me odias por pedírtelo, pero por favor...

Algo suave e íntimo cruzó entre ellos, y verlos hizo que a Aiden le doliera el corazón. Su propia esposa estaba en manos de su enemigo, y él era incapaz de ayudarla. Esto le recordaba demasiado a sus sueños, en los que intentaba alcanzar la mano de Anna a través del agua sin poder salvarla.

Salió de la sala de descanso y se quedó en el pasillo, intentando calmarse mientras una oleada de pánico le aplastaba el pecho como si una poderosa piedra hubiera caído de una montaña de las Tierras Altas. Apoyó una palma contra la pared, luchando por respirar. Aún sostenía la diadema de Anna en la otra mano. Recordó la última vez que había sostenido esta corona enjoyada. Había sido cuando se la había colocado en la cabeza y robado un largo beso antes de marcharse con los demás para una llegada temprana a casa de Lady Eugenia. Había hecho todo lo posible para evitar esto, y aun así se la habían llevado. Lo único que le quedaba de su princesa era la corona que había dejado atrás...

La voz de Brock se abrió paso entre el estruendo de sus pensamientos erráticos y aterrorizados.

—¿Aiden?

Sus hermanos estaban de pie a unos metros de distancia, con las brillantes luces del salón de baile iluminando sus rostros preocupados.

—Es Anna —carraspeó—. Se la han llevado.

Brock y Brodie corrieron hacia él, estabilizándolo mientras avanzaba a trompicones. Nunca había sentido una desesperación como ésta, ni siquiera cuando había perdido a su madre.

—¿Cuándo saldrás a buscarla? —preguntó Brodie.

—Esta noche, con Ashton y sus amigos.

—Entonces iremos con vosotros —dijeron al mismo tiempo.

—Puede que no volvamos —les advirtió. Tenían esposas a su cargo, y no podía pedirles que tomaran esta decisión a la ligera. No los culparía si decidían quedarse.

—Sí, lo sabemos, pero somos tus hermanos, muchacho —dijo Brock—. Nunca dejaríamos que te enfrentaras a esto solo... *nunca* —repitió en voz más baja. La sangre que Aiden compartía con sus hermanos siempre los había mantenido unidos, pero ahora, más que nunca, sentía cuán fuerte era realmente su parentesco con ellos.

—Además —añadió Brodie—, somos difíciles de matar. Si mi padre no pudo, dudo que alguien más pueda —los ojos de Brodie brillaron ante la perspectiva de la batalla.

—No te preocupes, muchacho. Salvaremos a tu bonita novia —prometió Brock.

Aiden cerró los ojos mientras las palabras de la mujer romaní resonaban en su mente.

"Morirás por ella..."

Seguramente lo haría. Pero moriría con gusto para salvar a Anna, porque vivir en un mundo sin ella no era vida en absoluto.

Anna se despertó con un sabor amargo en la boca y el sonido del agua golpeando la madera. Parpadeó y sus ojos se adaptaron a la oscuridad. Estaba tumbada en un catre diminuto con laterales altos, lo que le advirtió de que estaba en un barco. Lo último que recordaba era que la habían metido en un carruaje, y solo entonces sí intentó luchar contra ellos, cuando pensó que no pondría en peligro la vida de Rosalind. Pero algo la había golpeado con fuerza en la cabeza y se había desmayado.

Tenía las muñecas y los tobillos atados con una cuerda, y su vestido de noche rojo y crema estaba arrugado y abultado debajo de ella, indicando que la habían dejado caer sin bruscamente en la cama. Le dolía la cabeza por el golpe en el carruaje. Anna luchó por incorporarse, pero cuando consiguió enderezarse, la pequeña y sucia habitación giró a su alrededor. Cerró los ojos, escuchando el chapoteo del agua contra el casco, sintiendo el movimiento oscilante. Eso no la ayudó con sus náuseas. Ya estaban en el mar. ¿Cuánto tiempo llevaba inconsciente?

Las puertas del camarote se abrieron y un hombre levantó una linterna para mirarla. Se preguntó si lo había hecho con frecuencia para ver en qué momento despertaría.

—Despierta al fin, princesa —dijo el hombre con una risita oscura.

Anna lo miró fijamente. Estaba segura de haberlo visto antes. Podría haber sido uno de los antiguos guardias de palacio de su padre.

—¿Nos dirigimos a Ruritania? —su voz era áspera y su boca se sentía seca.

—Sí. Tu tío está ansioso por verte de regreso sana y salva.

Anna sabía que la estaba provocando, así que ignoró el comentario.

—¿Sería posible que me quitaran las ataduras? Necesito usar el orinal —señaló con la cabeza el orinal que había en un rincón del camarote, frente a la cama.

El hombre pareció considerar detenidamente su petición.

—Si me levantas la mano, te ataré a la cama y harás tus necesidades allí acostada —advirtió—. No hay escapatoria. Estamos a horas de Inglaterra y te ahogarías en el mar si intentaras saltar por la borda.

Anna sabía que tenía razón, y no era tonta. Dejaría que la regresaran a Ruritania y esperaría el momento oportuno para huir o atacar, lo que tuviera más probabilidades de liberarla. El hombre dejó la linterna junto a la puerta y avanzó hacia ella con una pequeña daga en una mano. Se arrodilló junto a la cama y cortó las cuerdas de sus tobillos y muñecas.

—Gracias —dijo ella. Si le sorprendieron sus palabras, él no dio ninguna señal.

—Me acuerdo de ti, princesa —dijo en voz baja, con un tono peligroso—. Demasiado hermosa e intocable para alguien como yo —le cogió un mechón de pelo y se lo enroscó en un dedo mientras su sonrisa se volvía depredadora en la oscuridad—. Pero ahora no estás protegida. Recuérdalo — luego la dejó sola en la habitación.

Temblaba de tanta rabia que sus primeros pasos hacia el orinal fueron inestables. Se arrodilló ante el orinal y vomitó con fuerza dentro de él. No había nada que pudiera impedir que estos hombres le hicieran daño, y luchar contra ellos no le serviría de nada, no hasta que estuviera en tierra.

Se limpió la boca con el dorso de la mano y permaneció un largo rato sentada en el suelo, escuchando las olas. Cada caricia del agua sobre el casco sonaba como el suave tono de Aiden cuando hablaba con sus animales. La calmó más de lo que esperaba, haciendo que lo echara de menos con una desesperación que se sentía como un dolor físico en el pecho.

Piensa en tu huida, no en tu marido...

Si el viento estaba a favor del barco, podrían llegar a las costas de Ruritania en menos de dos semanas. Si el viento soplaba en contra, tardarían un mes, como la primera vez que había navegado hacia Inglaterra cuando su barco había quedado atrapado en aquella tormenta. Todo lo que tenía que hacer era mantenerse con vida hasta entonces. Los hombres del barco sabían que no debían matarla intencionadamente, pero si abusaban de ella, podría morir. Tendría que encontrar la forma de mantenerlos a raya.

15

El viento resultó favorable para los hombres de Yuri. El barco los llevó a Ruritania en solo dos semanas. Pero los días que Anna pasó en el barco estuvieron cargados del miedo constante a ser torturada o violada.

Gustav, el hombre que, según había averiguado, era el líder de los hombres encargados de su secuestro, apenas controlaba a los demás hombres del barco. Era algo espantoso de presenciar. Anna reconoció a muchos de esos hombres, algunos de los cuales habían servido como guardias desde que era una niña. Una vez había confiado su vida a ellos, y ahora temía por ella.

La desafortunada verdad era que el capitán Fain era la razón por la que los hombres se mantenían a raya. Poco después de su llegada al barco, Anna había oído los rumores de los soldados sobre la brutalidad del hombre mientras hablaban entre ellos durante la cena o jugando a las cartas, y eso la dejó helada y temblorosa por las noches. Incluso tan lejos como estaban de Fain, en el mar, los hombres temían cualquier consecuencia de lastimarla, simplemente por la ira que Fain haría caer sobre ellos. Había asumido que se estaba preparando una ejecución pública para ella, pero parecía que su tío tenía otros planes. Esa era la razón por la que no había sufrido ningún daño a bordo del barco. Gustav había advertido a los otros soldados que el capitán de Fain no querría que mancillaran a su nueva esposa.

Había obtenido más información de la prevista durante las pocas veces que se le había permitido salir de su camarote para pasear por cubierta o vaciar su orinal. Había oído a los hombres hablar de cómo su tío la había prometido como novia a Fain, quien había sido el antiguo capitán de la guardia de su padre, y era una de las razones por las que éste se había unido a la causa de su tío y había aceptado traicionar y asesinar a sus padres. Fain había sido quien los había matado, pero mientras él había empuñado la espada, su tío había ejercido poder sobre Fain.

Durante todo el viaje a Ruritania, los soldados la miraron como si estuviera recibiendo exactamente lo que se merecía, y juraba no saber por qué se sentían agraviados por su familia. ¿Con qué palabras los había envenenado Yuri? ¿Los había convencido de que todos sus problemas, fueran cuales fueran, eran culpa de la monarquía? ¿Que solo Yuri podía arreglarlo todo?

Recordaba haber oído a Yuri despotricar contra su padre, su hermanastro, sobre llevar a Ruritania a una gloria que solo existía en las fábulas de hombres sedientos de poder, y había llamado débil al rey Alfred cuando se negó a escuchar los sueños de conquista de Yuri. En retrospectiva, no era difícil ver el peligro que ese hombre había supuesto. Pero en aquel momento ella lo había considerado tonto y alucinado, incluso divertido de un modo trastornado. Igual que su padre.

Si tan solo ellos lo hubieran sabido...

Se preguntó cuánto habría cambiado su tierra natal, a pesar de que habían pasado menos de dos meses desde que Yuri había asesinado a su familia.

Cuando el barco atracó por fin y los marineros se apresuraron a lanzar cuerdas a los hombres que estaban en las pasarelas, Anna se quedó de pie en cubierta, observando la escena en silencio. Llevaba un sencillo vestido de algodón azul oscuro que le habían proporcionado la semana anterior.

Uno de sus secuestradores había guardado algunos vestidos para el resto de su viaje. El precioso vestido de corte que había diseñado la modista de Rosalind ya no tenía salvación, y Anna no quería volver a recordar aquella noche. Había doblado el vestido y metido debajo de la cama, fuera de la vista.

Anna enroscó los dedos alrededor de la barandilla de cubierta. Una cuerda le ataba las muñecas delante de ella. Fue uno de los requisitos de Gustav cuando le permitieron subir a cubierta. Por suerte, ninguno de ellos creía que supiera nadar. Anna podía, incluso con las manos atadas delante de ella. Pero, por desgracia, no veía ninguna ventaja en zambullirse en el mar, incluso ahora que el barco estaba atracado en el puerto. Había demasiados hombres vigilando todos sus movimientos como para pasar desapercibida.

Estaban en el mismo puerto del que ella había huido hacía casi dos meses, pero el mundo había cambiado drásticamente. El puerto, antes lleno de vida, era ahora una cáscara de lo que había sido. Los muelles estaban casi vacíos. Solo un puñado de barcos pesqueros atracaban aquí. En un momento dado, vio a un niño asomarse a la ventana de una de las residencias del pueblo portuario, pero la madre se acercó y cerró la persiana casi con la misma rapidez.

Esto era lo que la guerra le había costado a su hogar. Sus ojos ardían por las lágrimas, pero las contuvo. No podía mostrar ninguna debilidad ahora.

Una rampa de desembarco fue bajada entre el barco y el muelle para que los marineros pudieran descargar las provisiones. Gustav se acercó a ella, con el ceño fruncido. Se había cambiado la ropa para mezclarse con la multitud inglesa, y ahora vestía un uniforme rojo y negro. Los uniformes de su familia habían sido blancos, dorados y azules. Su tío debió haber elegido el rojo y el negro para sus nuevos guardias. A Anna se le revolvió el estómago al recordar que su tío gobernaba ahora su país.

—Hora de irse, *princesa* —escupió la palabra como si fuera una maldición.

Ella lo siguió, silenciosa como un cordero llevado al matadero, pero detrás de su actitud complaciente, estaba pensando en todos los escenarios posibles. Una cosa que había aprendido cuando los hombres la creyeron dormida era que había sido capturada no solo para mantener intacta la lealtad de Fain, sino porque su tío creía que así atraería a Alexei de su escondite. Anna sabía con terrible certeza que la noticia de su captura atraería a su hermano. Tenía que escapar, o de lo contrario su gemelo y su país caerían para siempre en manos de su enemigo.

Anna siguió a Gustav, y sus hombres la flanqueaban mientras abandonaban el barco y caminaban hacia el grupo de edificios que formaban la pequeña ciudad portuaria. Había caballos esperándolos, y Gustav empujó bruscamente a Anna a los brazos de un mozo de cuadra que la ayudó a subir a la silla. Se sorprendió de su buena suerte. Tenía más posibilidades de escapar a caballo que si la hubieran vuelto a meter en un carruaje.

—Lo siento, Su Alteza —susurró el mozo a modo de disculpa y bajó la cabeza mientras le ajustaba los estribos a los pies.

—Átale las manos al borrén delantero —le dijo Gustav al mozo. El pobre hombre la miró con la cara roja antes de cumplir las órdenes de su captor. Anna juntó las muñecas, pero se esforzó por mantenerlas un poco separadas para poder moverse. Si trabajaba en ello, más tarde podría liberar las manos de la cuerda.

El mozo vaciló solo un segundo cuando se dio cuenta de su intento de mantener las ataduras sueltas, pero no hizo ninguna mención a Gustav. Un destello de esperanza se agitó en su pecho. Su pueblo se estaba resistiendo al gobierno de su tío, aunque solo fuera en pequeñas maneras. Gustav hizo una señal a sus hombres para que cabalgaran. Anna no tuvo más remedio que seguirlos cuando la rodearon.

Cabalgaron hacia el Bosque Oscuro, y Anna pronto tuvo la inquietante sensación de ser observada. Decían que el bosque contenía magia antigua, pero era una magia que ella respetaba y no deseaba desafiar. Este era el bosque de sus sueños, el lugar del que siempre intentaba escapar, el lugar en el que Aiden acudió a ella e intentó rescatarla a través del pozo de los deseos encantado.

Los soldados se inquietaron a medida que se adentraban en el bosque, y guardaron silencio. Estaban tan concentrados en lo que pudiera aparecer en el camino que apenas le prestaron atención a Anna, permitiéndole trabajar en sus cuerdas en secreto.

En algún lugar graznó un cuervo y varios hombres saltaron, sobresaltando a sus caballos. Anna vio su oportunidad, se liberó del grupo de hombres y golpeó los tacones de sus botas contra los flancos de su caballo. La bestia galopó enloquecida hacia el bosque, alejándose de los soldados. Se inclinó sobre el cuello del caballo, aferrándose con todas sus fuerzas.

El repentino chasquido de una pistola y un dolor punzante en el brazo derecho le arrancaron un grito que casi la cegó. Luchó por mantenerse firme sobre el caballo, que huía aún más rápido de los soldados, como si percibiera la amenaza que representaban. Un segundo disparo resonó en el bosque, y el chillido de los cuervos alzando el vuelo se mezcló con los alaridos de su caballo. La bestia se dobló hacia delante y las manos de Anna se liberaron por el movimiento brusco.

Un instante después, salió despedida del caballo y cayó de espaldas, sin aire en los pulmones. Intentó respirar mientras miraba las copas oscuras de los árboles sobre su cabeza. El grito de su caballo fue silenciado por el sonido de un tercer disparo. Las lágrimas le nublaron la vista, tanto por el dolor que sentía en el cuerpo como por haber perdido un caballo inocente a manos de semejante maldad. Habían matado a ese hermoso caballo, lo habían matado porque ella había intentado escapar.

El suelo tembló cuando los caballos de los soldados avanzaron hacia ella y la rodearon. Se sujetaba el brazo, el dolor de la herida era tan feroz que le costaba respirar y aún más pensar.

—Mejor una novia herida que ninguna novia —dijo Gustav—. Lástima que hayas caído de cabeza de esa manera, pero estoy seguro de que estarás bien cuando lleguemos al castillo —sus labios se torcieron en una oscura mueca.

Él hizo un gesto con la cabeza a uno de sus hombres cuando ella dijo:

—Pero no me he golpeado... —justo cuando un golpe le alcanzó la nuca y se desmayó.

ANNA SE AGITÓ EN SUEÑOS Y BUSCÓ A AIDEN. EL DOLOR LE subía por el brazo y le atravesaba la cabeza, haciéndola gemir. Abrió los ojos y miró a su alrededor, confundida.

No estaba en el castillo Kincade. Estaba tumbada en una cama que reconocía, pero no era la cama en la que debería estar. Era su cama en... el Palacio de Invierno. La fortaleza de Yuri.

Anna intentó incorporarse y sintió un dolor punzante en

la parte superior del brazo. Apartó las sábanas y vio que tenía el brazo muy vendado.

Recordó su carrera por el Bosque Oscuro. Gustav o uno de sus hombres le había disparado y, cuando eso no había conseguido detenerla, él le había disparado a su caballo. Una oleada de náuseas se apoderó de su estómago mientras luchaba por levantarse. El instinto de escapar la dominaba tanto que, por un momento, no pudo pensar racionalmente. La alcoba estaba vacía, pero la luz del sol se colaba por las cortinas de brocado azul y dorado que cubrían parcialmente la ventana.

Sus pies descalzos tocaron la fría losa cuando se puso de pie. Solo llevaba un camisón. Se le revolvió el estómago al pensar en quién podría haberle cambiado el vestido. En el borde de la cama había una bata. Se apresuró a pasar los brazos por las mangas y se la ciñó alrededor del cuerpo, contenta por el calor extra y la ocultación. Se apoyó en la pared para deslizarse hasta la puerta del dormitorio.

No estaba segura de lo que encontraría al otro lado. Un guardia probablemente. El picaporte giró bajo su palma y respiró aliviada por no estar encerrada. Pero cuando abrió la puerta, *dos* guardias le bloquearon el paso, uno a cada lado.

Los hombres se volvieron hacia ella, pero Anna no se atrevió a mostrar miedo. Si había algo que había aprendido de Aiden sobre los animales que podía aplicarse a esta situación, era que nunca había que mostrar miedo a un depredador.

—Dile a Yuri que la princesa está despierta —le dijo un guardia al otro. El subordinado se puso firme, dio media vuelta y se marchó, dejando a Anna a solas con el guardia restante.

—¿Cuánto tiempo llevo aquí? —dijo en su tono más autoritario.

El soldado reaccionó ante la autoridad natural de su voz.

—Un día. Han traído a un médico para que te revise el brazo y la cabeza.

Ella había perdido un día entero...

—Que un criado me traiga comida y agua.

El guardia resopló.

—Ya no das órdenes, princesa.

—Te equivocas. Según tengo entendido, voy a ser la esposa del capitán Fain, vuestro comandante. Si matas de hambre a su futura esposa, probablemente te ganes un desagradable castigo —engañó Anna.

Los ojos del hombre se entrecerraron al considerar su amenaza.

—Podrás comer después de que tu tío hable contigo.

—Entonces llévame con él —espetó.

—Difícilmente estás vestida para una audiencia —le respondió con desprecio, con una mirada demasiado descarada para su gusto.

Anna lo miró fijamente, actuando como si no le importara llevar un camisón y una bata como única armadura.

—Llévame con él, *ahora*. O te arrepentirás de haberme desobedecido.

—No hay necesidad de eso —una voz llegó desde el fondo del pasillo. El segundo guardia regresó con su tío Yuri y el capitán Fain.

Su tío hizo un gesto con la mano al guardia y éste retrocedió. Como no tenía adónde ir, Anna se retiró a su dormitorio. Su tío la cogió del brazo ileso y la arrastró más hacia el interior de la habitación. La rabia estalló en su interior y se soltó de un tirón, tropezando un poco y sujetando uno de los postes de la cama para sostenerse. Encaró a los dos hombres responsables de la pérdida de sus padres, su hogar y su país, aferrada a un poste de la cama con el cuerpo débil por el dolor, el cansancio y el miedo.

—Yuri —dijo con fría furia.

—Mi querida sobrina, has sido de lo *más* problemática —su tono estaba lleno de aburrimiento.

El capitán Fain la observaba con una mirada que le erizó la piel. Lo reconoció como uno de los capitanes de la guardia real de su padre, pero había tenido muy poco contacto con él hasta ahora. Le daba escalofríos pensar que la había estado observando todo este tiempo, codiciándola como un dragón codiciaba el oro.

Anna se centró en su tío.

—¿Cuáles son tus intenciones hacia mí?

Yuri era un hombre alto, como su padre, pero compartía muy poco con su hermanastro. Era rubio, con un toque plateado en las sienes, y tenía unos fríos ojos grises. Estaba en forma, y ella sabía que era bueno con la espada, el arco y la pistola. En otro tiempo le había parecido un estúpido, pero era peligroso, *siempre* lo había sido. Solo ahora ella se daba cuenta de hasta qué punto.

Mi familia estaba muy ciega, pensó con silenciosa desesperación. Recordó las últimas palabras de Alexei. *"Los demonios estaban dentro de los muros"*. Su padre había estado demasiado conmovido por la compasión de la sangre compartida para ver la víbora en la hierba.

—Serás enviada para ejecución mañana al amanecer. Eso, por supuesto, atraerá a Alexei. Una vez que yo lo tenga, se te concederá el indulto y te casarás con mi capitán de la guardia —Yuri señaló a Fain, quien la miraba con frialdad, casi como un reptil.

Él tenía un plan muy sencillo, pero éste destruiría lo que quedaba de su país con una muerte y un matrimonio. Anna pensó en mil escenarios, pero fingir obediencia era la única forma de ganar. Pero no le creerían a menos que pareciera que la habían convencido de sus posiciones.

—¿Esperas que coopere cuando me dices a la cara que pretendes matar a mi hermano?

—No tienes exactamente elección, Anna —dijo su tío—. Tu hermano está muerto, ya sea mañana en una ejecución o dentro de un mes, cazado y fusilado en los bosques. Pero cuanto más tiempo permanezca libre, más daño hará a Ruritania y a su pueblo. Más gente morirá luchando por una causa sin esperanza. Muchos ya han sufrido en esta lucha inútil. Si de verdad te importa la gente de este país, lo mejor sería que me permitieras hacer lo que se debe hacer y poner fin a este conflicto para que esta nación pueda sanar.

Deseó abofetearlo, diciendo tales palabras como si él no fuera la causa de todo el sufrimiento que proclamaba querer acabar.

Bajó la mirada a sus pies, como si aceptara dócilmente. No podía respaldar sus palabras, porque el hombre no lo creería, pero tampoco podía oponerse a él. Él tenía que ver que la lucha había desaparecido en ella. Cuanto más los convenciera de que no era una amenaza, más permisivos serían con ella. Pero esa permisividad tardaría en construirse, y Anna solo tenía un día para encontrar la forma de evitar la captura de su hermano.

—¿Lo ves? Ahora lo entiende. No tiene sentido resistirse a lo que debe suceder. Ocúpate de sus necesidades —le dijo Yuri al capitán antes de dejarlos a solas.

Estar a solas con Fain le brindó a Anna una nueva oportunidad; comprobar en qué situación se encontraba con él y con qué podía salirse con la suya.

—Si voy a casarme contigo mañana, será mejor que tengas hecho un vestido apropiado. No me convertiré en novia con harapos, ni lo haré con el estómago vacío.

El capitán de la guardia se acercó a ella y le apartó un mechón de pelo de la cara. Anna necesitó toda su fuerza de voluntad para no estremecerse.

—Cuando estemos casados, no me darás esas órdenes. Harás lo que yo te diga, y solo entonces serás bien tratada.

Recuerda, *Anna* —dijo, acariciando su nombre—, podría haber reclamado a cualquier mujer del mundo cuando tu tío me pidió lealtad, y te elegí a ti.

Fain se marchó y cerró la puerta de su habitación. Ana se quedó mirando la puerta unos momentos y luego se acercó sigilosamente a la ventana de su habitación, que daba al patio de abajo. Corrió las cortinas y vio el andamio donde la esperaba una guillotina. Viniera lo que viniera, solo tenía un pensamiento que le daba un poco de paz. Aiden no estaba aquí para morir. Sus visiones de los estanques de hadas no se harían realidad.

Alexei y William se escabulleron de su campamento oculto unas horas antes del amanecer y cabalgaron hacia el sur, hacia el Palacio de Invierno. La noche anterior le había llegado la noticia de que su hermana era prisionera de Yuri y que iba a ser ejecutada al amanecer, junto con las condiciones que le perdonarían la vida.

Él y William casi habían llegado a los golpes esa noche, pero al final, Alexei supo lo que tenía que hacer. Debía rendirse a Yuri. William le hizo ver que eso era inútil, que había muchas posibilidades de que Anna fuera ejecutada junto a él, pero que tenía que correr el riesgo de salvarla.

A su llegada al palacio, cientos de aldeanos y lugareños procedentes de varios kilómetros a la redonda inundaban el camino que conducía al palacio y al patio. Habían venido a ver la ejecución de Anna, pero ni una sola cara mostraba alegría por el hecho. Parecían abatidos, con rostros demacrados marcados por la miseria. Tal vez habían venido esperando un milagro, igual que él.

Alexei mantuvo la capucha de su capa cubriéndole el rostro mientras desmontaba, y William lo seguía. Se abrieron paso entre la multitud y entraron por las puertas de la fortaleza.

Cuando llegaron al patio interior, vieron cómo sacaban a Anna del castillo con las manos atadas a la espalda. En la plataforma de madera que se había erigido en medio del patio había una guillotina. El silencio se apoderó de los aldeanos al ver a la princesa, llevando un sencillo vestido, con las manos atadas a la espalda y su largo cabello suelto sobre los hombros.

Ver a su querida gemela enfrentarse a la muerte fue un puñetazo en el estómago de Alexei. Era una trampa para él, pero ¿qué podía hacer? O ella moría o él se rendía y rezaba para que su tío la perdonara. Al fin y al cabo, ella no le servía de nada a Yuri; no veía ningún valor en ella y, mientras no concibiera un hijo, ella no tendría forma de arrebatarle el trono a un usurpador.

Alexei le lanzó una mirada a William. Su amigo sacudió sutilmente la cabeza, intentando disuadirlo, pero Alexei estaba decidido. Anna no pagaría con su vida por la de él.

Una mano lo cogió del brazo, deteniéndolo cuando Alexei intentó avanzar. William tenía los ojos oscuros de tristeza.

—Sin ti, Ruritania está perdida.

Alexei sonrió con tristeza.

—Sin mi hermana, *estoy* perdido —nunca pudo explicarle a nadie lo profundamente unido que estaba a Anna. Era una conexión forjada en el vientre de su madre. Nunca podría romperse—. Adiós, Will.

Los ojos de William brillaban con fuerza. Parpadeó y su mano se alejó del brazo de Alexei.

Un hombre con una capucha negra de verdugo se dirigió hacia Anna, quien estaba arrodillada en la plataforma, y le forzó el cuello contra la guillotina. El bruto de la capucha negra ajustó la empuñadura de su hacha y luego la levantó.

—¡Alto! —bramó Alexei. Su voz recorrió el patio. Todos se volvieron para mirarlo. El verdugo, con la espada en alto, miró entre Alexei y Yuri, quien lo observaba desde un balcón cercano—. ¡Me rindo!

—Mi querido sobrino —la voz de Yuri se elevó por encima de los jadeos que llenaban el patio—. Entra y discutiremos los términos de tu rendición —Yuri hizo entonces una seña al verdugo, quien bajó su arma y tiró de Anna para ponerla en pie.

Alexei sintió los ojos de su pueblo clavados en él mientras se separaban para dejarlo pasar. Manos le tocaban los hombros y los brazos, y los silenciosos susurros de *"Larga vida al rey..."* le daban fuerzas para seguir adelante. Su pueblo aún creía en él y, sin embargo, se estaba entregando al hombre que les había hecho daño y que seguiría haciéndolo. Había fallado a su pueblo. Solo podía rezar para que William y los demás guardias siguieran luchando después de su muerte.

Llegó a la plataforma justo cuando Anna era conducida escaleras abajo, y cayeron uno al lado del otro. Ella lo miró y él la miró. Esa forma silenciosa de comunicarse solo con la mirada pasó entre ellos. Anna había sabido que él vendría a buscarla, y Alexei sabía que ella había esperado que él no lo hiciera. Pero nada de eso importaba ahora. Lo hecho, hecho estaba. Al menos estarían juntos un poco más antes de que... todo acabara.

Yuri los esperaba dentro del castillo con una sonrisa tan fría como el invierno.

—Por fin os tengo a los dos. Llevad al príncipe a las mazmorras —dijo Yuri a los guardias que venían detrás. Alexei no se resistió cuando lo sujetaron.

—¿Perdonarás a mi hermana? —preguntó a su tío.

Yuri miró a Anna.

—Se ha librado de la ejecución. Ahora tiene otras obligaciones que cumplir.

—¿Qué obligaciones? —gruñó Alexei.

Yuri se rio, claramente encantado con este giro de los acontecimientos.

—Se casará con el capitán de mis guardias, el mismo hombre que degolló a vuestros queridos padres. Y él hará lo mismo con ella si no demuestra ser una novia complaciente — su tío metió una mano en el pelo de Anna, echándole la cabeza hacia atrás para dejarle la garganta al descubierto—. Un cuello tan bonito... Imagino que hará lo que sea para conservarlo —Yuri soltó a Anna y se marchó riendo. Había una nota de locura en el sonido.

—¡Anna! —gritó Alexei, pero el guardia que la sujetaba la arrastró hasta la escalera que conducía a las habitaciones superiores mientras él era conducido a las mazmorras.

Una vez allí, fue empujado hacia una celda. Los tres guardias que lo habían llevado a las mazmorras sonreían sombríamente mientras avanzaban hacia él. Sabiendo lo que le esperaba, levantó los puños. El primer hombre que se abalanzó sobre Alexei impactó un puño contra su barbilla y retrocedió a trompicones, pero los otros dos se precipitaron sobre él. Alexei clavó la rodilla en el estómago de uno de ellos, pero el otro lo cogió por detrás y lo estranguló. Alexei dio una patada, pero la falta de aire hizo que su visión se estrechara mientras los otros dos hombres avanzaban hacia él. Cuando terminaron, minutos más tarde, Alexei aún era capaz de mantenerse en pie por pura voluntad, pero se apoyó contra la pared de su celda y escupió sangre en el heno que había a sus pies. Le dolían las costillas y supuso que tenía algunas magulladas, pero esperaba no tener ninguna rota. Le dolía respirar, pero no era imposible.

Los guardias cerraron la puerta de golpe y la aseguraron. Alexei esperó a que se marcharan para hundirse en el suelo cubierto de paja. Cada parte de él le dolía horrores, y aun así intentó ignorarlo y concentrarse en su hermana y en encontrar una manera de ayudarla antes... antes de que su tío consiguiera lo que quería.

Una parte de Alexei había imaginado que se presentaría alguna gran oportunidad de escape para él y su hermana, pero había sido el sueño de un tonto. La última de sus esperanzas murió en la oscuridad de esa celda. William tenía razón. Ruritania estaba perdida.

16

Aiden colocó una mano en la empuñadura del cuchillo que llevaba en el cinturón mientras se acomodaba en el lomo de su caballo. El Bosque Oscuro estaba inquietantemente silencioso. Detrás de él venía un séquito de sus compañeros, Ashton, Brock, Brodie, Charles y Cedric, junto con un puñado de hombres reclutados la noche del baile de Lady Eugenia que pudieron abandonar Inglaterra de inmediato.

Habían pasado dos semanas desde el secuestro de su esposa, pero él sentía como si hubiera envejecido mil años. El *Lady Fair*, el barco más rápido de Ashton, había surcado el horizonte, buscando un atisbo del navío que se había llevado a Anna. Aiden y sus acompañantes esperaban poder abordar el barco antes de que ella llegara a puerto.

Una vez, antes de una tormenta, creyeron avistar el otro barco, pero entonces el viento se levantó y el cielo se oscureció y tuvieron que izar las velas para resistir la tormenta. Una vez que el cielo se despejó, desapareció cualquier señal del otro navío.

Llegaron a la costa de Ruritania y navegaron por la orilla

de noche, cuando solo un rayo de luna adornaba el cielo. Había sido demasiado peligroso atracar en cualquier puerto bajo el control de Yuri. Una vez en tierra, se encontraron con una aldea de granjeros y, gracias al danés fluido de Ashton, consiguieron procurarse caballos con las provisiones que habían traído consigo del barco. Una vez preparados, ensillaron y cabalgaron directamente hacia el bosque.

Aiden estudió los árboles circundantes. Muchos estaban torcidos, con la corteza casi negra y raíces traicioneras que parecían arrastrarse por los senderos, haciendo tropezar a cualquiera que se moviera sin cuidado. Éstos eran los bosques con los que él y Anna habían soñado desde que eran niños. Eran inmensos y estaban llenos de peligro y muerte. Aiden se puso al frente, pero un caballo pronto se adelantó para caminar a su lado. Aiden vio la cara de Ashton en la penumbra.

—Tenemos dos horas de cabalgata antes de llegar al Palacio de Invierno —dijo Ashton. Hablaba en voz baja, como si los propios árboles estuvieran escuchando.

—¿Y después? —preguntó Aiden.

—La única manera de entrar es a través de las puertas principales. Si están abiertas, debemos entrar de forma que pasemos desapercibidos para los guardias.

Aiden consideró esto mientras ajustaba su agarre sobre las riendas de su caballo.

—Deberíamos encontrar algunos guardias patrullando y coger sus uniformes si creemos que no los echarán de menos. No será fácil engañar a nadie, pero eso podría hacernos entrar —hizo una pausa y se aclaró la garganta—. Es probable que sea una misión inútil. Yo debería seguir solo.

Ashton suspiró pesadamente.

—Aiden, todos somos tontos cuando se trata de amor, y doblemente cuando hacemos declaraciones tan descaradas.

Ninguno de nosotros te dejará ir solo. *Nunca* has estado solo en esto.

En otro tiempo, Aiden habría negado esas palabras e insistido en que había estado solo demasiadas veces. Sus ojos habían sido abiertos durante su viaje al comprender que los hombres que lo habían seguido hasta las puertas del infierno lo habían hecho por lealtad y amor a él y a su familia.

—Gracias, Ashton. Has sido un hermano para mí.

—No te pongas sentimental conmigo ahora, escocés. Te necesito en tu momento más sanguinario.

Aiden sonrió, pero era más una mueca.

—Oh, sí, estoy muy sediento de sangre —en las últimas dos semanas, había pensado en muy poco aparte de lo que le haría al tío de Anna si tuviera la oportunidad.

Cabalgaron a través del bosque y se adentraron en las tierras de cultivo del sur. Al llegar a la aldea que colindaba con la fortaleza, dejaron que sus caballos se separaran lentamente para que no pareciera que habían cabalgado juntos. Aiden buscó guardias entre los aldeanos. Había un par de hombres con uniforme rojo que caminaban hacia una taberna. *Perfecto.* Aiden llamó la atención de Charles, y los dos desmontaron, ataron sus caballos y siguieron a los hombres al interior. Ashton y los demás pasaron junto a ellos a caballo y desmontaron más adelante.

Cuando Aiden y Charles entraron en la taberna, la encontraron vacía, excepto por el tabernero y el par de guardias que habían seguido. Los guardias parecían estar acosando al hombre para conseguir bebidas gratis.

Como gran parte de la discusión se desarrollaba en danés, Aiden siguió parte de ella gracias a las clases de danés que Anna le había estado dando antes de que se marcharan a Londres. Se acercó a los dos hombres y Charles se colocó al otro lado.

—¿Te están molestando? —preguntó Aiden al tabernero en danés.

—N-no... —los ojos del hombre se abrieron de par en par y retrocedió. El tabernero sabía que se avecinaban problemas y no quería ser parte de ellos.

—¿Quién eres? —uno de los guardias se giró para enfrentarse a Aiden, pero no tuvo oportunidad de desenvainar la espada. El puño de Aiden aterrizó, y el guardia cayó como una piedra. Su compañero estaba a punto de pedir ayuda, pero Charles golpeó la cabeza del hombre contra la barra y éste se desplomó en el suelo.

El tabernero miró horrorizado a Aiden y Charles, poniendo tanta distancia como pudo entre ellos y él. Charles se llevó un dedo a los labios mientras se encontraba con los ojos del hombre y le guiñaba un ojo.

—Aiden, pregúntale a este tipo si tiene alguna cuerda buena y resistente para que la usemos —Charles echó un vistazo a la pequeña taberna.

Aiden preguntó al hombre y éste asintió con la cabeza, tragando saliva mientras se dirigía apresuradamente a un armario de almacenamiento situado cerca del fondo de la taberna. Le entregó a Aiden un rollo de cuerda.

Aiden le dio las gracias, y luego él y Charles arrastraron los cuerpos de los guardias por la puerta del fondo de la taberna hasta el callejón, donde les quitaron los uniformes y los ataron con una cuerda y los amordazaron. Por el aspecto del estrecho callejón, Aiden supuso que poca gente pasaba por allí, así que transcurriría un tiempo antes de que descubrieran a esos hombres. Levantó los abrigos militares rojos de los guardias y entregó uno a Charles.

—Este bastardo es demasiado pequeño —se quejó Charles cuando se probó la primera capa—. Cámbiamela —Aiden le lanzó la que estaba a punto de ponerse. Charles no era tan alto, pero sus hombros eran más anchos que los de Aiden.

Una vez vestidos, volvieron a la taberna, para consternación del pobre tabernero. Luego salieron de regreso a la calle. Ashton y Cedric habían conseguido uniformes de guardia militar similares. Aiden no vio ninguna señal de los hombres contratados que habían venido con ellos. Supuso que Ashton les había dado órdenes y que su plan, tal como era, estaba en marcha.

Aiden se dirigió directamente al castillo, y él y Charles pudieron atravesarlo con solo una breve inclinación de cabeza ante los guardias de la entrada. Parecía que Yuri había reclutado hombres más descuidados en materia de seguridad que los guardias que probablemente habían acompañado al hermano de Anna durante la pelea inicial en el Palacio de Verano. Entonces, era posible que las fuerzas de Yuri fueran escasas y que hubiera enviado a sus soldados más entrenados al campo para contener cualquier rebelión mientras reclutaba a hombres locales para montar guardia en lugares donde era menos probable un ataque de las fuerzas rebeldes.

El patio estaba vacío, salvo por algunos guardias que deambulaban y algunos sirvientes. Aiden mantuvo la respiración tranquila mientras se acercaba a una gran puerta que parecía abrirse a la parte principal del castillo. Estaba claro que Yuri creía que aquí no había ninguna amenaza de rebeldes, y Aiden temía pensar por qué el tío de Anna podía sentirse tan confiado.

Aiden y Charles se movieron rápidamente por los pasillos del castillo, pero intentaron no mostrar su prisa. Escuchó a hurtadillas algunas de las conversaciones de los hombres a su alrededor. Un par de guardias al final de un pasillo se reían. Por lo que Aiden pudo entender, se estaban burlando del príncipe Alexei. Arriesgándose, se acercó a ellos y les habló en danés.

—Me han reclutado en el país. ¿Sabéis dónde debo presentarme?

Uno de los guardias lo estudió con curiosidad, notando claramente su extraño acento y su rígido dominio del idioma.

—¿En qué parte del país?

—Cerca de Nalia —ese era el pueblo donde habían comprado los caballos cuando desembarcaron por primera vez, y tenía una población mixta de muchos otros países debido a su cercanía a la frontera. Venir de un lugar así ocultaría el extraño acento de Aiden.

—Deberías presentarte ante el teniente Lewig, pero yo diría que esperes un día; el capitán Fain está a punto de casarse con la princesa.

El otro guardia se echó a reír de nuevo.

—¿Qué es tan gracioso? —preguntó Aiden, fingiendo una sonrisa.

El primer guardia habló.

—El príncipe se entregó hace dos días, y la rebelión es un caos. Vamos a celebrar una boda y una ejecución mañana. El capitán Fain prometió tanto vino y ale de los almacenes de palacio como queramos mañana.

Aiden, todavía fingiendo una sonrisa, palmeó el hombro del guardia más cercano.

—Es una buena noticia —no sabía quién era el tal capitán Fain, pero pensaba matarlo.

Mientras Charles y él se alejaban en busca de las mazmorras, Charles le preguntó qué había puesto de tan buen humor a los guardias.

—El príncipe se rindió hace unos días, y la rebelión se está desmoronando. Está en las mazmorras. Supongo que los calabozos estarán por aquí, si es que sé algo de castillos. Planean matar a Alexei mañana... y Anna se casará con alguien llamado capitán Fain.

—Oh... —Charles entrecerró los ojos—. Esos patanes no eran muy inteligentes, ¿verdad? Me pregunto por qué el tío de Anna contrató a semejantes idiotas.

Aiden se encogió de hombros.

—A menudo la fuerza bruta no necesita inteligencia. Mientras un hombre tenga un ejército de hombres malvados, no tienen que ser inteligentes mientras puedan luchar. Dudo que estos hombres sean verdaderos soldados, sino lugareños reclutados para encargarse de la seguridad. Imagino que algunos de estos hombres estaban tan desesperados por alimentar a sus familias como para unirse, y al resto simplemente les gusta causar problemas.

—Ah —Charles asintió—. Por supuesto que Yuri enviaría a sus experimentados soldados al bosque para dar caza al príncipe Alexei.

Después de registrar casualmente el castillo, encontraron la escalera que conducía a las mazmorras detrás de un tapiz alto y descolorido. Se deslizaron detrás de la tela y luego bajaron sigilosamente las escaleras. La respiración de Aiden se aceleró mientras se preparaba para encontrarse con docenas de guardias que estarían vigilando al príncipe. Sin duda, tendrían que luchar para salir.

Pero no había guardias. La hilera de celdas estaba vacía, salvo una en el extremo opuesto. Un joven estaba sentado en el suelo, de espaldas a la pared. La luz de las antorchas iluminaba su rostro mientras los miraba. Cuando vio sus uniformes militares, se levantó para quedar frente a ellos, alzando la barbilla con orgullo. El corazón de Aiden se estremeció al llegar a la celda y ver que el príncipe Alexei era muy parecido a Anna en sus rasgos. El pecho de Aiden se estrujó con un nuevo dolor.

—¿Príncipe Alexei? —susurró el nombre con cuidado.

La mirada del joven era cautelosa.

—¿Qué queréis? —gruñó, pensando claramente que eran hombres de Yuri.

—Me llamo Aiden Kincade. Anna me ha enviado.

Alexei aún parecía desconfiado.

—¿Anna? ¿Cómo conoces a mi hermana?

Aiden cambió al inglés, dejando fluir su acento escocés.

—Su barco naufragó y apareció en las costas de Escocia. Fui yo quien la encontró. Mis amigos y yo hemos venido a rescataros a los dos.

—Debes salvar a Anna, no a mí. Vete antes de que te encuentren aquí abajo —advirtió Alexei.

—No sin ti —Aiden se acercó a la celda, estudiándola en busca de una forma de abrir la puerta—. ¿Quién tiene las llaves?

Una voz fría resonó desde el final del pasillo.

—Me temo que las tengo yo.

—¡Fain, bastardo! —Alexei maldijo a un hombre que estaba de pie en la base de las escaleras que conducían a la salida de las mazmorras. El hombre sostenía una pistola, y detrás de él una docena de guardias se movían para bloquear la salida de Charles y Aiden.

—¿Quiénes son tus amigos, Alexei? —preguntó en inglés el hombre llamado Fain. Había oído claramente las palabras de Aiden.

—No son amigos. Solo tontos borrachos que querían ver a un príncipe entre rejas. Llévatelos y échalos del castillo —gruñó Alexei.

La risa de Fain era aún más fría que su voz mientras él y sus guardias llenaban ahora el pasillo entre las celdas, inmovilizando a Charles y Aiden contra el callejón sin salida de la mazmorra.

—Bueno, en ese caso, pueden compartir tu encuentro con un hacha mañana —Fain hizo un gesto a uno de sus guardias, quien cogió las llaves que Fain le tendió y abrió la puerta de la celda situada frente al príncipe.

—Entrad —ordenó Fain—. O os pego un tiro donde estáis y el príncipe puede ver cómo os desangráis el resto del día.

Charles lanzó una mirada a Aiden haciéndole una pregunta silenciosa: *¿Luchamos?*

Aiden sacudió la cabeza en respuesta silenciosa: *Todavía no.* Eran demasiados y había muy poco espacio para maniobrar, así que no había esperanza de luchar contra todos.

Aiden entró en la celda abierta, seguido por Charles. La puerta se cerró y un guardia la aseguró. Solo cuando estuvieron bien resguardados tras las rejas, Fain se acercó a ellos, curioso.

—No sois ruritanos...

—Oh, éste es listo —resopló Charles.

Los ojos de Fain se clavaron en él con una furia mortal.

—Inglés... interesante. Me pregunto cómo habéis llegado hasta aquí.

—Nos equivocamos de camino en Copenhague —dijo Charles.

A Fain no le hizo ninguna gracia.

—Quizá la tortura te suelte la lengua.

Charles sonrió como un chacal.

—Fui a la escuela en *Eton*. Si crees que sabes lo que es la tortura, no tienes ni idea.

Fain le ignoró y se centró en Aiden.

—Tú, sin embargo... No eres inglés.

Aiden enroscó los dedos alrededor de los barrotes.

—Soy mucho peor. Soy escocés —mientras hablaba, dejó escapar parte de la rabia que guardaba en su interior. Los barrotes de hierro crujieron siniestramente bajo su poderoso agarre.

—¿Sabes lo que dicen los ingleses de los escoceses? —añadió Charles, con sus palabras impregnadas de un profundo humor—. No puedes matarlos, solo puedes frenarlos un poco.

Aiden mantuvo su mirada en Fain y notó un ligero tic en el rostro del hombre.

—Creo que matarlos a los dos mañana junto con el príncipe será bastante fácil —la expresión de Fain era de suficiencia.

—Será *muy* divertido decepcionarte, hombre —dijo Charles.

—Disfrutaré del placer de matarte yo mismo —prometió Fain.

—No si yo tengo el placer de hacerlo primero —dijo Aiden—. Duerma bien, capitán. Será tu última noche. Cuando llegues al infierno mañana, puedes decirle al mismísimo diablo que yo te envié.

Fain se quedó mirando a Aiden un largo momento antes de darse la vuelta y marcharse, con sus guardias siguiéndolo.

Charles miró a Aiden con nuevo respeto.

—Se supone que eres el agradable hermano Kincade...

—No hay ningún agradable hermano Kincade; solo soy el *callado*.

—Ah —murmuró Charles—. Dicen que hay que preocuparse por los callados. Pero aun así, parece que te estás tomando las cosas como algo personal... Quiero decir, más allá de todo el asunto de 'capturado y ejecutado mañana'.

—Es personal. Ese hombre es el bastardo que planea casarse con mi esposa.

—¿Perdón? —los interrumpió Alexei—. ¿Esposa? ¿Te refieres a *mi* hermana?

—Sí —Aiden seguía estrujando los barrotes, escuchando con satisfacción cómo gemía el hierro.

—¿*Te* has casado con mi hermana?

Aiden miró a Alexei y asintió después de un largo minuto.

—¿Cómo sucedió? Estaba comprometida con Lord Erich de Prusia...

—Es una larga historia —advirtió Aiden.

Alexei echó un vistazo a su celda.

—No parece que tengamos otros compromisos urgentes.

—Sí —Aiden se sentó y se puso cómodo—. Me parece justo.

—Amo una buena historia —dijo Charles con una mirada de deleite infantil, aunque ya conocía la historia.

Ashton dejó que el cuerpo del guardia cayera inerte a sus pies. Cedric cogió las piernas del guardia y lo arrastró fuera de la vista. Ashton se tomaba en serio la vida de una persona, pero no se contenía cuando los hombres a los que combatía estaban implicados en actos malvados. Mientras él y los demás se habían movido por la aldea fuera de la fortaleza, había oído susurros sobre el asesinato de aldeas enteras, quemando vivos a mujeres y niños.

Aunque gran parte del castillo estaba siendo custodiado por lugareños del pueblo, desesperados por encontrar trabajo o temerosos de las repercusiones si se negaban, aún quedaban algunos de los antiguos y peligrosos guardias reales. Ashton sabía que tenían que preocuparse por ellos; era necesario encargarse de ellos primero. Era más probable que los reclutas se dispersaran o se rindieran ante cualquier demostración de fuerza significativa una vez comenzada la lucha.

Ashton sabía que podía ser un bastardo frío, pero la idea de que alguien matara a mujeres y niños encendía su rabia. Eso no dejaba piedad para los guardias que habían ayudado a Yuri en tal derramamiento de sangre.

—¿Cuántos más crees que podemos eliminar sin ser detectados? —preguntó Cedric—. No parecen ser tan conscientes de cuántos guardias tienen dentro de la fortaleza. Nunca en mi vida he visto un grupo de hombres tan desorganizado. Me sorprende que Yuri se haya mantenido en el poder.

Ashton también había notado eso, el comportamiento aparentemente desordenado de los guardias. Era como si Yuri hubiera conseguido reclutar a los peores hombres, tanto en inteligencia como en temperamento. Eso facilitaría el trabajo de Ashton, pero le preocupaba, entre otras cosas, la imprevisibilidad de las patrullas.

—Quiero que se someta al mayor número posible de guardias experimentados —dijo Ashton—. El resto probablemente huirá o cambiará de bando si nuestros hombres obtienen la ventaja una vez que comience la lucha. Algunos de estos nuevos guardias son aldeanos, la mayoría de ellos solo hombres intentando sobrevivir, y no quiero sangre inocente en nuestras manos. Necesitamos tener el control del castillo mañana. Necesitamos detener esa boda, así como la ejecución.

—¿Qué hay de Aiden y Charles? —preguntó Cedric.

Habían oído a los guardias hablar de dos ingleses que estaban encerrados en las mazmorras con el príncipe, pero Ashton sabía que ahora mismo no podían salvar a sus amigos. Tendrían que esperar a que pasara la noche.

—Nos ocuparemos de eso también mañana. No quiero que Yuri note que algo anda mal. Ahora mismo, tenemos que vigilar al capitán de la guardia. Nos mezclaremos con los sirvientes y empezaremos a ganarnos su confianza. Quiero ojos y oídos sobre Yuri y el capitán, y los sirvientes nos ayudarán con eso.

—Bien... —Cedric dio una patada al pie calzado del guardia para adentrarlo más en el armario en el que lo habían metido. Por el aspecto de las telarañas del interior, el armario rara vez se abría, lo que significaba que el cadáver pasaría desapercibido al menos durante un rato.

Yuri era claramente un hombre al que no le importaban los plebeyos, y no había duda de que los sirvientes de palacio temían por sus vidas. Ashton tenía toda la intención de conseguir su ayuda en lo que estaba por venir.

Podían bloquear puertas cruciales cuando se diera una señal, obligando a los guardias reales a seguir los caminos que

Ashton quería que siguieran, o podían crear distracciones. No quería arriesgar las vidas de los sirvientes, sabía que no eran luchadores, pero podían contribuir de otras maneras.

—Tenemos trabajo por hacer —dijo Ashton antes de que ambos se escabulleran por un oscuro pasillo, mezclándose con las sombras.

Anna se tensó cuando alguien llamó a la puerta de su dormitorio.

—¿Quién es?

—Tu futuro marido. He venido a escoltarte para la cena —dijo Fain.

Anna quiso arrojar un jarrón contra la puerta cerrada, pero a pesar de la agradable sensación que le causaría en ese momento, no ayudaría en nada a su situación. Fain no era su marido. Su marido estaba en Inglaterra. Anna habría dado cualquier cosa en ese momento por estar en Londres, en la cama con Aiden, rodeada por sus fuertes brazos mientras le contaba historias y le hacía el amor. Habría dado su alma por un beso más... pero incluso eso era un trato fuera de su alcance.

Se dirigió a la puerta de la alcoba y la abrió de mala gana. Desde que había llegado al Palacio de Invierno no había sido encerrada, pero siempre era seguida por al menos dos guardias.

Fain estaba de pie en el pasillo, vestido con un abrigo negro y unos pantalones. Estaba tan acostumbrada a verlo de uniforme que le sorprendió verlo vestido de noble. Incluso se había preocupado de peinarse el ondulado cabello negro, y el aroma de la colonia llegó hasta ella, quemándole la nariz.

Sus ojos la recorrieron, aprobando el vestido de terciopelo verde oscuro que llevaba. Era uno de sus vestidos más antiguos, probablemente encontrado en un baúl del desván, pero agradeció que las mangas largas y las faldas amplias la mantuvieran caliente en su habitación, ya que los criados no podían encender fuego en su recámara, ni ella podía tener velas. Todos debían suponer que ella incendiaría el palacio en venganza. Sinceramente, sí que había pensado en ello.

—Luces bien —dijo Fain, en un tono caballeroso.

Anna lo miró fijamente. ¿De verdad esperaba que se desmayara ante sus cumplidos cuando era el hombre que había asesinado a sus padres?

—Cuando te hago un cumplido, Anna, te conviene agradecérmelo —su tono contenía una advertencia, pero ella no estaba de humor para aplacarlo.

—Capitán, pareces olvidar que no soy un spaniel adiestrado dispuesto a obedecer. Soy la hija de un rey, el rey que *tú* has asesinado. Dentro de mi cuerpo late el corazón de una reina. No soy una criatura a la que se pueda doblegar. Si quieres una esposa que se doblegue ante todas tus órdenes y gima de miedo cuando frunzas el ceño, entonces has elegido mal.

Ella pasó a su lado y empezó a caminar hacia las escaleras que llevaban al comedor. Por un momento pensó que no la seguiría, pero sus botas resonaron en la piedra un instante antes de que él la sujetara del brazo. La hizo girar contra la pared más cercana, inmovilizándola allí y retorciéndole dolorosamente el brazo por detrás.

—Si te tuerzo un centímetro más, *princesa,* se te romperá el brazo. Y un brazo roto no me impedirá reclamar tu cuerpo después de casarnos.

Anna giró en la dirección que aliviaba el dolor de su brazo y se liberó de su agarre, pero al hacerlo, se encontró cara a cara con él. Sus ojos se abrieron un poco, sorprendido de que ella hubiera conseguido zafarse de lo que él creía que era un agarre que debería haberla mantenido inmóvil.

—Puede que yo no viva tanto —dijo y le empujó. Apuntó a su hombro, haciéndole perder el equilibrio más fácilmente que dándole de lleno en el pecho—. Ahora, déjame en paz para que pueda disfrutar de la cena —una vez más, dejó al capitán de pie mirándola perplejo.

Los pocos segundos que tardó en recuperarse le dieron a Anna el tiempo suficiente para esconder entre sus faldas la daga que acababa de robarle. Llevaba varias espadas escondidas en el cuerpo, y ella rezó para que no echara de menos ésta. Ahora solo tenía que sobrevivir a la cena sin que él se diera cuenta de que había robado un arma.

Por suerte, el pesado vestido de terciopelo tenía un bolsillo oculto cosido en los pliegues. Casi todos sus vestidos lo tenían. Habían sido creados con el propósito expreso de ocultar una pistola o una daga. Su padre se había tomado muy en serio su seguridad.

Anna sonrió al llegar al comedor. Cuando vio a su tío, borró de su rostro cualquier atisbo de triunfo y, en su lugar, puso cara de derrota. Si iba a cenar con demonios, tenía que vencerlos en su propio juego.

17

Las manos de Anna temblaban mientras permanecía inmóvil frente a un alto espejo de cheval mientras una criada terminaba de atar la espalda del vestido de novia de satén azul pálido que llevaba. El vestido se lo habían quitado a una de las familias de menor rango que tenían una hija cercana a su edad. La mayoría de los vestidos de la corte de Anna se habían quemado en el Palacio de Verano, y cuando ella había insistido en un vestido elegante, con la esperanza de retrasar la boda, su tío, al parecer, había cogido lo que él quería de otra persona.

Su tío se había deleitado contándole durante la cena cómo había conseguido que las familias nobles se alinearan mediante la ejecución de "algunos" de los hijos mayores de los hombres más poderosos del país. Ante las amenazas contra la vida de sus hijos y esposas, los nobles habían cedido al control del trono por parte de Yuri. Después de cenar, ya sola en su habitación, había llorado por esos jóvenes que habían sido amigos de su hermano. Hombres buenos y amables, hombres que habrían seguido a su hermano hasta el fin del mundo. Habían pagado con su vida su lealtad a Alexei. Entonces, cuando sus lágrimas se habían secado, Anna había sentido una rabia sin precedentes en su vida, brillante como una estrella recién nacida en el cielo. Se vengaría de su tío, de Fain y de todos los demás hombres que habían ayudado a matar a su familia y a hacer daño a su pueblo.

Ahora, a la luz de un nuevo día, Anna seguía sintiendo ese ardiente deseo de vengarse, pero estaba pensando con más claridad que la noche anterior. Respirando hondo, miró su reflejo en el espejo y vio a una extraña que le devolvía la mirada. Dentro de una hora, ella sería propiedad del capitán Fain, y su hermano moriría esta noche. Si alguna vez existió el infierno en el plano mortal, sin duda era éste. Pero ella no se rendiría a este destino sin una lucha digna de una reina de Ruritania.

—He terminado, Su Alteza —dijo la criada, con los ojos castaños llenos de lágrimas—. Está preciosa, pero... —la joven no continuó. Anna comprendió lo que no se atrevió a decir. No debería casarse con el capitán Fain—. No pierda la esperanza, Su Alteza —susurró la mujer en voz tan baja que Anna casi pensó que se lo había imaginado—. Hay quienes la ayudarían... si llegara el momento de luchar.

Anna cogió las manos de la mujer y las sostuvo, y sus ojos se encontraron mientras le hacía saber que comprendía.

—Bueno, al menos estás presentable —la voz de su tío desde la puerta hizo que tanto ella como la criada se estremecieran. Estaba preciosa, pero Anna sabía que él nunca le haría un cumplido. La alegría de Yuri en la vida era la crueldad. Siempre había sido mezquino, pero ahora que gobernaba Ruritania, eso parecía haberse magnificado.

—Tu prometido te espera en el gran salón —dijo Yuri con demasiado placer—. Es hora de tu boda.

Anna agradeció en silencio a la criada y siguió a su tío fuera de la alcoba. Subió las escaleras con cuidado, no por su aspecto o su vestido, sino porque llevaba la pequeña daga de

Fain metida en la liga por encima de las medias, en el muslo derecho, y no quería que se cayera. Estaba decidida a que hoy mataría a Fain o moriría en el intento. Le sorprendió que él no se hubiera dado cuenta de la ausencia del arma. Tal vez sí se había percatado de ello, pero no se había dado cuenta de que era ella quien lo había robado. Con suerte, seguiría subestimándola.

Cuando llegó al último escalón y se dirigió hacia el gran salón, dos guardias abrieron las puertas para Yuri, y ella se colocó detrás de él al ver la multitud de familias nobles alineadas en el interior de la sala. Sin duda, habían sido obligados a asistir a su boda. Los estandartes blancos, azules y dorados de los techos abovedados de la sala habían sido arrancados y sustituidos por los estandartes rojos y negros que representaban el gobierno de su tío.

Fain esperaba delante de ella, y justo detrás de él había un único trono. El trono de su madre había desaparecido. De alguna manera, la visión de esa silla ausente hirió a Anna más profundamente que cualquiera de las profanaciones que Yuri había hecho en el gran salón. Yuri creía en sí mismo y en nadie más. Probablemente no aceptaría una reina, al menos no una dispuesta. Tal vez su reinado terminaría sin herederos, y el mundo volvería a enderezarse. Ese pensamiento le dio un poco de esperanza.

Mantuvo la cabeza alta mientras caminaba sola por el centro del gran salón hacia su destino. No había ninguna espada sobre ella, ningún bosque oscuro, ninguna muerte del hombre que amaba. Solo la muerte de su propia alma se cernía en el futuro.

Cuando llegó al frente de la sala, se enfrentó a su tío, quien ya estaba sentado en la silla roja y dorada, cómodamente recostado en su trono robado. Fain esbozó una gélida sonrisa cuando ella se detuvo a unos metros de él. Un nervioso sacerdote estaba presente, y el pobre hombre tragó saliva mientras sujetaba una Biblia con las manos y tiraba de su cuello.

—Puede proceder en un momento, Padre. La novia debe ver primero a nuestros estimados invitados —Yuri hizo un gesto con la mano a los guardias que estaban al fondo de la sala. Ella se volvió, con el corazón palpitante, cuando tres hombres fueron escoltados hasta el altar del centro y arrodillados junto a ella en el suelo de piedra. Había esperado ver a su hermano, pero era imposible que los otros dos hombres estuvieran allí...

Charles, el Conde de Lonsdale, y... Aiden... miraban al frente, sin establecer contacto visual con ella. El hecho de que la evitaran obstinadamente, más que alterarla, la mantuvo tranquila y con las ideas claras. Sin duda, no querían que su tío supiera que ella los conocía. Anna también tenía que seguirles el juego, si había alguna posibilidad de liberarlos.

—Me parece muy curioso que dos ingleses estén en mi calabozo intentando liberar a tu hermano, princesa —dijo Yuri en aquel tono exasperantemente aburrido. Les habló en inglés, ya que la mayoría de los nobles de la multitud dominaban el idioma.

—No soy inglés —gruñó Aiden—. Soy escocés.

—No importa —dijo Yuri—. Pronto estarás muerto y serás arrojado a una tumba sin nombre. Así que, ¿eso es todo lo que conseguiste en tu reunión con el rey? —le preguntó Yuri a Anna—. ¿Dos tontos jugando al héroe? —Yuri miró entonces a Fain—. Te dije que George no tendría las pelotas para interferir.

Anna quería suplicar por sus vidas, pero hacerlo solo haría más probable que su tío los matara.

—Comencemos —Yuri aplaudió y señaló con un dedo al tembloroso sacerdote. El hombre comenzó su servicio, pero al minuto de su largo preámbulo, Fain lo interrumpió:

—Pase a las partes *relevantes*, Padre.

El sacerdote titubeó brevemente y luego preguntó si Fain estaba de acuerdo en tomar a Anna como esposa. Fain aceptó. Entonces se le pidió a Anna simplemente que honrara y obedeciera a Fain y no si realmente *estaba de acuerdo* en ser su esposa. Anna pronunció un simple sí, pero era mentira, por supuesto. Ya era la esposa de otro hombre. Los votos hechos en los estanques de hadas eran vinculantes para ella. Fain podría reclamar su cuerpo, pero el resto de ella era libre de él y no había nada que pudiera hacer para cambiar eso.

—¿Alguien se opone a que estos dos se casen? —tartamudeó el sacerdote.

—¡Claro que sí! —habló Charles—. Esto es una tontería.

Anna, estupefacta, se volvió para mirar al conde inglés. Él le guiñó un ojo, pero uno de los guardias lo golpeó con fuerza en la nuca. Gruñó, pero soportó el golpe con facilidad, cuando la mayoría de los hombres se habrían doblado de dolor.

—Tenga en cuenta también mi objeción, Padre —añadió Aiden—. La princesa ya *tiene* marido.

—¿Lo... lo tiene? —se atrevió a preguntar el pobre hombre —. ¿Quién?

—Yo —dijo Aiden mientras se giraba para mirar no a Anna, sino a Fain. Anna vio desafío en sus ojos. El hombre amable y compasivo que amaba estaba, ahora mismo, enterrado bajo la violencia.

Fain desenvainó su espada y su mirada se posó en Anna.

—¿Es cierto?

Los labios de Anna se entreabrieron y su vacilación selló el destino de Aiden.

—Entonces me casaré con una viuda. Llevad a ése al patio. Me ocuparé de él en un momento —dos de los guardias cercanos arrastraron a Aiden, alejándolo.

—Si así es como tratas a los visitantes, creo que cancelaré mi próxima visita a Ruritania —exclamó Charles. Algunas personas de la multitud se atrevieron a reír antes de ser silenciadas. Yuri se levantó y bajó los escalones hasta situarse ante Charles y Alexei.

—Creo que ha llegado el momento de nuestra ejecución. Fain, ya puedes llevarte a tu novia. Estoy seguro de que deseas consumar tu matrimonio.

Fain sujetó el brazo de Anna, y el dolor del lugar donde la bala de Gustav la había rozado unos días atrás la hizo gritar.

—¡Anna! —gritó Aiden. Luchó contra los hombres que ya lo estaban arrastrando.

—No... —le dirigió la palabra a él y solo a él—. *No*, Aiden —repitió. Ella quería que guardara fuerzas, que le diera tiempo a encontrar la forma de salvarlo.

—Capitán, perdone a ese hombre y al inglés. No es realmente mi marido. No es más que un loco enamorado que cree que una declaración de afecto es vinculante. No lo es. Tú y yo sabemos que necesito casarme con un hombre fuerte y con poder. Es lo que una princesa merece —ella suavizó la voz y bajó la mirada, no en señal de sumisión sino para ocultar la ira que sabía que él no pasaría por alto en su mirada.

Fain levantó una mano para detener a los hombres que intentaban llevarse a Aiden.

—¿*Ahora* ves la ventaja de casarte conmigo? —preguntó Fain, con la voz igual de suave.

—Sí —dijo mientras contenía su ira y levantaba la cara para mirar al capitán por debajo de las pestañas.

—¿Qué quieres que haga con estos hombres? ¿Especialmente el que dice ser tu marido?

—Ponlos en un barco rumbo a Inglaterra. Envíalos lejos. No se atreverían a volver. Y como no es mi marido, no tiene ningún derecho legal sobre mí —Anna sintió los ojos de Aiden clavados en ella, y supo que él comprendía que sus palabras estaban vacías. Esos votos en el estanque de las hadas estaban grabados en su corazón tan profundamente que nunca podrían ser anulados. Pero Fain nunca lo sabría.

Fain pareció considerarlo brevemente, y luego soltó una risita sombría y miró a Yuri.

—Es una mentirosa convincente. Casi le creí.

—Te lo advertí, las mujeres son criaturas engañosas —dijo Yuri—. Llévate a tu novia, Fain, y haz lo que quieras. Me encargaré de que estos tres hombres estén muertos en menos de una hora. Tienes dos días para disfrutar de la chica, luego debes volver aquí para cumplir con tu deber —Yuri despidió a Fain y a Anna con un gesto de mano.

Anna fue apartada del estrado a pesar de la insistencia del sacerdote en que la ceremonia no había terminado. Fain la arrastró desde el salón hasta el patio, donde les esperaba un carruaje. Fain abrió la puerta de un tirón y la empujó dentro antes de subir tras ella.

—Disfrutaré de ti como quiera, princesa, y te conviene complacerme.

Fain gritó al cochero que se moviera. Los caballos salieron corriendo y Anna se dejó caer sobre el asiento. La daga seguía atada a su muslo, fuera de su vista. Todo lo que tenía que hacer era esperar el momento adecuado para atacar.

Aiden y Charles fueron arrodillados en la plataforma de ejecución.

—Bueno, no imaginaba morir de esta manera —musitó Charles—. Siempre pensé que moriría en un duelo, o tal vez en una noble batalla contra los franceses. Esto es una maldita vergüenza.

El hermano de Anna ya estaba frente a la guillotina, con el rostro inexpresivo. Aiden sabía lo que el joven debía estar pensando.

Anna estaba en manos del hombre que había asesinado a sus padres. Ninguno de ellos quería pensar en los horrores a los que ella se enfrentaría en cuanto Fain la tuviera completamente sola. Aiden intentó calmarse y pensar racionalmente, pero la sangre le rugía en los oídos. Lo único que quería era ir en busca de su esposa y salvarla.

La multitud reunida estaba en silencio, con los nobles obligados a salir para observar. Alexei tenía las manos atadas a la espalda. El verdugo se alzaba sobre él mientras comprobaba el filo de su espada con la punta de un dedo.

—Esto es malditamente medieval. Hasta los franceses usan guillotina —dijo Charles con desprecio, pero nadie más que Aiden pareció oírlo. No era que Aiden estuviera escuchando del todo. Estaba concentrado en Yuri, quien estaba de pie en la plataforma frente a la multitud.

—Hoy seréis testigos del fin de las viejas costumbres que nos retenían. Mañana, Ruritania se convertirá en una nación que otros temerán y respetarán. Mostraremos nuestro poder haciendo crecer nuestro ejército, nuestras fronteras. Este es el futuro de Ruritania —declaró Yuri con orgullo, y luego miró al verdugo—. Puedes empezar.

El verdugo empujó el cuello de Alexei hacia el bloque y se inclinó hacia él, como si quisiera decirle algo. La mandíbula de Alexei se flexionó y la cuerda que ataba sus manos crujió mientras luchaba contra sus ataduras.

El corazón de Aiden latía con fuerza contra sus costillas mientras tiraba de la cuerda que le ataba las muñecas. La cuerda empezó a tensarse mientras tiraba de ella. El verdugo retrocedió unos pasos y ensayó su golpe. Su rostro estaba oculto bajo una máscara que lo convertía en blanco de la furia ciega de Aiden. Solo tuvo un instante para darse cuenta de que las botas del verdugo eran brillantes y... ¿caras? No eran el tipo de botas que llevaría un verdugo en un país rural.

El verdugo levantó su espada en el aire. La ira de Aiden brotó de él como un maremoto, chocando contra las rocas y levantando un muro de agua en el aire. La sangre ancestral en él, la sangre que provenía de los vikingos que habían colonizado Escocia siglos atrás, dejó en él el poder de un berserker. Siempre se había contenido, pero hoy no. Sus manos se cubrirían de la sangre de sus enemigos antes de que acabara el día.

Las cuerdas en sus muñecas se desataron ante la repentina presión que ejerció sobre ellas, y se puso en pie con un poderoso rugido. Pero no se dirigió al verdugo, sino que se lanzó contra el tío de Anna.

Aiden golpeó con fuerza al aspirante a rey y ambos salieron despedidos de la plataforma. No dio a Yuri la oportunidad de contraatacar. Golpeó al hombre con el puño. La nariz de Yuri estalló en sangre. Aiden levantó el puño para golpear de nuevo.

—¡Aiden! ¡Ve a por Anna! —gritó alguien.

Aiden miró hacia la plataforma. Alexei estaba de pie, y el verdugo estaba a su lado. El hombre se había arrancado la máscara para revelar que era Godric quien le había gritado.

—¡Vete, hombre! Tenemos el control del castillo. ¡Salva a la princesa! —gritó de nuevo Godric. Mientras gritaba esto, los hombres de la multitud se deshicieron de sus capas de granjeros y revelaron los uniformes blancos y azules de los leales guardias de Alexei.

Aiden vio a sus hermanos entre los hombres que se habían escondido entre la multitud. Le lanzaron un rápido asentimiento de cabeza para que se marchara, y luego se lanzaron a la refriega con gritos de guerra nacidos de su sangre Highland. La batalla estalló entre el contingente de guardias que Yuri tenía con él y los hombres de Alexei. Con un suspiro de alivio, Aiden supo que podía marcharse e ir en busca de Anna.

Aiden dejó a Yuri en el suelo. El hombre llamaba a gritos a sus guardias, pero ninguno acudió en su ayuda.

Un campesino de la multitud cogió a Aiden por el brazo.

—¡Tú, inglés! —Aiden no se molestó en corregirle—. Tengo un buen caballo, un caballo rápido. ¡Vete! Rescata a nuestra princesa —el hombre arrastró a Aiden con él fuera del patio. Miró hacia atrás una vez para ver que Alexei había saltado de la plataforma, blandiendo ahora una espada. A medida que avanzaba hacia su tío, la gente de Ruritania los rodeaba—. Por aquí.

El granjero condujo a Aiden a un pequeño establo fuera del patio del castillo y rápidamente sacó un caballo. La bestia solo llevaba una brida con riendas, sin silla de montar.

—Te lo ensillo —dijo el hombre en un inglés deficiente.

—No hay tiempo —Aiden chasqueó la lengua y el caballo se quedó quieto mientras él se subía a su lomo, sujetando la base de su crin. Aiden asintió al atónito granjero y clavó las botas en los costados del caballo cuando éste se incorporó. Rezó para que el caballo fuera tan rápido como afirmaba el hombre. Se movió pesadamente por el camino, rezando por no perder el rastro del carruaje en el sendero.

—¿A dónde vamos? —preguntó Anna. El carruaje acababa de pasar por los campos más allá del castillo. Sabía que se dirigían al norte, hacia el Palacio de Verano, pero no podían estar yendo hacia allí.

Fain se desabrochó el abrigo militar y lo dejó a un lado.

—Tengo una pequeña casa esperándonos. Pasaremos allí dos noches antes de que deba regresar al castillo.

Ella se quedó mirando el abrigo que él se había quitado. A continuación, se quitó la espada del cinturón y la dejó también en el asiento de enfrente.

—¿Qué haces? —preguntó ella, aunque ya sospechaba saber la respuesta.

—No quiero correr riesgos. Aprenderás quién es tu amo, y te domaré como a cualquier buen caballo hasta que se te pueda montar sin luchar.

Intentó alcanzarla y Anna se dobló, teniendo arcadas. Él retrocedió con clara repugnancia, abrió la ventanilla del carruaje y gritó al conductor que se detuviera.

En cuanto el vehículo dejó de moverse, Anna abrió la puerta y salió a trompicones, todavía con arcadas, pero todo era una treta. El carruaje se había detenido. Ahora solo tenía que esperar el momento oportuno. Siguió fingiendo estar enferma mientras jugueteaba con sus faldas como si estuviera demasiado caliente por las náuseas y, al hacerlo, liberó la daga que llevaba atada al muslo.

—Es suficiente —Fain estaba sobre ella, cogiéndola del brazo izquierdo. Ella giró y dirigió la daga en su dirección. Pero el dolor de su herida de bala debilitó su golpe, y él pudo apartarle la mano antes de que pudiera clavarle la cuchilla en el corazón. La daga se hundió solo unos centímetros en su hombro, manchando su camisa blanca de sangre carmesí.

—Así que ahí fue a parar —gruñó Fain mientras le agarraba y le estrujaba la muñeca hasta que ella soltó finalmente la daga.

Le sorprendió lo poco afectado que estaba por la herida que le había infligido.

—Me decepcionas, Anna. Está claro que no sabes reconocer que has sido vencida —Fain la miró con fría violencia en los ojos. En su mirada, ella vio los cuerpos de sus padres, la sangre de su pueblo y el incendio de su hogar.

—No me has vencido. Incluso mi muerte será una victoria sobre ti —lanzó la cabeza hacia delante, golpeándolo justo en el punto exacto. Él gruñó por el inesperado impacto y le soltó la muñeca. Ella salió corriendo. Era la única opción que le quedaba. Él era demasiado grande y fuerte comparado con ella, y con el brazo herido no podía utilizar ninguno de los movimientos de protección que había aprendido de su hermano y de William.

Delante de ella había un bosque... el oscuro bosque de sus

pesadillas. Se dio cuenta demasiado tarde de que las visiones que había tenido en los estanques de las hadas podrían hacerse realidad. Se subió las faldas para correr más deprisa.

Fain corrió entre la maleza, gritando su nombre. El sonido resonaba a su alrededor, retumbando entre los árboles y confundiéndola sobre dónde estaba él. Se detuvo dos veces, escuchando sus aullidos de rabia, antes de continuar en la dirección que esperaba fuera el camino más seguro para alejarse de él. Todos los árboles parecían iguales y no tardó en perderse entre el denso follaje. Se detuvo de nuevo para recuperar el aliento mientras se apoyaba en un viejo árbol nudoso. A lo lejos, vio una forma que la llenó de temor. Un pozo de los deseos. *El* pozo de los deseos...

—No puede ser... —se giró para correr en dirección contraria, pero Fain se abrió paso entre los árboles por delante de ella, y en su mano tenía su espada. Fain debió haber vuelto al carruaje a por su espada. Parecía que el destino la había alcanzado, pero no le facilitaría a Fain la tarea de matarla.

—¡Ríndete, princesa! —gritó Fain al divisarla. Se separó del árbol tras el que había estado escondida y corrió hacia el pozo. No tuvo otra opción que pasar corriendo, pero no se atrevería a detenerse allí.

Una mano la cogió del pelo y gritó cuando Fain tiró de ella y la arrojó al suelo. Aterrizó sobre su estómago, con el suelo oscuro y fértil como polvo negro bajo sus dedos mientras se preparaba para la caída. Los destellos de las visiones de sus sueños y de lo que había visto en los estanques de las hadas se mezclaron con la realidad de lo que sabía que serían sus últimos momentos.

—Arrodíllate, princesa —Fain la obligó a arrodillarse al sujetarla nuevamente del pelo—. Si no te rindes, podrás reunirte con el resto de tu familia —justo cuando levantó la espada en el aire, una voz gritó, llenando el bosque que los rodeaba.

—¡Anna!

¡Era Aiden!

Fain giró cuando Aiden irrumpió en el claro a caballo. Se bajó y se lanzó contra Fain con una espada corta en la mano.

Ella se puso en pie con dificultad y se lanzó contra Fain mientras éste levantaba la espada para golpear a Aiden.

Fain golpeó la cara de Anna con el dorso de su mano y ella cayó como una piedra. No se desmayó, pero el dolor era tan intenso que sintió como si le hubieran abierto la cabeza. Jadeó y parpadeó con fuerza mientras intentaba alejar los puntos negros que nublaban su visión.

Aiden y Fain estaban forcejeando, con las espadas abandonadas en el suelo. Anna se arrastró hacia una, clavando los dedos en la tierra para impulsarse y avanzar más deprisa. Cada segundo era una agonía. No podía levantar la espada, pero podía arrastrarla, esconderla, para que Aiden tuviera una oportunidad justa. En cuanto sus dedos se enroscaron en la dura empuñadura de cuero, oyó un grito de triunfo.

Se volvió y vio que Fain tenía a Aiden inmovilizado contra la pared del pozo. La empuñadura de una espada sobresalía del estómago de Aiden. Fain se burló mientras retrocedía y sacaba la daga. Era la daga que ella había robado, con la que había intentado matar a Fain. El horror empezó a asfixiarla. No podía respirar. Aiden había sido herido por la espada que *ella* había robado. Anna había intentado negar el destino, y el destino estaba demostrando que no sería negado.

—¡Aiden! —gimió, con la voz ronca.

Fain la miró con desprecio y luego a Aiden.

—Así que éste es el hombre que elegiste... —Fain sonrió fríamente a Aiden—. Nunca será tuya —golpeó a Aiden en la mandíbula, y Aiden retrocedió tambaleándose. Todo pareció ralentizarse cuando Anna gritó una advertencia, pero era demasiado tarde.

Aiden cayó por el borde del pozo y desapareció en la oscuridad de ese terrible vacío.

El mundo de Anna se cerró a su alrededor, reduciéndose de una vasta vida de infinitas alegrías y posibilidades a un espacio pequeño y oscuro que apenas le dejaba espacio para respirar. Había sobrevivido a la pérdida de sus padres, de su hogar, a la separación de su hermano, a dejarlo todo atrás, incluso sus propios recuerdos.

Pero Aiden... Aiden era lo único que no podía perder, lo único que había guardado celosamente como un regalo del cielo. Pero había creído que podía negar el destino, y ahora eso le había costado todo.

"Lo matarás" dijo una voz femenina en su cabeza. *"Pero la muerte quizá no sea el final..."*

Levantó la cara cuando Fain se acercó a ella. Aún tenía las manos sobre la espada. Intentó ponerse en pie, intentó blandir la espada, pero el dolor en la cabeza y en el brazo era demasiado para ella, y perdió el equilibrio. Él se la arrancó de las manos. Se desplomó, con las rodillas demasiado débiles para seguir luchando. Fain levantó la cuchilla y la luz mortecina del sol poniente proyectaba un dorado rojizo sobre el acero de la espada.

Su mirada se posó en el pozo. Si al destino le quedaba algo de piedad, rezó para que su alma se uniera a la de Aiden en ese misterio silencioso y oscuro de las cosas que continuaban más allá de la muerte.

❧ 18 ☙

Aiden se hundía en la oscuridad. El agua fría y negra del pozo se arremolinaba sobre su cabeza mientras se perdía en aquel lugar entre los vivos y los muertos. Cada momento de su vida, grande y pequeño, bueno y malo, se reproducía en su mente con colores brillantes, como en una búsqueda final para encontrarle sentido a todo.

Sentía cada azote de la vara de su padre, el agua fresca de los estanques de las hadas reconstruyendo de nuevo su alma, las sonrisas en los rostros de sus hermanos cuando los tres corrían libres por las colinas en esos raros momentos en los que conocieron la paz. El toque del brezo fresco en sus manos mientras presentaba un ramo a su madre. La forma en que ella sonreía, como si aquel simple acto le hubiera quitado todo dolor, aunque solo fuera por unas horas.

Revivió la noche en que Rosalind había huido a la oscuridad y la carta recibida un mes después en la que le decía que se había casado con un inglés y que no volvería a casa. Recordó el lecho de muerte de su padre, vio cómo el hombre exhalaba su último suspiro y una llama se apagaba en una vela que ardía demasiado cerca.

Parecía que su vida solo había tenido oscuridad, pero entonces vio la luz, el amor que siempre había estado ahí para él. Sus amigos y hermanos nunca lo habían abandonado. Era él quien había abandonado el mundo... hasta Anna. Ella lo había devuelto a la luz. Ella le había devuelto su vida, y ahora él le había fallado...

"La muerte quizás no sea el final..." la voz de la mujer romaní resonó en su cabeza. Ella nunca le había dicho esas palabras esa noche en que le había lanzado su advertencia, cuando él no había sido más que un niño, pero ahora oía su voz clara como una campana, como si le hablara al oído. *"Atraviesa el agua y sálvala..."*

Apartó la oscuridad que lo invadía y el cansancio de la muerte que se apoderaba de sus miembros. Extendió las manos, alcanzando las ásperas piedras de las paredes del pozo, y se impulsó hacia arriba, rompiendo la superficie del agua como si rompiera la barrera entre los mundos. Jadeó, llevando aire a sus pulmones. Ese aire dulce y glorioso devolvió la fuerza a sus brazos y piernas. Trepó, aferrándose con los dedos a las grietas y hendiduras, y luchó contra el dolor que sentía en el abdomen, donde la daga lo había atravesado. Su cuerpo temblaba violentamente por el dolor y la debilidad mientras intentaba forzar la subida por las empinadas piedras. La boca del pozo le parecía muy lejana y estaba muy cansado, pero la voz de la mujer romaní lo instaba a seguir adelante.

"Sálvala."

Llegó a lo alto del pozo. La última princesa de Ruritania estaba de rodillas, con las manos clavadas en el suelo, mientras Fain blandía un sable muy por encima de su cabeza. La pequeña daga aún brillaba roja por la sangre de Aiden, abandonada en el suelo junto a la base del pozo. Aiden trepó por la parte superior del pozo y cayó de rodillas, cogiendo la daga. Luego echó el brazo hacia atrás e invocó la fuerza de todos los antepasados Kincade en ese único movimiento.

La cuchilla se hundió profundamente en la espalda de Fain. Por un segundo, Aiden temió que el arma no hubiera penetrado lo suficiente. Pero entonces el sable cayó de las manos de Fain, quien trastabilló unos pasos antes de desplomarse en el suelo.

Aiden se recostó contra el pozo, respirando con dificultad mientras el dolor en el bajo vientre se volvía demasiado intenso para que pudiera ignorarlo. Se cubrió la herida con la mano, intentando mantener cierta presión sobre ésta. No creía que la cuchilla hubiera penetrado tan profundamente, ya que la daga era pequeña, pero no estaría seguro hasta que viera a un médico.

—Anna... tranquila, muchacha —jadeó.

Ella abrió los ojos y lo miró atónita.

—¿Estoy muerta? ¿Estamos...? —parpadeó mientras las lágrimas rodaban por sus mejillas.

—No, muchacha. No estás muerta —le tendió la mano libre—. ¿Confías en mí?

Sus leonados ojos marrones se apartaron de su rostro lo suficiente para ver su mano extendida. Entonces se puso en pie, corriendo y lanzándose sobre él, rodeándole el cuello con los brazos.

—*Uf*—se estremeció cuando su mujer se acomodó contra él y enterró la cara en su cuello. Le apartó los mechones sueltos de pelo rojizo de la cara para poder besarle la mejilla.

—Has vuelto —susurró una y otra vez. Él la rodeó con un brazo.

—Prometí que nunca te dejaría —aspiró el aroma de su pelo, de la tierra y de los árboles. El bosque, alguna vez aterrador, parecía haberse suavizado a su alrededor, sintiéndose ahora más como un apacible bosque antiguo. Una suave brisa soplaba desde el norte y olía a océano y a sueños de colinas lejanas y estanques de hadas. Por primera vez en su vida, no había lugar para la tristeza. No había lugar para los demonios del pasado. Solo había lugar para el amor y la esperanza en el futuro.

No estaba seguro de cuánto tiempo estuvieron él y Ana sentados junto al viejo pozo de piedra, pero al cabo de un rato, ella se limpió los ojos y luego lo besó dulcemente en la frente, luego en los párpados cerrados, luego en las mejillas y finalmente en los labios.

—Moriste por mí.

—Solo un poco —bromeó, pero ella no se rio.

—Intenté evitar que vinieras aquí... —resolló.

—Moriría mil veces por ti, muchacha —juró—. Tranquila, Anna. Hemos sobrevivido. Ya no tendremos más sueños que temer.

—¿Lo crees? —aún parecía insegura. Era comprensible. Ambos habían tenido esta pesadilla innumerables veces a lo largo de los años.

—Creo que esos sueños eran una forma de prepararnos. Creo que era para poner a prueba nuestra entereza, prepararnos para cuando llegara este día y tuviéramos que luchar para estar el uno con el otro. Ahora ya se ha acabado.

De repente, los ojos de Anna se abrieron.

—Pero no se ha acabado, ¿verdad? Aiden, tenemos que volver. Alexei...

—Él está bien, corazón mío. Cuando lo dejé, era libre. Mis hermanos, Godric y sus amigos estaban luchando contra los guardias.

Dejó escapar un largo suspiro mientras sus ojos se empañaban.

—Estoy tan cansada de la muerte, de luchar. Espero que haya terminado de verdad —se puso en pie y se sacudió las faldas para quitarles la suciedad y las hojas.

—Se ha acabado —prometió Aiden.

Usando sus últimas fuerzas, se empujó contra el pozo y apoyó una mano en él. Se giró lentamente y se asomó al agua.

Había sido negra e insondable cuando había estado bajo su superficie, pero ahora reflejaba el cielo púrpura. Anna se le unió junto al borde y miró el pozo con él.

—Todo parece muy extraño —dijo, con un tono suave y un poco melancólico—. Todos estos años hemos querido evitar este momento, pero en realidad hemos estado corriendo hacia él.

—El uno hacia el otro —dijo Aiden—. Y lo haría todo de nuevo si eso significara estar juntos —eso era la vida. Cada dolor, cada angustia, cada noche solitaria y amanecer de angustia eran para luchar hacia los momentos singulares donde el sufrimiento terminaba y solo había alegría y amor. Ahora, Aiden se daba cuenta de que la alegría nunca había estado muy lejos de su alcance.

Recordó algo que dijo su madre una vez.

—Luchamos hacia el amanecer de nuevos días y la esperanza de las bendiciones que esos días traen.

Era un hombre bendecido, y siempre lo había sido. Tenía familia, amigos y ahora el amor de una mujer que no merecía, pero que intentaría ganarse cada día hasta la muerte.

Anna entrelazó sus brazos y presionó su mejilla contra su hombro mientras hablaba al pozo encantado.

—Gracias por concederme mi deseo.

Aiden estuvo a punto de preguntarle qué había deseado, pero estaba cansado y le dolía el estómago. Necesitaba un médico, y el camino hasta el Palacio de Invierno sería demasiado largo.

—¿Puedes ayudarme a vendar esta herida?

Anna examinó la herida con ojos ansiosos, pero sus manos se mantuvieron firmes mientras arrancaba una larga tira de tela de sus enaguas y rodeaba la cintura de Aiden con ella. Luego la ajustó para detener la hemorragia.

—Creo que esto aguantará hasta que lleguemos a palacio. Podríamos intentar encontrar el carruaje que Fain dejó en el camino... ¡Oh, mira! —Anna señaló, con el rostro lleno de sorpresa y deleite. Él vio al otro lado del claro que el caballo que había montado hasta aquí pastaba contento, mirándolos con cautela.

Aiden chasqueó los dientes, y el caballo resopló y levantó la cabeza antes de trotar hacia ellos.

—Buen chico —elogió y le dio al caballo una palmada en el cuello, luego volvió a chasquear los dientes y el animal relinchó suavemente. Aiden ayudó a Anna a levantarse antes de subir detrás de ella. Luego se dirigieron hacia el camino que los llevaría al Palacio de Invierno.

ANNA CONTUVO LA RESPIRACIÓN CUANDO LLEGARON AL pueblo. Decenas de habitantes llenaban el camino y muchos lloraban, pero ella notó que había sonrisas, abrazos y risas entre las lágrimas.

Mi pueblo es libre.

Sabía que muchos de los hombres de su tío andaban sueltos por el campo, pero pronto los atraparían y se encargarían de ellos. Si su hermano y William tenían ventaja, podrían acorralar a esos hombres o expulsarlos de Ruritania.

—¡Princesa! ¡Gracias a Dios que estás viva! —el grito de alegría de William llamó su atención cuando el querido amigo de su hermano llegó junto a su caballo en cuanto ellos entraron al patio.

—Hola, Will —la cogió por la cintura y la ayudó a bajar—. ¿Dónde está mi hermano?

Sonriendo, William señaló a Alexei de pie con miembros de la Liga de Londres.

—Allí.

Ashton y sus amigos habían formado un círculo, de pie con los brazos cruzados mientras escuchaban lo que Alexei decía. Ella vio con una punzada agridulce que su gemelo había cambiado en los últimos dos meses. Parecía más un rey, y ahora llevaba sobre sus hombros el peso de las necesidades de su país.

Pero gobernar Ruritania no era un derecho de nacimiento, sin importar lo que pensaran los demás. Era un honor que solo debía concederse a un hombre que pusiera las necesidades de los demás por encima de sí mismo. Yuri nunca lo había entendido, pero Alexei sí.

La mirada de su hermano se desvió y dejó de decir lo que estaba diciendo cuando la vio.

—¡Anna! —corrió hacia ella y la cogió en brazos. Ella enterró la cara contra su pecho, llorando de alivio. Cuando levantó la mirada, vio que él también lloraba—. ¿Estás bien?

Ella asintió con la cabeza. Alexei miró a Aiden, quien se había mantenido a distancia.

—Gracias por salvar a mi hermana, señor Kincade.

—Ha sido un honor, Su Majestad —respondió Aiden.

A Anna se le hizo un nudo en la garganta mientras poderosas emociones luchaban en su interior.

—Anna, tenemos que hablar.

Ella se volvió hacia Aiden, pero él le hizo un gesto con la mano.

—Ve, muchacha, tengo que ocuparme de esto —se llevó una mano al abdomen, que aún sangraba. Ella no quería dejarlo, pero la mirada obstinada en la cara de su marido le dijo que no quería que viera lo que un cirujano probablemente tendría que hacerle. No era que un escocés testarudo pudiera impedirle hacer algo, pero necesitaba hablar pronto con Alexei.

—No quiero dejarte. Estás herido... —empezó.

—*Ve*, muchacha. Estaré bien —le dedicó una suave sonrisa reconfortante antes de caminar hacia Ashton y sus hermanos. Anna siguió de mala gana a su hermano al interior del castillo.

Hablaría rápidamente con Alexei y luego iría a buscar a su marido para ver que estuviera bien.

—¿Dónde está Yuri?

—Muerto.

—¿Tú...?

Alexei asintió bruscamente.

—Después de que tú y Fain os marcharais, el verdugo resultó ser un amigo tuyo; Godric. Al parecer, el tipo y sus amigos se ganaron a los sirvientes del castillo y asistieron a la batalla junto con William y mis guardias, quienes se habían colado en el patio sin ser reconocidos. Tuvimos una gran pelea. Yuri huyó al castillo y yo lo perseguí. Luchamos y gané. El hombre está muerto —Alexei no parecía querer decir más que eso, y Anna podía sentir el dolor de su gemelo ante el hecho de haber acabado con una vida. Era y siempre sería un hombre amable y compasivo, y aunque valiente, no le gustaba matar.

Se inclinó y rodeó el cuello de su hermano con los brazos, abrazándolo durante un largo rato. Alexei exhaló un suave suspiro cuando se separaron.

—Me alegro mucho de que hayas vuelto, Anna. Me alegro muchísimo —confesó—. No podría haber sobrevivido a esto sin ti —caminaron en silencio hasta llegar al gran salón.

La habitación estaba vacía, pero se sentía extrañamente llena de fantasmas. Alexei se sentó en una de las largas mesas que habían sido empujadas contra la pared para la desafortunada boda de Anna con Fain, y ella se sentó a su lado. Alexei cogió sus manos entre las suyas, sosteniéndolas mientras la estudiaba.

—Planeo crear un cambio en el decreto real y establecer una monarquía constitucional. Me encantaría que te quedaras, que acompañaras a nuestro pueblo en los tiempos venideros conmigo.

Anna contuvo la respiración, sabiendo que pronto tendría que tomar una decisión incómoda.

—Me quedaré —le aseguró, pero en el fondo le preocupaba Aiden. Sabía que se quedaría con ella, pero esta vida, la vida de un príncipe consorte, le rompería el corazón. Estar lejos de sus hermanos, lejos de sus salvajes montañas y cañadas escocesas, era como arrebatarle el alma.

—Kincade me contó todo lo que te ocurrió desde la última vez que nos separamos —su hermano cambió de tema, sobresaltándola. ¿Aiden le había contado a su hermano todo lo que había pasado, lo bueno y lo malo?

A Anna le ardían los ojos.

—¿Él lo hizo?

—Compartimos juntos una *larga* noche en las mazmorras.

—¿Mencionó que estábamos casados?

—Sí. Pero, Anna, dijo que no te obligaría a cumplir los votos si decidías casarte con otra persona, como Lord Erich. Dijo que te vio bailar con Erich en Londres y que, bueno... vosotros dos haríais una fuerte alianza por matrimonio entre Ruritania y Prusia. No creo que desee interponerse en el camino de tu deber. La elección es tuya. No exigirá que regreses a Escocia.

Mi deber... Esas dos palabras habían estado sobre sus hombros desde el momento en que ella y Alexei habían nacido. A diferencia de su hermano, ella no estaba destinada a ser reina, pero si Alexei moría sin heredero, los hijos que ella tuviera serían los siguientes en la línea de sucesión al trono. Aunque regresara a Escocia, seguiría sabiendo que sus hijos podrían gobernar Ruritania algún día. Pero eso no respondía a la pregunta que Alexei le había planteado. ¿Debería hacer lo correcto por su país y casarse con Erich, o debería hacer lo correcto por sí misma y mantener sus votos con Aiden? Y si lo hacía... ¿deberían irse o quedarse?

Los hombros de Anna cayeron ligeramente.

—¿Qué harías tú? —preguntó a su gemelo.

Alexei sonrió con tristeza.

—Lo que *yo* haría y lo que *tú* harías son quizás, por primera vez en nuestras vidas de gemelos, respuestas muy diferentes. Yo acepté mi papel de rey en el momento en que luché por primera vez contra Yuri, el día en que ardió el Palacio de Verano. Eso significa que siempre debo poner a este país en primer lugar. Pero tú... tú no tienes que hacerlo.

—Solo piénsalo. No es necesario tomar ninguna decisión hasta que resolvamos el asunto del futuro de Ruritania —Alexei le estrujó las manos, sonriendo tristemente antes de mirar por el pasillo hacia el trono desocupado y el espacio vacío donde debería haber un segundo—. Nunca será lo mismo sin ellos, ¿verdad? —sonaba casi como un niño perdido, pero la vulnerabilidad que solo mostraba ante ella quedó rápidamente enterrada bajo una compostura de rey.

—No, no lo será. A veces pienso que quizá todo sea un mal sueño y que mañana me despertaré y todo volverá a ser como antes —una lágrima rodó por su mejilla y cayó de su barbilla sobre su mancillado vestido de novia—. Pero no podemos vivir en esas fantasías —ella nunca había entendido realmente lo que significaría enfrentarse a tal elección entre el deber y el deseo, ni cómo el peso de esa elección afectaría a tantas vidas.

—Supongo que deberíamos volver. Hay mucho por hacer —dijo Alexei.

Anna permaneció junto a su hermano y tuvo la extraña sensación de que no estaban solos. Como si los fantasmas del pasado estuvieran allí con ellos, observando... esperando. Alexei se levantó y empezaron a alejarse una vez más del único trono que había al final del salón y, en ese momento, Anna sintió la pérdida de sus padres de una manera muy profunda que no pudo respirar. Miró por encima del hombro hacia la silla dorada vacía y luchó contra las lágrimas mientras su alma lloraba por el pasado. Luego se volvió para mirar el futuro.

❄

—Bueno, vivirás —pronunció Ashton mientras examinaba la herida de Aiden—. Los escoceses tenéis la suerte del mismísimo diablo.

Aiden estaba tumbado sobre una mesa en una cabaña que pertenecía a uno de los comerciantes del pueblo. Junto a Ashton, un médico abría un maletín negro y asentía con la cabeza en acuerdo.

—Lord Lennox tiene razón —dijo el hombre en un inglés pesadamente acentuado—. La cuchilla no ha alcanzado tus órganos, por pura suerte. Ocurre de vez en cuando, cuando el pinchazo se produce en el lugar adecuado. Tus músculos son gruesos ahí abajo, y tu camisa de seda ha ayudado a frenar un poco la cuchilla. Los mongoles solían llevar seda a la batalla con ese mismo propósito...

—Doctor... —Ashton interrumpió suavemente el comienzo de la lección histórica del doctor.

—Cierto, mis disculpas. Como iba diciendo, era más difícil que la cuchilla alcanzara algo vital.

—Eso es un alivio —Aiden volvió a apoyar la cabeza en la mesa.

—Todavía necesitarás puntos —advirtió el médico—. Y debes prestar atención a la fiebre.

—Suture, doctor. Solo deme primero un poco de whisky.

Ashton se carcajeó.

—Buscadle un trago al hombre —llamó a la multitud de amigos de Ashton que estaban alrededor.

—Aquí mismo —Charles sacó una petaca de plata de su abrigo y se la entregó a Aiden, quien dio un largo trago antes de suspirar y volver a tumbarse en la mesa. Brock y Brodie estaban a ambos lados de sus hombros, mirando con preocupación mientras el médico empezaba a suturar la herida. A pesar del dolor, Aiden solo emitió unos pequeños sonidos de incomodidad. Esto no era nada comparado con las cosas que su padre había hecho una vez...

—Ashton... —gruñó Aiden, intentando ignorar el pinchazo de la aguja—. ¿Cómo acabó Godric con el uniforme de verdugo? No pensé que él y los demás nos alcanzarían a tiempo.

—Después de salir de Londres, Lord Morrey dijo que nos seguiría con fuerzas de apoyo. Le dijo a Godric y a los otros de nuestro grupo que partieran esa misma noche que nosotros. Godric y la mitad de sus hombres llegaron solo medio día después que nosotros, y se encontraron con el segundo al mando de Alexei, un tipo llamado William. William había estado reuniendo al ejército rebelde del príncipe y planeaba asaltar el castillo para detener la ejecución. Cedric y yo conseguimos abrirnos paso por el palacio haciéndonos pasar por sirvientes y nos ganamos su confianza para ayudar cuando estalló la batalla. Nos enteramos de que Charles y tú estabais en las mazmorras, así que nos reunimos con los demás y urdimos un plan para detener la ejecución y luchar contra los hombres de Yuri. Después de que te fueras cabalgando para salvar a Anna, las fuerzas de William se revelaron en el patio y lucharon contra los guardias que aún quedaban aquí en el palacio. Con la ayuda de los sirvientes, pudimos llevar a los guardias a una parte del castillo y atraparlos. Entonces se enfrentaron a una situación de rendirse o morir. Naturalmente, se rindieron —dijo Ashton con mucho orgullo.

—¿Y Yuri? —preguntó Aiden. Lo último que había visto era a los aldeanos y a Alexei acorralando al hombre.

—Alexei persiguió a su tío hasta el gran salón y se batieron en duelo de espadas. Yuri pereció en la pelea.

Parte de la tensión abandonó el cuerpo de Aiden. Por fin había desaparecido la amenaza contra Anna.

—Las fuerzas de Morrey estarán aquí cualquier día, y una vez que lo estén, nos aseguraremos de que puedan reunir al resto de los hombres de Yuri en el campo y establecer el orden. Los pueblos necesitan ser reconstruidos, y los hombres y mujeres de Ruritania necesitan comida y trabajo. Los hombres de Morrey los ayudarán a reconstruir lo que Yuri ha destruido —añadió Ashton.

—Todos volveremos pronto a casa, hermano —Brock estrujó el hombro de Aiden.

No todos, pensó Aiden. Eso era lo que Aiden temía. O se quedaba aquí con Anna, separándose de la tierra que amaba y de su familia, o Anna tenía que elegir su país por encima del amor. Pasara lo que pasara, no todos volverían a casa.

Pero en realidad, no había elección. Si Anna elegía seguir casada con él, él viviría aquí con ella. Por mucho que echara de menos su casa, sus animales, sus amigos y sus hermanos, siempre antepondría las necesidades de ella a las suyas. El amor era un sacrificio... pero también era un regalo precioso, y Aiden haría lo que tuviera que hacer para ser digno de él.

—Es una lástima que nunca llegáramos a tener una batalla decente —refunfuñó Charles—. Manejamos a los hombres de Yuri tan rápido que fue bastante aburrido, ¿no?

Ashton puso los ojos en blanco.

—Creo que asaltar un castillo con rebeldes es una historia decente —dijo Godric—. Además, no es realmente una aventura si la cabeza de Charles no acaba casi cortada.

Charles miró a Godric con el ceño fruncido y se estremeció de forma dramática.

—Eso no tiene la menor gracia. Me gusta mi cabeza donde está, muchas gracias.

Aiden cerró los ojos y una leve sonrisa se dibujó en la comisura de sus labios mientras escuchaba a sus hermanos meterse en la conversación con insultos amigables sobre dónde debería estar la cabeza de Charles. Los echaría mucho de menos a todos, pero Anna era su futuro, y si ella lo aceptaba a él, eso significaba dejar a un lado el pasado. Pero todo eso suponiendo que ella lo eligiera a él y no a Erich. Aiden respetaría cualquier decisión que ella tomara, aunque le rompiera el corazón.

Cuatro semanas después

Anna se encontraba unos pasos por detrás de Alexei en el gran salón mientras éste se arrodillaba ante un sacerdote y recibía la corona real de Ruritania. La multitud reunida para presenciar la coronación estalló en vítores. Anna observó cómo la luz del sol de finales de otoño se colaba por los vitrales, pintando las paredes de piedra con un arco iris de colores, y echó una mirada rápida a Aiden entre la multitud, quien la miraba con ojos suaves que hicieron que su piel se ruborizara. Se obligó a centrarse de nuevo en la coronación de su hermano.

—De pie, rey Alexei III de Ruritania —anunció el sacerdote. Alexei se levantó y se giró hacia la multitud, y su manto rojo forrado de piel blanca se arremolinó tras él. Observó la sala. Bajo la capa, vestía el traje militar real de Ruritania, blanco y azul, con el emblema del león dorado de su familia en el pecho. Su aspecto era magnífico, y se parecía tanto a su padre que a Anna le dolía el corazón.

Habían pasado cuatro semanas desde la muerte del Pretendiente, como los lugareños llamaban ahora a Yuri. Parecían decididos a negarle cualquier lugar en su historia. En ese tiempo, Alexei se había reunido a diario con nobles y plebeyos representantes de todas las aldeas importantes para discutir el futuro del país.

El decreto real había sido revisado para convertir el gobierno de Ruritania en una monarquía constitucional. Las familias nobles, junto con los plebeyos, habían apoyado gustosamente la iniciativa. Parecía que el pueblo de Ruritania nunca había perdido la fe en el príncipe rebelde. Anna aplaudió junto a la multitud mientras su hermano bajaba del altar y se dirigía al patio del castillo.

Anna permaneció en el salón y escuchó cómo continuaban los vítores fuera. Se acercó al trono y tocó la corona tallada en lo alto de la silla. Volvió a sentir los mismos fantasmas agobiándola. En el bolsillo de su vestido guardaba una carta que había recibido antes de la ceremonia. Ahora que estaba sola, la sacó y rompió finalmente el sello para leerla.

MI QUERIDA ANNA,

Iré a reunirme contigo en Ruritania para renovar mi petición. Aunque nuestros padres ya firmaron nuestro contrato marital, creo que debe ser una promesa vinculante solo si tú lo deseas. Pero me pregunto si tal vez cuando llegue ya no estés allí. Porque vi algo en Londres que me ha hecho reflexionar. Te vi mirar a otro hombre como yo te he mirado a ti. Mi corazón siente que tal vez otro te sostiene en sus brazos, incluso mientras escribo esto, y que quizá perteneces realmente allí.

Si es así, por favor, quiero que sepas que creo que es bueno que hayas seguido a tu corazón. Hubo un verano en el que fui a visitarte y tu madre me habló en privado. Sus palabras siempre han estado en mi mente. Dijo que Alexei había nacido para vivir en Ruritania, pero que tú tenías un destino que te llevaría lejos, a un lugar sin coronas, donde serías libre para perseguir otros sueños.

Parecía tan triste cuando me dijo esto, como si siempre hubiera sabido que un día dejarías Ruritania. Pero si hay algo que he aprendido es que no debemos negar quiénes somos, ni negar nuestro llamado, independientemente de la forma que adopte. Si llego y no te encuentro, conoceré tu respuesta. Estaré triste, pero al mismo tiempo sentiré paz al saber que has elegido tu camino libremente.

Siempre tuyo,
Erich

Presionó la carta contra su pecho. El último atisbo de culpabilidad que sentía ante la idea de marcharse había desaparecido.

—Siempre supiste que me iría, ¿verdad? —susurró al aire, y por un momento creyó sentir una caricia en la mejilla—. Pero no me iré para siempre —prometió—. Volveré.

—¿Anna? —la voz de su hermano en el otro extremo del salón la hizo girar.

Alexei caminaba hacia ella. La pesada corona había desaparecido de su cabeza y la capa ya no le cubría los hombros. Volvía a ser simplemente su hermano, pero también un rey. Algún día sería difícil recordar los días en que habían sido jóvenes. Echaría de menos muchas cosas de la vida de su hermano cuando abandonara Ruritania, y ya no estaría aquí para actuar como consejera privada de Alexei. Antes, habían compartido casi todo de sus vidas, pero eso estaba llegando a su fin, como todas las cosas debían hacerlo algún día.

—Anna —volvió a decir cuando se encontraron en medio del gran salón.

—He... he tomado mi decisión —las palabras causaron un verdadero dolor en su interior. Nunca había manejado muy bien las despedidas.

—Has decidido irte, ¿verdad? —él apoyó las manos sobre sus hombros; sus ojos eran un reflejo de su propio dolor.

Ella asintió.

—Partiré en cuanto haya un barco listo.

—¿A Escocia? —preguntó, pero era más una afirmación que una pregunta.

Ella volvió a asentir, y la alegría de pensar en su nuevo hogar le provocó una sonrisa.

—¿Cómo es allí? —preguntó con curiosidad—. Quizá algún día, cuando las cosas vuelvan a estar tranquilas aquí, te visite.

—Más te vale. Creo que te gustaría. La tierra es salvaje, indómita, pero te acoge con sus cielos infinitos y sus campos de brezo púrpura. La magia aún existe allí, en los bosques antiguos y en los estanques de las hadas. Es un hogar —esperaba que algún día su hermano pudiera entender lo que significaba sentir el llamado del hogar como ella.

—¿Y Kincade? ¿Seguirás casada con él?

—Sí, pero quiero renovar nuestros votos ante su familia y nuestros amigos. Hay una antigua Kirk, una iglesia sobre una colina que significa mucho para su familia. Me gustaría celebrar una segunda boda allí. No es que no vayamos a visitarle al menos una vez al año, pero no podemos quedarnos aquí —Anna se limpió una lágrima. Habría deseado tener una ceremonia aquí con sus padres, pero eso estaba fuera de su alcance para siempre.

—¿Serás feliz con él? ¿No te importará renunciar a la vida en la corte? —preguntó Alexei.

Anna alzó la mano para cogerle la mejilla, el hilo de conexión invisible con él tan fuerte como siempre.

—Nunca había pensado realmente en la felicidad, no en la verdadera felicidad, hasta que Aiden me encontró aquel día en la orilla. Fue como si encontrara repentinamente todo lo que me faltaba. No me sentía sola ni fuera de lugar. Sentía que pertenecía, no solo a él o a la tierra, sino a mí misma. ¿Tiene sentido?

Su hermano sonrió.

—El amor *siempre* tiene sentido.

Anna supo por la mirada de su hermano que quería pedirle que se quedara aquí permanentemente, hacer que Aiden se quedara aquí con ella, pero no sería lo correcto ni para Aiden ni para ella. Sus vidas estaban en Escocia.

—Él y yo... somos muy parecidos, ¿sabes? No podría imaginar quedarme en la corte por más tiempo y dejar que las reglas de otros dicten mi vida. No me haría feliz.

Alexei se inclinó hacia ella y le besó la frente.

—Te echaré de menos más allá de las palabras —dijo, con los labios crispados mientras intentaba sonreír, pero parecía incapaz de conseguirlo.

—Creo que eso es lo mejor y lo peor de amar a alguien. La separación llega algún día, y la idea es dolorosa, pero no todas las separaciones son para siempre. Volveremos, Alexei, todos los años, te lo prometo.

—Sé que lo harás —la abrazó con fuerza, y Anna contuvo la respiración, pensando tontamente que eso aliviaría el desgarro de su corazón.

—Será mejor que vayas a darle la buena noticia a tu escocés. Ha estado demasiado callado estas últimas cuatro semanas. Creo que teme perderte.

Aunque ella y Aiden habían estado compartiendo dormitorio, se habían visto sorprendentemente poco en el último mes, entre ella ayudando a Alexei, y Aiden ayudando a los hombres de Lord Morrey a reconstruir las aldeas. A menudo se habían perdido días enteros el uno con el otro, y uno u otro volvía para encontrar al otro muerto de sueño en la cama. Eso demostraba su teoría de que si se quedaba, difícilmente llegaría a pasar el tiempo suficiente con Aiden para disfrutar de una verdadera vida con él. Volver a Escocia era lo que ambos necesitaban.

—Tienes razón —ella suspiró y los dos se soltaron. Sonreía

a pesar de las lágrimas mientras miraba a su gemelo—. Larga vida al rey.

Sus ojos se iluminaron de adoración.

—Larga vida a la *princesa*.

AIDEN CABALGÓ CON SU CABALLO PRESTADO HACIA EL Palacio de Invierno y refrenó a la bestia al ver la multitud distante que aún llenaba las calles. La coronación había terminado hacía dos horas, pero la gente que había venido de lejos para estar allí parecía contenta de seguir celebrando. No podía culparlos. La guerra y la ambición habían destrozado su país. Ahora era tiempo de paz, de volver a la normalidad y, sin embargo, las cosas también habían cambiado. El hermano de Anna había formado un parlamento, y aunque estaba en sus comienzos, ella creía que con el tiempo se convertiría en una buena voz para su pueblo.

Durante la ceremonia, mientras todos los demás habían mirado a Alexei, Aiden solo había tenido ojos para Anna. Había llevado un vestido rojo y crema, muy parecido al que había llevado en Londres en el baile de Lady Eugenia. Las perlas brillaban por toda la falda, y más perlas se enhebraban en los intrincados mechones de su peinado. Parecía la princesa radiante que realmente era. Se dio cuenta de que tenía mucho en qué pensar, tanto para su futuro como para el de Anna. En las últimas semanas, Anna había estado ocupada con los nuevos cambios gubernamentales y los preparativos para la coronación. Aiden había ayudado a las fuerzas de Lord Morrey a asentarse en su papel de reconstruir aldeas y perseguir a los guardias de Yuri que aún vagaban por el país. Eso lo había mantenido ocupado y concentrado.

Ashton y sus amigos se habían quedado alrededor de una semana tras la muerte de Yuri para asegurar la transición estable de los hombres que Morrey había enviado, y luego habían embarcado rumbo a casa. Los hermanos de Aiden se habían ido con ellos, y el recuerdo de aquella partida seguía siendo una herida dolorosa en el pecho de Aiden. Se habían despedido, aunque no para siempre, porque él planeaba visitarlos dentro de un año, pero Brock y Brodie habían comprendido que él no iba a volver a vivir en casa con ellos. Aiden había hecho su elección.

Encontraría la manera de parecerse más a Erich, de volverse elegante y sociable y hacer el papel de príncipe consorte para que su esposa pudiera cumplir con sus deberes de princesa de Ruritania. Aunque eso significara abandonar su hogar y su familia, lo haría por Anna.

Aiden entró en el patio del palacio y se bajó del caballo. Uno de los guardias de Alexei lo vio y se acercó.

—Señor Kincade, la princesa lo ha estado buscando.

Aiden asintió.

—¿Dónde está ella?

—Creo que se ha retirado a sus aposentos, señor.

Aiden dio las gracias al guardia y se dirigió al castillo. Los pasillos estaban llenos de sirvientes moviéndose afanosamente, y los miembros adicionales del personal estaban trabajando duro para restaurar el palacio a su antigua gloria. Subió las escaleras que conducían al dormitorio de Anna y encontró la puerta abierta. Ella estaba junto a la ventana, perfilada contra el sol poniente.

—¿Muchacha? —pronunció la palabra con inseguridad.

Tenía una mano sobre el cristal de la ventana, los dedos separados mientras contemplaba el paisaje. Cuando se giró, su fina corona de oro reflejó la luz y brilló como el destello de una estrella fugaz en el cielo nocturno.

El corazón de Aiden se detuvo y todas sus dudas sobre abandonar su hogar y su familia desaparecieron. *Amaba* a esta mujer, la amaba más que a su propia vida, y haría lo que fuera para hacerla feliz.

—Fuiste a cabalgar sin mí.

Aiden se preguntó si se estaba burlando de él o si estaba dolida por sus acciones. No lo sabía.

—Tenía que pensar en algunas cosas.

—Yo también —cruzó los brazos delante de ella como si tuviera frío—. ¿Podríamos sentarnos y hablar? —señaló con la cabeza la tumbona que había al final de la cama. Él se sentó en uno de los extremos y se unió a ella. Se dio cuenta de que, de alguna manera, Anna había encontrado su tela escocesa entre sus maletas de viaje y la había extendido sobre el sofá como si fuera una manta. Por un momento, ninguno de los dos habló.

—Aiden, yo...

—Deberíamos...

Se rieron nerviosamente.

—Tú primero —insistió ella, con las manos cerradas sobre su regazo.

Aiden notó que ella retorcía sus dedos juntos y calmó suavemente sus manos, cubriéndolas con una de las suyas.

—Perteneces aquí. Perteneces a tu hermano y a tu gente. Nunca te pediría ni esperaría que dejaras eso por mí. Así que he decidido ser el hombre que necesitas que sea, si eso es lo que deseas.

Los ojos de Anna se volvieron oscuros y luminosos. Sacó una carta del bolsillo de su vestido y se la tendió.

—Por favor, lee esto —ella depositó la carta en sus manos, él la desdobló y leyó las palabras que le destrozaron el corazón. Tragó duro y se la devolvió.

—¿Qué intentas decirme, muchacha, que has elegido a Erich?

Los delicados dedos de Anna le apartaron el pelo de los ojos, y luego le sonrió.

—Hombre tonto. No elijo a Erich. Te elijo a *ti* —leyó las

palabras de su madre, la parte en la que había estado demasiado destrozada para concentrarse después de ver que Erich había querido venir a renovar su petición. Hizo hincapié en la parte de que siempre había estado destinada a marcharse.

—No voy a quedarme aquí en Ruritania, Aiden. Quiero volver a casa, a *nuestro* hogar. Echo de menos a Lydia, Joanna y Rosalind. Echo de menos a los erizos, las martas de pino y los búhos. Echo de menos a Bob y a Thundir. Echo de menos al pequeño Cameron y, sobre todo, *nuestra vida* allí.

Por un momento, Aiden tuvo dificultad para hablar.

—¿No quieres quedarte aquí y ayudar a tu hermano a reconstruir tu país?

Ella sacudió la cabeza.

—Alexei y yo siempre estaremos unidos, pero mi destino y el suyo han divergido. Pertenezco a un lugar donde soy libre de ser yo misma. Libre para compartir el resto de mi vida contigo. Además, creo que sería bueno para Inglaterra tenerme como enviada oficial para Ruritania, cuando sea necesario. Al fin y al cabo, le caigo bien al rey George —le guiñó un ojo con picardía.

—Sí, así es, muchacha, así es —Aiden se apresuró a estar de acuerdo. A Anna nunca le faltarían seguidores en Inglaterra y Escocia si decidía utilizar su influencia política allí.

—¿Eso te tranquiliza, esposo? —le preguntó con una voz suave y ronca que lo hizo respirar entrecortadamente.

—Me tranquiliza... pero un beso no me vendría mal para aumentar esa tranquilidad —su voz era grave y ronca.

Se inclinó hacia él y lo besó, y Aiden se olvidó de respirar. No había sabido que los besos podían mostrarle a un hombre su futuro, pero el beso de Anna lo hizo. Podía verlos volviendo a casa, al castillo Kincade, dando la bienvenida a su primer hijo, y luego a varios más. Los vio en sus años crepusculares, sentados junto a los estanques de las hadas y observando las nubes pasar sobre sus cabezas. Vio la vida exquisitamente hermosa que prometía el beso de Anna. Una vida que nunca pensó que tendría.

Cogió el rostro de Anna, la besó con más fuerza, con más hambre, y pronto ella se arrastró hasta su regazo, envolviéndolos con la tela escocesa para mantenerlos calientes mientras el sol se ocultaba en el horizonte. Después de un tiempo, Aiden dejó caer la tela escocesa, cogió a su mujer en brazos y se la llevó a la cama. La dejó en el borde de la cama de plumas y le volvió a coger la cara, besándola más fuerte esta vez. Luego la soltó y dio un paso atrás, simplemente admirando a la princesa sentada ante él. *Su princesa.*

—¿Vas a follarme, oh Highlander pícaro? —bromeó ella con una risa sedosa—. ¿O vas a quedarte ahí mirándome?

—¿Quieres ser follada, muchacha? —gruñó juguetonamente.

—¿Por ti? Siempre... —se quitó la diadema de oro que llevaba en la frente y la dejó con cuidado sobre la mesa junto a la cama. Luego empezó a quitarse las horquillas del pelo hasta que éste le cayó por los hombros en salvajes rizos rojizos. Le recordó al primer encuentro con ella, cuando había llegado a las costas de Escocia como una princesa selkie.

Entonces, él asumió el control y se arrodilló a sus pies y le quitó las finas zapatillas de casa enjoyadas. Le levantó las faldas hasta las rodillas para poder bajarle las medias. Besó cada centímetro de ella, tomándose su tiempo como nunca antes había podido hacerlo. Hasta ahora, cada minuto con ella había sido como si fuera el último. Por primera vez desde que había conocido a Anna, podía saborearla, con la certeza de que eso no era más que el principio.

Cuando llegó el momento de quitarle el vestido, Anna se tumbó boca abajo en la cama y él se colocó encima de ella, colocando cuidadosamente sus rodillas a ambos lados de sus caderas mientras pasaba los dedos por los botones y sus respectivos agujeros en su espalda. Luego deslizó el vestido por sus hombros y se inclinó para besarle la nuca. Le recorrió la columna vertebral con los labios hasta que ella se estremeció y le susurró que se diera prisa. Eso solo lo hizo sonreír y la hizo callar.

—Si voy a follarte, me tomaré mi tiempo, esposa —su regaño la hizo soltar una risita mientras hundía la cara en el pliegue de su brazo. El dulce sonido femenino le provocó un dolor en el pecho. Ella estaba dejando atrás su miedo al futuro, sus preocupaciones, y eso hizo que todo el cuerpo de Aiden vibrara con una alegría que nunca había creído posible.

Anna levantó las caderas para que él pudiera quitarle el voluminoso vestido, dejándole solo el corsé, la camisola y las enaguas. Fue rápido en quitarle el corsé y las enaguas, pero cuando llegó a la camisola de gasa, simplemente la rasgó por la espalda y levantó a Anna en sus brazos mientras la tela caía.

—No puedes hacer eso con todas las camisolas, ¿sabes? — le advirtió con una sonrisa pícara mientras se giraba en sus brazos y lo besaba.

Sus pechos rozaron el suyo y él gruñó de placer. No se molestó en decirle que a veces le gustaba arrancarle la ropa. Tal vez se debía al viejo guerrero celta que llevaba dentro, que a veces quería reclamar a su mujer con mucha rudeza. Pero ahora era el momento de la dulzura, de los placeres largos y tortuosos, y él disfrutaría de cada minuto.

Le cogió la nuca y la besó profundamente, imitando con la lengua lo que su cuerpo pronto haría con el de ella.

—Por favor, Aiden, llevas demasiada ropa para besarme así —gimió, y sus manos tiraron frenéticamente de su camisa, intentando sacársela de los pantalones.

La tumbó suavemente en la cama, se quitó la camisa y luego las botas de una patada. Casi se cayó de la cama intentando quitarse los pantalones y los calcetines, y luego volvió a estar encima de Anna, riéndose con ella mientras descendía sobre su cuerpo. Sus piernas se abrieron y él se hundió en ella, disfrutando del calor acogedor de su cuerpo como si el mismo cielo se hubiera abierto para él.

—Te amo —susurró mientras empezaba a moverse dentro de ella—. Te amo tanto que duele.

Sus paredes internas se cerraron en respuesta y Anna echó la cabeza hacia atrás con un grito de placer. Cuando pareció recuperarse del clímax, hundió las manos en su pelo y lo miró fijamente; había amor brillando en sus ojos.

—Yo también te amo, Aiden. Tanto que duele. Pero es el tipo de dolor más maravilloso, ¿verdad?

Él sabía exactamente a qué se refería. Cuando su corazón estaba tan lleno como en ese momento, dolía de verdad, y el dolor era algo hermoso para él, como lo era ella. Le hizo el amor, tomándose su tiempo, haciéndola correrse dos veces más antes de que le rogara que la dejara descansar. Él se lo permitió con una risa sensual y estruendosa. Se durmió instantes después, y él simplemente se quedó despierto observándola. Luego, en las horas previas al amanecer, la despertó suavemente una vez más.

Cuando Anna separó los muslos y él se hundió en su interior, ambos compartieron un suave jadeo al convertirse en uno solo en esas primeras horas antes del amanecer. Anna se entregó a sus pasiones con nuevo fervor, y Aiden prolongó su placer hasta que ella lloró de desesperación porque él la satisficiera. Mientras el sudor cubría sus cuerpos, él le acarició el cuello con la nariz y le besó la oreja.

—Espero que hayamos creado una vida entre nosotros justo ahora —susurró.

—Yo también lo espero —ella le acarició el pelo oscuro con la mano, y él agradeció que sus lágrimas de alegría quedaran ocultas por la noche marchita—. Le he dicho a mi hermano que zarparíamos hacia Escocia cuando un barco estuviera listo.

—¿Estás lista para partir tan pronto? —le alegraba pensar

que volverían a casa, pero no quería que ella se apresurara su despedida.

—Sí. Tus hermanos y los demás se fueron hace semanas, y anhelo estar en casa con ellos, estar en casa contigo. Le he dicho a Alexei que volveríamos el próximo año de visita.

La besó.

—Ciertamente lo visitaremos tan a menudo como desees, muchacha.

—Bien —le sonrió soñolienta—. Entonces nos vamos mañana. A casa.

—*A casa* —aceptó él.

Se acurrucó más cerca de él y apoyó una mano en su pecho.

—¿Prometes ahuyentar mis pesadillas si tengo alguna?

—Muchacha, a partir de ahora sólo tendrás sueños buenos, y los perseguiremos juntos.

Diciembre de 1821
Escocia

Una mañana invernal, un carruaje se detuvo frente al castillo Kincade. Brock lo vio desde la ventana de su alcoba mientras se vestía para el día. Se preguntó quién vendría a visitarlos en una época tan fría del año.

El viaje por los caminos rurales para llegar al castillo no pudo haber sido agradable. Quienquiera que acabara de llegar era determinado, como mínimo. Brock dejó que su ayuda de cámara terminara de arreglarle el pañuelo de cuello, luego salió de su alcoba y llamó a su esposa.

—¡Joanna! ¿Quién está en la puerta? —se había acostumbrado a llamar a gritos a su esposa porque se encontraba en algún lugar de las profundidades del castillo. Era un lugar inmenso con docenas de habitaciones, y nunca podía encontrarla sin un grito o dos. Disfrutaba mucho cuando su formal esposa inglesa le gritaba como cualquier buena escocesa, con las mejillas sonrojadas y los ojos llenos de picardía. Cuando la encontraba, y si estaba sola, solía tomarse su tiempo para recordarle por qué había aceptado casarse con él. Los besos robados en las bibliotecas seguían siendo uno de los pasatiempos favoritos de Brock.

Hacía solo un mes que había regresado de su aventura en Ruritania, y Joanna estaba ansiosa por evitar que volviera a marcharse pronto. Él sospechaba que estaba preñada, pero no se lo diría hasta estar segura.

Tanto Joanna como Lydia habían estado frenéticas de preocupación cuando los hermanos Kincade partieron para rescatar a Anna. Él había comprendido sus temores, pero ni él ni su hermano podían dejar que Aiden se enfrentara solo a los peligros en el extranjero. Joanna había temido todos los días que él no regresara, y ninguna noticia de la seguridad de ambos había llegado a Londres hasta que él y Brodie zarparon de regreso a un puerto inglés y pudieron reunirse con sus esposas en la casa de ciudad de Ashton.

Brock había prometido no volver a salir de Escocia ni de Inglaterra en mucho tiempo. Pero con esa promesa llegó el dolor. Significaba que había perdido a su hermano, tal como la anciana romaní había dicho que sucedería. Por supuesto, él había pensado que *perdido* significaba muerto. Aiden no estaba muerto, pero estaba lejos, y podría pasar mucho tiempo antes de que Brock volviera a verlo. Había prometido visitar Escocia, pero estar casado con una princesa significaría que Aiden estaría ocupado con los deberes reales, y no sería tan fácil volver a casa con frecuencia.

No se sentía bien no tener a su hermano menor aquí. Los animales que pertenecían a Aiden parecían inquietos, como si supieran que su bondadoso amo no volvería nunca más. Pero ése era el precio del amor. Significaba renunciar a cosas para formar una alianza con la persona que uno amaba. Aiden había elegido a una princesa, y había hecho lo correcto quedándose con ella cuando la mujer tenía deberes reales por cumplir.

—¡Brock! ¡Ven rápido! —la voz de Joanna contenía

sorpresa y emoción, lo que lo hizo correr por las escaleras. Se detuvo al ver la nieve que ya entraba por la puerta abierta. Una mujer oculta bajo una pesada capa azul abrazaba a Joanna y Lydia. Brodie estaba de pie junto a ellas, sonriendo como si la Navidad hubiera llegado antes de tiempo. La joven se apartó la capucha de la capa y Brock vio a Anna sonriéndole.

—¿Anna? —si la princesa estaba aquí, eso significaba que su hermano...

Otra figura entró en el castillo, y el mayordomo Kincade cerró apresuradamente la puerta para evitar que entrara más nieve. Se quitó el sombrero y sacudió su gran capa para deshacerse de la nieve antes de quitársela y entregársela al mayordomo. El corazón de Brock se contrajo tanto que no pudo respirar.

Aiden había vuelto a casa.

—Llegáis justo a tiempo para las festividades —anunció Lydia.

—Así es —Anna soltó una risita—. ¿Espero que eso esté bien?

—Por supuesto, hermana —Brodie aprovechó su turno para abrazar a Anna mientras Brock se apresuraba a bajar las escaleras para unirse a la alegre reunión. Apenas podía contener su alegría.

—¿Cómo...? —se aclaró el nudo en la garganta mientras miraba entre Aiden y la princesa, intentando no hacerse ilusiones—. ¿Cuánto tiempo os quedáis?

La sonrisa de Anna podría haber eclipsado al mismísimo sol.

—Para siempre, si nos aceptáis.

—¿Para siempre? —repitió Brock.

Aiden se acercó a él y extendió una mano.

—Para siempre, y tal vez un poco más después de eso — dijo Aiden con una cálida sonrisa.

Brock no vio sombras ni tristeza en los ojos de Aiden. El

dolor y la soledad que había cargado durante mucho tiempo se habían desvanecido por completo.

Brock tiró de su hermano menor para abrazarlo y luego hizo lo mismo con Anna, abrazándolos a ambos mientras los ojos se le llenaban de lágrimas. Anna nunca podría saber lo que ella había hecho por él al salvar a Aiden, pero estaría siempre en deuda con ella.

—¡Ay! No podemos respirar, hermano —gimió Aiden de buena manera.

Brock los soltó y Aiden bajó la cabeza, ruborizándose como avergonzado por la muestra de afecto.

—Antes no eras de los que abrazaban —dijo Aiden.

—Ahora lo soy. Tengo muchos motivos para estar agradecido —Brock vio a Joanna presionar una palma de la mano contra su vientre aún plano, pero la amplia sonrisa que le dedicó le dio a entender que había más motivos de agradecimiento en camino.

Brodie se aclaró la garganta, intentando sonar ronco.

—Bueno, ya era hora de que volvieras. Tus pequeñas bestias han estado muy mal sin ti. He estado haciendo de mamá gallina con Prissy la última semana —abrió el bolsillo de su chaleco y le entregó a Aiden un erizo muy emocionado que se retorcía. Aiden se rio y metió a Prissy en el pliegue de su brazo.

El grito de un niño resonó en el salón.

—¡Aiden! ¡Has vuelto! —de repente, un chico se había acercado corriendo y ahora estaba aferrado a la cintura de Aiden.

—Cameron, muchacho —saludó y luego alborotó el pelo del chico con una mano—. ¿Cómo has estado?

—¡Súper! ¡Tengo mucho que enseñarte! He aprendido todo sobre los caballos, y ahora estoy aprendiendo a leer y escribir...

Aiden sonrió satisfecho.

—¿*Todo* sobre los caballos? Lo dudo. Creo que aún puedo enseñarte un par de cosas.

Los ojos de Cameron se ampliaron mientras miraba a Anna.

—¿Es cierto, señorita Anna, que eres una princesa? Eso es lo que Joanna ha dicho... —el chico bajó la cabeza y se juntó tímidamente las puntas de sus zapatos.

Anna se inclinó y le guiñó un ojo a Cameron antes de llevarse un dedo a los labios como si fuera un secreto.

—Lo soy, pero no se lo digas a nadie. Ahora soy escocesa, como tú.

—¿Lo eres? —le sonrió brillantemente—. Oh vaya, espera a que se lo cuente a Bob. Te ha echado mucho de menos.

—¿En serio? —Anna se rio—. Oh, ven y cuéntamelo todo mientras nos calentamos con un poco de té.

—Es una idea encantadora. Cameron nos deleitará con sus historias —Joanna, Lydia y Anna dejaron a los tres hermanos en el salón.

Una vez que estuvieron solos, Brock apoyó las manos sobre los hombros de Aiden.

—¿De verdad pensáis quedaros? ¿Qué hay de la corte real y todo eso?

—Le dije que haría lo que fuera necesario para hacerla feliz, y ella dijo que lo que más deseaba era volver a casa. Va a ser embajadora de Ruritania ante el rey George. Visitaremos a Alexei al menos una vez al año, pero ella quiere vivir su vida *aquí*. Ha dicho que este es el lugar donde se siente libre de ser ella misma. Todavía no me lo creo, pero aquí estamos.

Brock tragó duro.

—Pensamos que te habíamos perdido...

Aiden sonrió.

—Yo estuve perdido mucho tiempo, pero Anna me encontró —por primera vez, Brock fue consciente de que las palabras de la mujer romaní tenían un segundo significado.

Esa *pérdida* tal vez no significaba la muerte de Aiden o que nunca volvería a Escocia, sino que esa parte de él, la parte que había estado tan herida, tan lastimada... se había ido. Tal vez esa parte oscura de él estaba perdida siempre había sido algo bueno, y él simplemente no lo había visto hasta ahora.

—Gracias a Dios por las princesas náufragas —dijo Brodie, y los tres hermanos rieron.

—Gracias a Dios, desde luego —replicó Aiden.

—¡Debemos escribir a Ash y Rosalind! —anunció Brock—. Querrán saber que habéis vuelto.

—Ya los hemos visto. Primero aterrizamos en Londres y pasamos unos días con Ashton y Rosalind. Queríamos agradecerles de nuevo por todo lo que hicieron. Luego hicimos una breve parada en North Berwick para ver al doctor MacDonald y a su nueva esposa.

—¿Nueva esposa? —Brock no entendía nada—. ¿El doctor MacDonald se ha casado?

Aiden soltó una risita.

—Sí. ¿Recordáis que encontró a una mujer del barco de Anna y la ayudó a recuperarse?

—Sí, la mujer que él mencionó en su carta —Brock asintió para que continuara.

—Bueno, esa mujer era la dama de compañía de Anna, Pilar. Mientras estábamos fuera salvando Ruritania, Pilar y el doctor MacDonald estaban aquí enamorándose. Se casaron hace dos semanas. Así que parece que a Anna le queda un poco de Ruritania aquí en Escocia con ella.

—Deberíamos invitarlos aquí por Navidad —sugirió Brodie.

—Sí —dijo Brock—. Deberíamos invitar a Rosalind y a Ash también, si no están ocupados.

—Puede que lo estén —dijo Aiden—. Creo que Emily St. Laurent está buscando esposa para Charles, y eso podría mantener a todos en Londres un poco ocupados.

—¡Charles casado! —resopló Brodie—. La dama que lo acepte como marido tendría que ser una santa.

—Quizá sea mejor que nos mantengamos alejados de Londres, si ese es el caso —añadió Brock—. ¿Por qué no nos unimos a las mujeres y bebemos té?

Brodie lanzó a Aiden una mirada fraternal de picardía.

—Solo si vertemos un poco de whisky en nuestras tazas.

—Apoyo eso —dijo Aiden con una risa.

LA MAÑANA DE NAVIDAD

La barbilla de Anna estaba apoyada en el pecho desnudo de Aiden y dibujaba patrones en su piel mientras dormía. El sol de la mañana se reflejaba en la nieve e inundaba su dormitorio. La marta domesticada de Aiden estaba acurrucada en el sillón. Se estiró y bostezó antes de volver a acurrucarse para dormir, enroscando la cola alrededor de su cuerpo. Anna sonrió, sintiéndose exactamente igual. No quería abandonar la cama caliente hasta dentro de unas horas.

—¿En qué estás pensando?

Ella soltó una risita.

—No sabía que estabas despierto.

Él le pasó una mano por el pelo suelto.

—Me desperté cuando tú lo hiciste, muchacha.

—Feliz Navidad —dijo ella, apenas capaz de contener su alegría. Había estado guardando un secreto durante mucho tiempo, un mes entero para estar segura, pero ahora no podía esperar—. ¿Quieres tu regalo? —le preguntó seductoramente.

—¿Mi regalo? —parecía intrigado por la idea.

—Sí... —subió un poco por su cuerpo hasta quedar tumbada a su altura, con las caras juntas sobre la almohada. Luego le cogió la mano, la metió bajo las cálidas mantas y la colocó en su vientre. Esperaba que él se sorprendiera de lo que le estaba insinuando, pero en lugar de eso sonrió con picardía.

—Me preguntaba cuándo pensabas decírmelo.

—¿Lo sabías?

—Has mostrado mucha pasión en la cama, más de lo habitual, y tus pechos han crecido y se han vuelto más sensibles. Puedo sentir los cambios en ti.

—Oh... —estaba un poco decepcionada de que no fuera una sorpresa para él.

—Desde el momento en que me di cuenta de que estabas encinta, he estado deseando que me lo dijeras.

Anna rozó su nariz con la de él antes de besarlo.

—¿De verdad?

—De verdad —le cogió la cara y profundizó el beso, deslizando la lengua entre sus labios.

—Bueno, tenía que estar segura antes de decírtelo.

—Pensé que esa sería la razón. No quería molestarte presionándote —se quedó callado un momento, y luego su mirada se clavó en su rostro—. Anna, ¿te importa si te pregunto algo?

Asintió, curiosa por saber en qué estaría pensando.

—Aquel día en el pozo de los deseos, dijiste que el pozo te concedió tu deseo. ¿Qué deseaste?

Su mirada se volvió solemne al recordar esos terroríficos momentos.

—Cada vez que soñaba contigo en el pozo, deseaba que encontraras la forma de salvarme, de atravesar el agua y llegar a mí. Y lo hiciste. Me salvaste aquel día, como siempre había esperado que lo hicieras. Y no me refiero simplemente a que me salvaste del peligro. Me salvaste de una vida que nunca habría sido la mía. Me has dado amor y felicidad, y una vida que siempre será mía.

—Quizás el pozo te concedió tu deseo porque yo deseaba lo mismo. Estaba desesperado por salvarte, por salir del agua, por cogerte de la mano en esos sueños, y no solo por salvarte sino por amarte... y la sensación de salir por fin a la superficie del pozo tras aquella caída y, de algún modo, no morir. Ese día se cumplió un deseo. Uno muy poderoso.

—Estoy de acuerdo —dijo ella antes de besarlo.

Cuando por fin se separaron, Anna trazó sus labios.

—Me alegro de haberme perdido en Escocia —deslizó las puntas de los dedos por la línea de su nariz, y los ojos de Aiden quedaron libres de las tormentas que alguna vez los atormentaron. Ella soltó una risita—. Perdida con un escocés... Suena como una aventura maravillosa, ¿verdad?

Aiden le acarició el pelo, sus ojos buscando los de ella.

—Fue una aventura maravillosa encontrarte, y nunca volverás a perderte, no mientras yo esté contigo — prometió.

Volvió a besarlo. Esta vez, estaba perdida de la mejor manera con su escocés.

MASILDA, ANCIANA Y MATRIARCA DE SU CLAN DE VIAJEROS, estaba sentada junto al cálido fuego, envuelta en una colorida capa cosida con esmero por sus hermosas hijas como regalo. Acampaban al borde del bosque para evitar que el viento invernal de la costa de Cornualles les helara demasiado los huesos. Sus carretas estaban bien construidas, pero Masilda había vivido muchos años y sabía que el invierno era duro sobre la madera. Quería conservar sus carretas el mayor tiempo posible antes de que tuvieran que pensar en repararlos.

Contempló el baile de las llamas mientras su pueblo cantaba canciones alegres, consumía bebidas calientes y celebraba el solsticio de invierno. El mundo se desvaneció, y lo único que Masilda podía ver eran las llamas, y oía los mensajes que le susurraban a través de los crujidos y los chasquidos del fuego.

—Así que la muerte no fue el final para ti después de todo —sonrió al ver al pequeño escocés, al que había advertido muchos años atrás, abrazando a su princesa, ambos ahora a salvo. Había amado a su mujer a pesar de saber lo que podría costarle, y el destino le había devuelto la vida por esa lealtad al amor.

El sonido de un caballo acercándose silenció la fiesta de su pueblo, y ella levantó la mirada hacia el *gadjo* de pelo y ojos oscuros que se detuvo cerca de su campamento. Su gran capa ondeó cuando se bajó del caballo y se acercó al fuego. Estaba dotado de un aspecto que mataría de envidia al mismísimo diablo.

Masilda habló mientras se paraba frente a él.

—¿Busca algo, señor?

El forastero echó un vistazo al campamento y a la gente.

—Busco un lugar donde calentarme antes de volver a mi hogar. Vivo *allí* —señaló la lejana mansión que pertenecía al lord que poseía las tierras que estaban atravesando en este momento.

Masilda le hizo señas para que se sentara junto al fuego.

—Entonces venga a calentarse —el hombre se acomodó en el banco cercano a ella y se quedó mirando las llamas. Masilda le sirvió una taza de té caliente y él la bebió con un murmullo de agradecimiento.

—No nos quedaremos mucho tiempo en sus tierras —prometió.

Los ojos del hombre brillaron con diversión.

—Quedaos todo el tiempo que queráis. Mi madre era de los vuestros. Os doy la bienvenida a mis tierras cuando queráis.

Masilda soltó una risita.

—Creía que usted llevaba el espíritu dentro. También

tiene problemas y picardía en los ojos. Creo que nunca está satisfecho.

—Sabes mucho, vieja madre.

La forma en que dijo *vieja madre* mostraba que tenía algo del conocimiento de su gente.

—Así es —Masilda apartó la mirada de él y volvió a centrar su atención en el fuego. Las profecías seguían susurrándole entre el chasquido y el crujido de los troncos.

—¿Qué ves para mí? —preguntó el hombre, como si supiera que ella estaba escuchando el futuro.

—Lo veo huyendo de lo que más anhela.

Él ladeó la cabeza antes de dar un sorbo a su té y mirarla con curiosidad.

—¿Y qué es?

—Una mujer.

El apuesto desconocido soltó una carcajada.

—Nunca he huido de una mujer en mi vida.

—Lo hará cuando se dé cuenta de que la ama —dijo Masilda.

Podía ver al hombre en el fuego, bailando el vals con una hermosa mujer en sus brazos. Una mujer que él había convertido en un sueño para que todos los demás hombres la desearan, como si la hubiera moldeado a partir de arcilla. Pero lo que deseaba secretamente era a la mujer antes de que se transformara en la criatura que él había creado.

—Nunca he estado enamorado y nunca lo estaré. Las mujeres son demasiado aburridas y predecibles.

Masilda miró al cielo al oír el desafío que el hombre acababa de lanzar al destino.

—Solo porque usted nunca da a las mujeres la oportunidad de ser lo que desean, y no lo que usted espera de ellas.

El hombre terminó su té y dejó la taza.

—Gracias por el té y el fuego caliente —se levantó y echó

un vistazo al campamento antes de darse la vuelta para marcharse.

—¿Cuál es su nombre, milord? —llamó Masilda.

Él se detuvo al borde de la luz de la hoguera y le dedicó una sonrisa oscuramente encantadora.

—Trystan Cartwright, Conde de Zennor —luego montó en su caballo y se alejó, siendo consumido por la noche.

Pasa la página para leer una interesante nota histórica sobre el origen de la idea de la historia de Aiden y, a continuación, podrás leer el primer capítulo de la historia de Trystan Cartwright, *El Conde de Zennor*, el próximo libro de la serie La Liga de los Pícaros.

NOTA HISTÓRICA

El prisionero de Zenda...

¿Habéis oído hablar de esta novela? Si no es así, no es de extrañar. Fue publicada hace más de ciento treinta años, en 1884, por un hombre llamado Anthony Hope, ¡y fue tan popular que la compañía Parker Brothers la convirtió en un juego de mesa en 1896! Apuesto a que os estaréis preguntando qué tiene que ver un libro tan antiguo del que probablemente no hayáis oído hablar con el sexy romance escocés de Aiden y Anna.

Bueno, ahí es donde empieza la diversión. Si sois como yo y amáis los libros, sobre todo los antiguos, o tal vez os gusta la historia de la literatura, os fascinará lo que voy a compartir con vosotros. Como recordaréis, el país de donde proviene mi heroína, Anna Zelensky, se llama Ruritania. Elegí este nombre por una razón. Ruritania ya existía en el mundo de la literatura. Fue el país germánico feudal que sirvió de escenario a *El prisionero de Zenda*, de Anthony Hope. Ahora bien, es importante señalar que mi Ruritania y la de Hope son diferentes en muchos aspectos. Sin embargo, mi Ruritania fue elegida para rendir homenaje al país ficticio de Hope, y he aquí por qué...

Durante los últimos cien años, los lectores se han entretenido con historias sobre personajes, normalmente de la realeza, que proceden de tierras extranjeras ficticias. Ahora casi se considera un cliché. Libros como *Diarios de una princesa*, de Meg Cabot —del que se han hecho dos películas—, e incluso las películas navideñas de Hallmark sobre príncipes y princesas extranjeros y ficticios se consideran "romances ruritanos", aunque no utilicen el nombre de Ruritania.

¿Qué son exactamente los romances ruritanos? Son todas las historias de ficción, ya sean novelas, obras de teatro o guiones, cuyo escenario es un país extranjero con un nombre ficticio, y en las que a menudo figura un personaje de la realeza, ya sea como interés romántico o en el papel principal, y las historias deben incluir aventuras, peligro y amor. En otras palabras, los romances ruritanos son, en cierto modo, las novelas románticas originales, solo que las historias como la mía que existen hoy en día y que están claramente definidas por el género romántico tienen finales felices. Los romances ruritanos no siempre han tenido finales felices.

Cuando Hope escribió *El prisionero de Zenda*, creó un tipo de novela completamente nuevo. Antes de su libro, el mundo de la ficción solo había visto las "novelas" como de naturaleza gótica o sentimental. Yo podría escribir una nota histórica completamente nueva dedicada a ese tipo de historias, pero basta decir que aún no se había escrito nada parecido a una novela de aventuras con un lenguaje rápido y moderno hasta que nació *Zenda*.

Aunque existían novelas como *Los tres mosqueteros* de Alejandro Dumas, historias de aventuras con pasión y romance, no estaban escritas con la verborrea del hablante moderno, ni con el estilo vertiginoso que llegaría a definir las noveluchas de finales de la época victoriana. Escritores como Edgar Rice Burroughs, creador de *Tarzán de los Monos*, descubrirían que un estilo más realista, no menos lírico o poético, pero más accesible y moderno en la elección de palabras, atraería a las masas que no siempre se sentaban a leer. Pensadlo así: Cuando salió a la venta *Cincuenta sombras de Grey*, mucha gente que no leía libros tan a menudo se sentó a leer *Cincuenta sombras de Grey* para ver por qué tanto alboroto. El libro —independientemente de la opinión personal que se tenga de él—, atrajo a un gran número de personas, ya fuera por interés real o por mera curiosidad.

La novela de Hope *El prisionero de Zenda* fue el equivalente en popularidad de finales de la era victoriana a *Cincuenta sombras de Grey*. Pero, ¿qué tenía Zenda que la hacía tan fascinante, aparte de que el estilo de escritura era más accesible a un mayor número de lectores de distintas clases sociales?

Desglosémoslo en sus elementos básicos. El protagonista es un inglés aficionado a los viajes y la aventura. Viaja por Europa y tropieza con un pequeño y pintoresco "reino de bolsillo" llamado Ruritania, y recuerda haber oído que su familia tiene parientes lejanos que viven allí. Acaba enamorándose de una princesa que está destinada a casarse con el actual rey de Ruritania, y además se parece tanto a este rey que, por razones de seguridad, lo reclutan para hacer de doble del rey. Lo que sigue es una disparatada serie de aventuras que ponen al apuesto joven inglés en el papel del rey, y se enamora de una princesa y derrota a un ruin villano.

Este argumento os suena, ¿verdad? Pensaréis que habéis leído un millón de historias de este tipo de varios autores o que habéis visto un montón de películas con estos argumentos. Pues bien, no os equivocáis. Pero *El prisionero de Zenda* fue la primera historia con un argumento y unos temas como éstos. Lo que me parece más interesante no es sólo que Zenda viera nacer los romances de aventuras modernos, sino que también fue una forma para los autores de examinar las situaciones políticas actuales del mundo a través de la lente de un "reino de bolsillo".

Los reinos de bolsillo son pequeños reinos ficticios, a menudo de naturaleza feudal, en los que un rey gobierna un reino relativamente medieval. Este país puede encontrarse en guerra civil, con un gobernante tirano, un usurpador, una dinastía en peligro por falta de herederos, una corte llena de nobles traidores o en guerra con un país vecino. Cuando los autores utilizan estos reinos de bolsillo como recurso literario, pueden plantear con seguridad cuestiones retóricas, filosóficas o políticas de un modo que permite al lector formarse opiniones menos tendenciosas.

Por ejemplo, si un lector que no aprueba el estilo de gobierno que tiene actualmente en su propio país lee sobre un reino de bolsillo ficticio con un gobierno similar, no se da cuenta inmediatamente, o al menos conscientemente, de las similitudes. Pero asimilan la historia y las cuestiones planteadas como si se tratara de un país completamente distinto, y eso amplía su perspectiva en lugar de limitarla. Es una de las muchas razones por las que la ficción es una forma de expresión muy poderosa. Puede que estéis leyendo un divertido romance erótico, pero en el fondo también estás procesando conceptos más amplios y expandiendo tu mente y tus pensamientos. Por eso la literatura es un regalo increíble. Sabiendo todo esto, quise hacer de mi historia un homenaje a Hope y a *El prisionero de Zenda*, su increíble novela. Aiden interpreta en muchos sentidos el personaje del héroe inglés Rupert, mientras que Anna interpreta el papel de la princesa Flavia, el amor prohibido de Rupert. Aunque las historias se desarrollan de forma muy diferente en las páginas, *Perdida con un escocés* es mi homenaje y mi contribución a la tradición literaria ininterrumpida de los romances ruritanos. Espero que hayáis disfrutado de la novela y de esta nota histórica.

Si estáis interesados en profundizar en el estudio de lo que he tratado brevemente en esta nota histórica, leed *Ruritania*, de Nicholas Daly: *A Cultural History, from the Prisoner of Zenda to the Princess Diaries*.

Gracias por leer este libro, ¡y no olvidéis dejar una reseña! Incluso una sola frase sobre lo que más habéis amado del libro o cómo os ha hecho sentir, supone una gran diferencia para los autores.

Lauren Smith

Noviembre 2022

EL CONDE DE ZENNOR

Penzance, Inglaterra, abril de 1822

—¿Sabes qué es lo que está mal contigo, Trystan?

Trystan Cartwright, el Conde de Zennor, arqueó una ceja oscura hacia uno de los dos hombres sentados frente a él en la mesa de la pequeña y mugrienta taberna.

Graham Humphrey, un caballero de pelo rubio y ojos grises iluminados por una peligrosa picardía, sonrió a Trystan. Su acompañante era Phillip, el Conde de Kent, un hombre solemne con una naturaleza tan honesta que compensaba los comportamientos pícaros de Trystan y Graham. Graham y Phillip eran dos de sus amigos de mayor confianza, los únicos que podían frenarlo cuando su temeridad empezaba a desbordarse.

—¿Qué? —preguntó Trystan, con un tono lacónico mientras levantaba su vaso y bebía el whisky.

—Estás aburrido. Te pones irritable cuando no tienes nada

que hacer —observó Graham.

—Él no se equivoca —añadió Phillip—. Y a menudo, lo que te entretiene no es nada que yo recomendaría —dudó antes de continuar en un tono más cuidadoso—. Lo que necesitas es una esposa.

Trystan resopló.

—No, todavía no. Quizá nunca. Las esposas pueden ser útiles, pero apenas entretienen. Son grilletes que atan a los hombres a tumbas prematuras.

—Las esposas pueden abrir puertas que los hombres no pueden —dijo Phillip sabiamente—. Por ejemplo, una mujer de alcurnia que ha sido educada para estar familiarizada con los entresijos de la sociedad, mujeres como Audrey St. Laurent o Lady Lennox, que conocen los negocios y la política. Tienen una gran cantidad de poder e influencia en círculos no solo femeninos.

—Pero, ¿qué necesito yo con poder e influencia? Ya tengo de sobra —replicó Trystan—. Además, puedes convertir a cualquier mujer en una criatura de sociedad. Aliméntala con las frases correctas, ponle la ropa adecuada y encajaría como cualquier gansa con una manada de gansos.

—¿Estás de broma? No puedes simplemente coger a cualquiera y convertirla en una dama. A las damas se las educa desde que nacen para que piensen y se comporten de una determinada manera —argumentó Graham.

—Quizá ese sea el problema. Tal vez prefiera conversar con un golfillo de calle que con otra aburrida dama de sociedad. Todas me aburren.

Graham soltó una risita.

—Necesitas una *amante*, no una esposa, obviamente —dijo, y dio un trago a su ale—. Las amantes son divertidas, pero necesitan dinero para mantenerse contentas. Mi última amante me costó una casa y la mitad de las joyas de Londres —Graham frunció el ceño, como si no hubiera considerado realmente el costo hasta este momento. Era de esperar. Graham no solía pensar mucho en las cosas. Simplemente hacía lo que quería y al diablo las consecuencias. Por eso Trystan y él se llevaban estupendamente.

Trystan suspiró.

—Me temo que hasta las amantes me aburren —su mirada recorrió la pequeña y destartalada taberna. El mugriento empapelado se desprendía en algunas partes, las mesas necesitaban más que un buen fregado y el hombre al que habían pagado por las bebidas tenía aspecto de haber disputado unos cuantos asaltos en un combate pugilístico.

Trystan prefería su club habitual, Boodle's, pero estaban lejos de Londres y se dirigían a su casa en Zennor, lo que significaba que los lugares de buena reputación disminuían en número cuanto más se alejaban de la civilización. Zennor, a pesar de su ubicación rural, no estaba tan mal; Trystan podía admitirlo. Su casa ancestral estaba construida cerca de la costa de Cornualles, y le gustaba cómo el viento soplaba desde el mar y cómo el agua, de un azul intenso, se convertía en espuma blanca al chocar contra los acantilados rocosos que bordeaban el mar.

Por mucho que disfrutara de los placeres de una ciudad como Londres, sentía una innegable atracción por su hogar, las numerosas habitaciones del caserón llenas de recuerdos de una infancia rica en aventuras, aunque a veces solitaria. Tras la muerte de su madre, cuando él no tenía más que diez años, su padre y él se habían acercado. Había aprendido a apreciar la tierra y la casa que hacía solo unos años habían pasado a ser suyas después del derrame cerebral de su padre, uniéndose así a su madre.

Tras la muerte de su padre, Trystan había asumido la vida de conde con relativa facilidad. No despilfarró la fortuna de su familia en la bebida, el juego u otros vicios. Su imprudencia venía en forma de lo que le entretenía... normalmente algo que hacía que Phillip frunciera el ceño y lo sermoneara sobre la responsabilidad. Sus dos antiguos amigos del colegio eran el ángel y el demonio proverbiales sobre sus hombros, ofreciéndole tanto tentación como templanza, lo que a su manera era un entretenimiento.

Trystan recorrió de nuevo la taberna con la mirada, esta vez fijándose en sus ocupantes. Todos aquí venían de una vida miserable. La mayoría parecían estibadores o marineros. Era posible que incluso algunos piratas siguieran navegando por el pueblo costero.

Como aristócratas, Trystan, Graham y Phillip destacaban entre la multitud, y por ello se estaban ganando más de una mirada curiosa de los hombres más brutos apiñados junto a la chimenea en el lado opuesto de la sala. Las miradas especulativas que le dirigían podían acabar en problemas, lo que hizo sonreír a Trystan.

Tal vez estos hombres los atacarían con la esperanza de conseguir algo de dinero. ¿No sería un buen cambio de aire? Le vendría bien una buena pelea. Había estudiado durante años en el Salón de Jackson con los mejores boxeadores de Londres, e incluso había conseguido darle unos buenos golpes al legendario Conde de Lonsdale.

Graham hizo un gesto al tabernero para que les trajera más ale.

—Lo que necesitas, amigo mío, es un desafío.

—Sí, pero no se me ocurre nada que pueda mantener mi interés —jugó con el borde de su copa, deslizando suavemente la punta de un dedo a lo largo de su suave borde.

—¿Qué tal una apuesta? —dijo Graham.

Phillip puso los ojos en blanco.

—Vosotros dos y vuestras malditas apuestas. ¿No aprendisteis nada la última vez, cuando liberasteis a ese oso en ese ring de peleas de perros?

Trystan se rio.

—Nunca había visto a tantos hombres correr y gritar como niños cuando esa pobre bestia se liberó. Sin embargo, tienes que admitir que hicimos algo bueno, Phillip. Ese oso nunca debería haber estado encadenado y obligado a luchar así.

Phillip cerró los ojos y se los frotó con el pulgar y el índice.

—Por mucho que me duela admitirlo, sí, pero la única razón por la que nadie murió mutilado fue por ese escocés que estuvo allí para calmarlo. Si no hubiera tenido ese don con los animales, quizá os habrían matado a los dos, y también a la bestia.

Trystan recordaba muy bien esa noche y la oleada de energía que había sentido al liberar a la bestia y ver cómo perseguía a los hombres que la habían atormentado. Pero Phillip tenía razón, el oso habría acabado matando a alguien si Aiden Kincade no hubiera estado allí para calmar a la criatura y encerrarla en un carruaje fuera del almacén donde la bestia había estado cautiva.

—A buen fin, no hay mal principio. El oso está ahora en Escocia y nosotros seguimos aquí apostando una vez más en algo ridículo —sin embargo, no estaba nada convencido de que hubiera algo nuevo en lo que pudiera apostar que lo entretuviera durante mucho tiempo.

Un mozo les llevó más ale, golpeando las jarras con tanta fuerza que la bebida se derramó por las copas.

—¡Oye! Cuidado, muchacho —le espetó Trystan al muchacho.

—¡Ojo, milord! —replicó bruscamente el muchacho y volvió a la barra.

—Muchacho impertinente —observó Graham—. Como iba diciendo...

Se oyó un fuerte golpe cerca de la barra. El chico había tropezado y una bandeja de tazas yacía destrozada en el suelo.

—¡Idiota! —el barman levantó una mano y abofeteó al

chico, quien cayó al suelo con un agudo grito de dolor.

Trystan, Graham y Phillip se tensaron.

—Él ha sido impertinente, pero no se merecía eso —dijo Graham.

—¡Hazlo otra vez y te venderé al prostíbulo! —rugió el barman. Pateó las costillas del chico cuando éste se puso de rodillas para recoger los trozos. Cayó de espaldas y la gorra se desprendió, liberando un mechón de pelo largo y oscuro en una maraña desordenada y grasienta.

—Maldita sea... Es una chica —murmuró Trystan a sus amigos mientras todos miraban asombrados a la criatura del suelo. Era pequeña, de mejillas sucias, nada atractiva y tenía una lengua mordaz, pero seguía siendo una niña y no deberían haberla golpeado así.

—Si intentas venderme, ¡te arrancaré el maldito corazón y se lo venderé al maldito carnicero, bastardo! —le espetó la chica al barman. A pesar de sus mejores intenciones, Trystan sonrió ante la valentía de la chica.

—Hay una chica con un par de pelotas —dijo Graham—. Esa es una mujer que nunca sería domesticada en una tranquila y dócil dama de sociedad —se rio, pero Trystan no lo hizo.

Se quedó mirando a la chica mientras ésta cogía un trozo de taza rota y se lo lanzaba al barman. El pedazo de arcilla se estrelló contra la pared, junto a la cabeza calva del hombre. Luego salió corriendo antes de que el cerdo la alcanzara.

Durante un segundo, la taberna quedó en silencio. Luego todo volvió a la normalidad, las risas, las burlas y la bebida. La diablilla se había ido y a nadie parecía importarle.

—Qué bien. Una copa y un espectáculo —dijo Graham.

Los labios de Trystan se crisparon mientras miraba la puerta por la que la chica había desaparecido hacía un momento.

—Cristo, él tiene esa mirada de nuevo —murmuró Phillip.

Graham estaba menos preocupado y miró esperanzado a Trystan.

—¿Qué pasa? ¿Cuál es tu idea? —conocía demasiado bien a su amigo.

Trystan se recostó en su silla, con una sonrisa de suficiencia dibujándose en su rostro mientras cogía su jarra de ale.

—Apuesto a que puedo convertir a esa chavala en una verdadera dama en un mes.

—*¿Esa?* ¿La arpía que amenazó con arrancarle el corazón a un hombre? Acabo de decir que es imposible convertir a una chica así en una dama —dijo Graham con una risita—. Deberías tener cuidado de que no te arranque el tuyo.

—Sí, *esa* —Trystan sonrió perversamente al pensar en semejante desafío.

—Si la conviertes en una dama de verdad, una que rivalice con una duquesa como Emily St. Laurent, te pagaré doscientas libras —Graham ofreció la enorme suma de dinero como si apenas importara.

—Añade ese carruaje negro y rojo y tu pareja de caballos castrados más rápida, y aceptaré la apuesta —ofreció Trystan.

Graham lo miró pensativo.

—¿Y si lo hacemos más interesante? El baile de Lady Tremaine es dentro de un mes. Si llevas a esa chica al baile y engaña a todos, ganas. Pero si *alguien* ve a través de su disfraz y fallas, me debes... —Graham se deleitó con sus siguientes palabras—. La escritura de tu cabaña de cazadores en Escocia. Me apetece bastante.

—En efecto, altas apuestas, tal como me gusta —Trystan soltó una risita. Tener mucho que perder solo aumentaba la emoción de la apuesta, y sus amigos lo sabían.

—Ahora, esperad un minuto —intervino Phillip—. Se trata de una *mujer,* aunque ruda y maleducada. Debemos establecer algunas reglas por razones de decoro.

—¿Reglas? —se burló Graham en el mismo momento en

que Trystan respondió—: ¿Decoro?

—Sí —insistió Phillip—. Si ambos hacéis lo que estáis planeando, esa mujer estará bajo tu control, Trystan. Serás responsable de ella. Eso significa que no puedes convertirla en una amante o aprovecharte de ella. Debes pensar en su futuro. ¿Qué razón tiene ella para aceptar tus términos, y qué harás una vez que la apuesta termine? ¿Volverla a meter en este bar y decirle que siga como antes?

Trystan se rio.

—¿De verdad crees que me aprovecharía de *esa* criatura? Dios, Phillip, tengo valores. Pensé que era un maldito niño, por el amor de Dios. La pequeña vándala no tiene nada que temer de mí. No la tocaré. Ni siquiera si me lo ruega, y no a menos que pierda mi propia cordura —aún se reía de la idea. Él tenía su elección de mujeres para compartir su cama, y ciertamente no elegiría a una golfa sedienta de sangre como la criatura que acababa de ver.

—Bien —Phillip se relajó—. *Ambos* debéis tratar a esta chica con cierto sentido del decoro y la caballerosidad.

Trystan resopló, y Graham sólo se rio en su jarra de ale.

—Basta de hablar —dijo Graham—. Empieza, Trystan. Reclama a la chica y sigamos nuestro camino.

Trystan se levantó, se quitó el polvo del chaleco y se acercó al barman. Apoyó los brazos en la barra y se inclinó hacia delante para hablarle.

—¿Era tuya esa chavala de vándala? —le preguntó al hombre.

—¿Chavala? —el barman parecía confundido por la palabra.

—Sí, la chica a la que pateaste como a un perro hambriento.

El corpulento hombre de pelo gris se rascó la barbilla y miró con desconfianza a Trystan.

—¿Y si es mía?

—Entonces deseo comprártela —Trystan esperaba que el hombre mostrara al menos un poco de preocupación por el trato de la chica o que al menos fingiera que le importaba lo que Trystan pudiera hacer con ella, pero ni siquiera preguntó por las intenciones de Trystan.

—¿Cuánto estás dispuesto a pagar?

Trystan miró fijamente al hombre antes de alcanzar su monedero y arrojar cincuenta guineas sobre la mesa.

—Ahí van cincuenta.

El hombre chasqueó los labios y decidió probar suerte.

—Podría sacarle el doble si la vendo al burdel, y eso tendría más beneficios.

—Ninguna madame de un burdel te daría beneficios. Ella compraría a la chica y eso sería el final. Tú y yo lo sabemos. Y ciertamente no te pagaría cincuenta guineas por esa chica.

—Añade otras cinco entonces. Es mi hijastra, después de todo, y la amo mucho.

Trystan dejó escapar un suspiro exasperado.

—Seguro que sí, hombre —dejó otras cinco guineas junto al resto. Luego volvió con sus amigos a la mesa y terminó su jarra de ale.

—¿Cuánto te ha costado? —preguntó Graham, intentando ocultar su sonrisa despreocupada.

—Cincuenta y cinco guineas —no perdería ni una moneda, no con la emoción de su apuesta por delante.

Graham silbó.

—Chica cara.

Phillip miró al cielo y se estremeció.

—Vosotros dos sois unos absolutos bárbaros.

—Tal vez lo seamos, pero qué desafío será éste —Trystan sonrió con deleite—. ¿Supongo que vendrás con nosotros para vigilar a la chica y hacer de niñera?

Su amigo soltó un suspiro cansado, pero había una pizca de humor en sus ojos.

—Supongo que será lo mejor. Aunque yo diría que sois vosotros los que necesitáis una niñera.

Ignorando el comentario de Phillip, Trystan miró alrededor de la taberna.

—Ahora, a buscar a la pequeña arpía... —se dirigió a la puerta y sus dos amigos lo siguieron. Estaba un poco más borracho de lo que tal vez debería estar, pero estaba deseando vivir la aventura de convertir a esta arpía en una buena dama.

BRIDGET RINGGOLD SE ACURRUCÓ CONTRA UN LADO DE LA taberna, envuelta en sombras, mientras se curaba las heridas. El golpe de su padrastro le había partido el labio, y le dolían las costillas. Sería una maldita afortunada si no estaban rotas. Su pecho estaría morado en unas horas después de la patada que había recibido. La sangre le llenaba la boca de un sabor asqueroso, y sentía escozor cada vez que se pasaba la lengua por el labio.

Temblaba contra el viento otoñal que soplaba desde el mar. Deseaba desesperadamente poder volver a las cocinas y calentarse, pero las probabilidades de que su padrastro la encontrara y la golpeara de nuevo eran demasiado altas. Eso significaba que esta noche dormiría en los establos.

Bridget necesitaba encontrar una forma de salir de este pueblo y empezar una nueva vida, una que no implicara pasar el tiempo sobre su espalda en un burdel. Era lo bastante mayor como para valerse por sí misma —diecinueve años, de hecho—, pero tenía pocas opciones decentes. Sabía cocinar un poco, limpiar un poco, pero no lo suficiente como para ganarse la vida decentemente. Muchos hombres le habían ofrecido matrimonio, pero ninguno era bueno ni decente. Uno de ellos había sido, casi con toda seguridad, un pirata. Si tan solo su madre hubiera estado aquí para ofrecerle consejo, para ayudarla a encontrar un camino en la vida, ya fuera aconsejándola o ayudándola a encontrar a alguien con quien compartir su vida.

Su madre había muerto hacía diez años, dejando a Bridget con una bestia de padrastro. Había sido demasiado joven para aprender de su madre las habilidades que una mujer debería adquirir, y había estado demasiado ocupada intentando sobrevivir a los peligros de vivir con un hombre como su padrastro.

Apartándose del lado de la taberna, cruzó el patio empedrado y corrió hacia los establos. El desván de arriba era tranquilo y nunca subía nadie, aparte del mozo de cuadra que de vez en cuando bajaba heno para los caballos. Bridget subió por la escalera y se arrastró entre los montones de heno hasta encontrar su nido hecho de mantas que formaban su cama. Durante el último año había robado las mantas de los viajeros borrachos que no se preocupaban de las pertenencias de sus carruajes mientras iban a la taberna a beber algo.

Comprobó la bolsa de tela que contenía sus pocos tesoros, algo que hacía por costumbre cada noche antes de dormirse. El peine y el espejo habían sido de su madre, junto con varios chelines que se había ganado tallando madera en forma de animales.

A la gente que pasaba por Penzance parecían gustarle sus figuritas. Durante los últimos años había conseguido vender o intercambiar tres o cuatro cada semana, lo que le había proporcionado algo de dinero para comprar comida y ropa extra a medida que se hacía mayor. Nunca llevaba vestidos. Aparte de lo caro que resultaba hacerse vestidos, era más fácil y seguro llevar ropa de hombre. Los lugareños sabían que era una mujer, pero con la cara sucia y el pelo recogido bajo una gorra, se las arreglaba para evitar el interés de la mayoría de los hombres que pasaban por la taberna mientras ella servía bebidas.

Ni siquiera esos elegantes caballeros de esta noche se

habían percatado de que era una chica cuando ella les había servido las bebidas. Ella también los había estado observando, de reojo, y se había puesto bastante nerviosa cuando su padrastro le había ordenado que les llevara más ale. Pero había hecho lo que siempre hacía cuando se ponía nerviosa: sobre-compensar con confianza. No podía permitirse ser una flor frágil; no podía fingir su fuerza ni su confianza.

Pero había sido un error. Los tres hombres le habían prestado más atención por su impertinencia de la que ella había pretendido. Eran muy apuestos, con sus chalecos finamente bordados y sus botas pulidas brillando a la luz de la lámpara. Incluso el que había entrado apoyándose pesadamente en un bastón era un tipo apuesto. Los hombres no deberían ser *así* de atractivos, pensó Bridget con el ceño fruncido. Sobre todo el que tenía el pelo oscuro y los ojos color miel. Tenía una inten-sidad que a ella no le gustó nada, como si pudiera leer los pensamientos de cualquiera con solo mirarlo. Ese era peligroso.

—Pero yo estoy aquí fuera, y ellos están ahí dentro —murmuró para sí misma. Nadie la molestaba en el desván porque a nadie se le ocurría mirar en los montones de paja.

Se entretuvo haciendo inventario del resto de sus perte-nencias, entre las que se encontraba un pequeño cuchillo de trinchar que guardaba en la parte trasera de la bolsa. Cuando se aseguró de que sus tesoros estaban a salvo, se dispuso a dormir y se cubrió con las mantas. Oyó a los caballos abajo, relinchando suavemente mientras comían avena y heno. El corroteo de los ratones en algún lugar de las vigas, más que asustarla, le aseguraba que estaba a salvo. Los ratones siempre se movían cuando no había nadie.

Había cerrado los ojos y empezaba a quedarse dormida cuando el movimiento de los ratones cesó y los establos se volvieron silenciosos. Un momento después, unas voces bajas susurraban entre sí desde abajo.

—Debe de estar aquí. La vi cruzar el patio cuando salimos —dijo un hombre. Ella reconoció su voz refinada, la de uno de los caballeros elegantes. Su voz era suave como el brandy caliente, y ella recordó que tenía los ojos del mismo color. Bridget se deslizó fuera de las mantas y avanzó en silencio por el suelo del desván para poder asomarse al borde. Tres hombres estaban de pie en el centro de los establos, mirando a su alrededor.

Bridget se agachó todo lo que pudo para evitar que la vieran.

—Trystan, no hay nadie aquí —dijo uno de los otros hombres.

—Ella está aquí —dijo el primer hombre con una suave risita—. ¿Verdad, pequeña arpía? ¡Sal, niña! Te he comprado a ese miserable que dice ser tu padrastro, y estoy aquí para hablar de tu futuro.

—Trys, la vas a asustar. Dile primero lo que piensas hacer por ella, o pensará que quieres hacerle daño —argumentó uno de los hombres.

El desván vibró cuando el hombre empezó a subir los peldaños de la escalera. Bridget habría empujado la escalera y enviado al hombre contra el suelo, pero eso no le daría una forma fácil de escapar. Si intentaba saltar, lo más probable era que se rompiera un tobillo o el cuello, y ya estaba bastante herida.

Pensando con rapidez, rebuscó en su bolsa hasta encontrar su cuchillo de trinchar. Era una cuchilla pequeña, pero aún podía cortarlos si intentaban algo. Pero su mejor opción era que no la vieran.

El hombre llegó a la parte superior del desván, buscando en la tenue plataforma llena de heno. Dentro de los establos había suficiente oscuridad como para que no la viera.

Por favor, que no me vea, por favor.

Contuvo la respiración y la sangre rugió tan fuerte en sus oídos que no pudo oír mucho más.

—¡Te tengo! —con los pies aún plantados en el último peldaño de la escalera, el hombre se abalanzó sobre ella. Bridget retrocedió, pero una de sus manos la cogió por el tobillo y la arrastró hacia él. Lo pateó en la barbilla. Él gruñó de dolor, pero no la soltó. En cambio, su lucha pareció encender un nuevo fuego en él. Subió al desván y se lanzó contra ella. Bridget levantó el cuchillo justo cuando él aterrizó encima de ella, y sintió cómo la cuchilla le rozaba el brazo.

—¡Cristo, tiene un cuchillo! —bramó el hombre mientras la inmovilizaba contra el suelo.

Sujetó su muñeca, deteniendo la mano que sostenía el cuchillo y la presionó con fuerza contra el suelo, junto a su cabeza.

—¡Suéltalo, arpía!

—¡No! —espetó ella.

—¡Suéltalo! —su agarre se tensó hasta el punto de provocar dolor, obligándola a soltar el cuchillo. Su agarre se relajó al instante y el dolor desapareció.

—Er... oye, Trystan. Seamos rápidos con esto —dijo uno de los amigos del hombre—. Parece como si estuviéramos secuestrando a esta chica, cuando en realidad no es así. No deseo estar aquí mucho tiempo, no sea que terminemos en problemas. Nuestro carruaje está listo.

Trystan la miró fijamente, con los duros ángulos de su rostro demasiado perfectos para cualquier hombre, especialmente uno tan malvado como el mismísimo diablo.

—Escucha, gatita —gruñó—. Te he comprado esta noche a ese cerdo que dice ser tu padrastro. No planeo hacerte daño, excepto azotar ese culo tuyo si te atreves a apuñalarme de nuevo.

—¡No soy ninguna puta! —Bridget escupió furiosa—. ¡No te atrevas a tocarme!

—De eso soy muy consciente —replicó él—. Y no es por eso por lo que te he comprado. Baja conmigo, y mis amigos y yo te explicaremos lo que pienso hacer contigo".

Bridget no quería ir a ninguna parte con un hombre que no conocía, y mucho menos con *tres*.

—Vete al infierno —espetó, pero era demasiado consciente de que él estaba completamente encima de ella y podía hacerle lo que quisiera si quería. Su peso no la aplastaba, pero su cuerpo la presionaba contra el suelo, atrapada e indefensa. Algo salvaje revoloteó en su bajo vientre y la hizo sentirse extraña.

—Graham, busca una cuerda, por favor. La gatita se niega a esconder las garras —gritó Trystan por encima del hombro a uno de los dos hombres que esperaban abajo.

—Señorita... —llamó suavemente la voz del tercer hombre—. No queremos hacerle daño.

Bridget escupió:

—Estáis intentando cogerme, maldita sea. Eso no tiene nada de inocente —su protesta fue silenciada cuando Trystan puso los ojos en blanco y le metió un pañuelo en la boca.

—Así está mejor —sujetó sus dos muñecas con una mano y la arrastró hacia la escalera. Ella luchó valientemente, y él pronto pareció darse cuenta de que no podía obligarla a bajar por la escalera. Se asomó por el lateral del desván y, antes de que ella pudiera impedirlo, la cogió en brazos y la arrojó.

Ella chilló y aterrizó un segundo después en una carreta de heno justo abajo. Trystan bajó la escalera y la sacó del heno.

—Cuerda, Graham —Trystan extendió la mano.

El que no estaba apoyado en un bastón le pasó a Trystan un rollo de cuerda, que su captor utilizó para atarle las muñecas con fuerza. Luego la mantuvo quieta, con una mano fuerte sujetando su brazo. Estaba atada como una oveja para el matadero.

—Tenemos que meterla en el carruaje. No quiero que ese

barman cambie de opinión. Tiene demasiado coraje para acabar en un burdel —anunció Trystan.

Confundida por sus palabras, se tambaleó mientras Trystan la empujaba para que siguiera a sus dos acompañantes al carruaje en espera. Ella entró en pánico, intentando escupir la mordaza. Su bolsa, sus cosas... todo lo que tenía en el mundo seguía en los establos. Su rostro se llenó de lágrimas, y uno de los hombres se dio cuenta.

—No vamos a hacerte daño —dijo el que usaba su bastón para caminar. Sus ojos eran dulces mientras la miraba—. Por favor, no llore, señorita. Todo saldrá bien. Ahora, por favor, no grite. Le doy mi palabra de que nadie le hará daño —le quitó el pañuelo de la boca justo cuando los otros dos hombres se sentaron. El demonio de pelo oscuro llamado Trystan eligió el asiento justo al lado de ella y, de repente, se sintió abrigada por el calor de su cuerpo.

—Por favor... por favor, milord. Mi bolsa... Es todo lo que tengo.

Trystan levantó su bolsa de tela.

—¿Te refieres a esto?

Suspiró aliviada.

—Sí, esa es.

—Estoy tentado de registrarla en busca de armas —musitó mientras empezaba a abrirla.

—Trystan, de verdad. Dale un poco de paz a la chica, ¿quieres? —dijo el amable. Luego la giró—. Me llamo Phillip Wilkes. Soy el Conde de Kent.

—¿Un conde...? —dijo Bridget, relajándose un poco. Por un lado, parecía inconcebible que un hombre de alta cuna quisiera hacerle daño. Por otra parte, también significaba que si lo hacía, nadie podría hacer nada para detenerlo.

—Así es. El hombre a tu lado es Trystan Cartwright, el Conde de Zennor.

—¿Dos condes? ¿Están repartiendo títulos a cualquiera en

estos días?

Kent sonrió con suficiencia y señaló con la cabeza al tercer hombre.

—Y ese es Graham Humphrey.

—No tan elegante como tus amigos. ¿No tienes ningún título que lucir? —se burló. Los ojos grises de Graham se entrecerraron.

—Algunos de nosotros no *necesitamos* un título para alardear. Algunos somos lo bastante perversos sin él —le advirtió Graham. Pero había algo en él que no la asustaba como debería hacerlo. Parecía un hombre que se burlaría de una mujer y la haría reír, en lugar de amenazarla.

Trystan se echó a reír.

—¡Dios, qué divertido será esto!

—¿Divertido? ¿Qué piensas hacer conmigo? —preguntó Bridget—. No compartiré tu cama si eso es...

—¡Cielos, no! En eso estamos de acuerdo —espetó Trystan antes de estremecerse de forma dramática—. No, no, mi pequeña arpía. Graham y yo hemos hecho una apuesta, sobre *ti*.

A Bridget no le gustó cómo sonó eso. Las apuestas las hacían los hombres aburridos o los desesperados, y ella no quería involucrarse con ninguno.

—Tengo un mes para convertirla en una dama correcta, señorita... Dios, ni siquiera sé tu nombre.

—Es Bridget. Bridget Ringgold. ¿Y qué quieres decir con una *dama* correcta? —repitió Bridget, pronunciando lentamente la palabra—. ¿Por qué querrías hacer eso?

—Porque estoy aburrido.

Un caballero aburrido. Era como ella había temido.

—No'oy una muñeca para vestir y jugar —argumentó.

—Es 'no soy', y sí, eres mi muñeca, niña. Te he *comprado*. Durante el próximo mes, te vestiré y te enseñaré a hacer las cosas que quiero que hagas. Dentro de un mes, caminarás, hablarás y parecerás una duquesa, por Dios. Al final de todo esto, probablemente serás capaz de cazar a algún hombre en matrimonio, y tendrás una vida mucho mejor que la que tienes actualmente. Estarás alabándome en lugar de intentar convertirme en un alfiletero.

Ella olvidó que lo había pinchado con su espada, pero no parecía dolerle.

—No está herido, milord. Si lo estuviera, estaría sangrando por todo el condenado lugar —señaló con amargura, deseando secretamente haber tenido mejor puntería y haberlo apuñalado el corazón.

—*Estoy* herido, pero me ocuparé de ello más tarde —hizo un gesto con la cabeza hacia su manga y ella se dio cuenta de que le había atravesado el abrigo hasta llegar a la carne. Incluso en la penumbra del carruaje, pudo ver que estaba sangrando. Si le dolía, ¿qué clase de hombre podría ocultar un dolor así? Bridget se sumió en un silencio lleno de preocupación.

—Trystan tiene razón —dijo Kent—. Dentro de un mes, tendrás un nuevo conjunto de habilidades. Imagino que podrás encontrar a un hombre que te proponga matrimonio y que pueda ofrecerte una buena vida con vestidos elegantes, un carruaje a tu disposición y una vida sin preocupaciones. ¿No sería encantador?

Ella le lanzó a Kent una mirada amarga.

—¿Y quién dice que necesito un hombre? —replicó.

Graham fue el que se rio esta vez.

—Dios, tienes razón, Trystan. Esto va a ser divertido.

Divertido para ellos, tal vez, pero Bridget no quería ser parte de esta tonta apuesta. Ella sacaría provecho de un techo sobre su cabeza y comida mientras planeaba su próximo movimiento. Tal vez robaría un poco de la fina vajilla que sin duda poseía el rufián y empezaría una nueva vida con el dinero que la plata le proporcionaría. Entonces sería *ella* la que se reiría.

ACERCA DEL AUTOR

Lauren Smith es una abogada estadounidense de día y autora de noche que escribe romances osados y provocativos bajo la luz de la aplicación de la linterna de su teléfono inteligente. Supo que estaba destinada a ser escritora de novelas románticas cuando intentó reescribir toda la película *Titanic* solo para salvar a Jack de ahogarse. Su pasión es conectar con los lectores a través de la escritura de romances emotivos, realistas y sensuales, independientemente de la época. Ha ganado múltiples premios en varios subgéneros románticos.

Para conectar con Lauren, visítala en
www.laurensmithbooks.com
lauren@laurensmithbooks.com

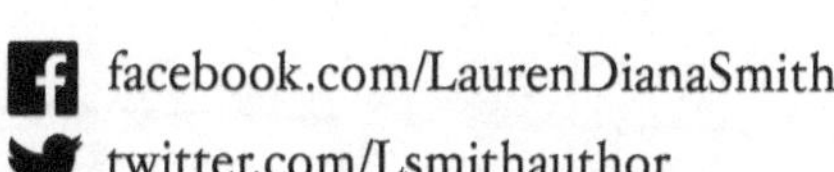

facebook.com/LaurenDianaSmith

twitter.com/Lsmithauthor

instagram.com/Laurensmithbooks

www.ingramcontent.com/pod-product-compliance
Lightning Source LLC
Chambersburg PA
CBHW031310210726
48287CB00005B/1491